Cassandra Norton

Gefangene des Scheichs

Erotischer Roman

Plaisir d'Amour Verlag

Cassandra Norton

Gefangene des Scheichs

Erotischer Roman

Plaisir d'Amour Verlag
Postfach 11 68
D-64684 Lautertal
www.plaisirdamourbooks.com
info@plaisirdamourbooks.com
Covergestaltung: Andrea Gunschera

ISBN: 978-3-938281-71-0

Sämtliche Personen in diesem Roman sind frei erfunden.

Die Wüste ist ein Meer aus goldenem Wasser.

Nicolas Whitby

Kapitel 1

Nachdem der Nebel sich gegen Mittag etwas aufgelöst hatte, setzte der Regen ein. Er fiel in dünnen Fäden. Dicht an dicht. Wer den Londoner Nebel kannte, wusste aber, dass er keineswegs Staub und Ruß abwusch, sondern lediglich eine schmierige Masse entstehen ließ, die noch schwieriger zu reinigen war.

Emily schleppte seit Stunden Eimer voller Kohle aus dem Souterrain in die Herrschaftszimmer im ersten und zweiten Stock des Anwesens in Belgravia. Der Schweiß perlte unter den Löckchen hervor, die nur unzureichend von einem zerdrückten Häubchen gehalten wurden.

Vor dem Zimmer der Tochter des Hauses hielt sie einen Moment inne. Ihre Brust schmerzte von der Anstrengung, und ihre Augen brannten vor Müdigkeit. Allein die leise Grammofon-Musik, die durch die Tür an ihr Ohr drang, munterte sie ein wenig auf. Es war eine beschwingte Melodie, und der Text hatte – soweit sie ihn verstehen konnte – etwas mit einem Burschen zu tun, der sich auf den Tanz mit seinem Mädchen freute.

Emily selbst hatte keinen Freund. Es hätte auch wenig Sinn gemacht, denn sie suchte ständig nach einer neuen Anstellung, in der es ihr vielleicht wenigstens ein klein wenig besser ginge als in der vorherigen.

Noch einmal drückte sie ihren Rücken durch, richtete sich auf und klopfte dann vorsichtig an.

Ihr Herz begann zu rasen, als sie Lady Victoria Stockbridges Stimme hörte, die ihr den Zutritt in ihre privaten Zimmer gestattete. Käme jetzt der Butler oder ein anderes höhergestelltes Mitglied des Personals vorbei und erwischte sie dabei, wie sie Kohlen in Anwesenheit der jungen Dame nachfüllte, würde sie mit einem schlimmen Rüffel rechnen müssen.

Wie immer, wenn sie diese Räume betrat, erfüllte größtes Vergnügen Emilys Herz. Lady Victorias Zimmer strahlte eine freundliche Wärme aus, die eine Reflektion ihrer Bewohnerin zu sein schien. Im Gegensatz zu ihren Eltern war Victoria immer freundlich zu ihr. Ja, sie hatte ihr sogar schon das ein oder andere Mal ein kleines Geschenk gemacht, das Emily in ihrer kleinen Kiste unter ihrem Bett in größten Ehren hielt.

Für das Küchenmädchen war Victoria Stockbridge die schönste junge Dame, die sie je gesehen hatte. Nicht eben groß, aber von weiblicher Figur, mit großen grünen Augen und tizianrotem Haar, das sie nach neuester Mode kurz geschnitten trug. Das volle, in weichen Wellen fallende Haar war ein Erbteil ihrer Mutter, die sich allerdings weigerte, ihr Haar abschneiden zu lassen und es noch immer, in guter edwardianischer Tradition, voluminös aufgesteckt trug.

Miss Victoria saß an ihrem Sekretär und öffnete gerade die Morgenpost, als Emily eintrat, einen Knicks machte und sich dann zu der Schütte vor dem offenen Kamin begab.

„Nun, Emily … Du bist spät dran …“ Das Lächeln, das ihre wohlgeformten Lippen umspielte, spiegelte sich in ihrer Stimme.

„Ja. Verzeihung, Miss. Aber der Kohlenhändler kam nicht rechtzeitig. Er sagte, der Nebel hätte ihn aufgehalten.“

Victoria drehte sich um und erklärte mit spitzbübischem Grinsen: „Es war wohl eher der Gin! Nun gut … bei dem Wetter …“

„Ja, Miss.“

Victoria erhob sich von ihrem zierlichen Stuhl und trat an das hohe Fenster, welches den Blick auf die Straße vor dem Haus ermöglichte.

„Der Regen hört gar nicht mehr auf. Ich denke, wir werden das Licht brennen lassen müssen.“

„Sehr wohl, Miss.“

Zwar schaufelte Emily vorsichtig die Kohlestücke in die Schütte, doch hatte sie mit einem Auge Miss Victorias Kleid genau im Blick. Es war eine flaschengrüne Chiffon-Kreation mit loser Taille, von der ein üppig mit Perlen besticktes Band herabhing, welches bei jeder Bewegung ihrer Herrin im Licht funkelte. Der weich fließende Stoff umspielte Victorias Formen und ließ sie noch graziler wirken.

Doch nicht nur Kleid und Frisur unterstrichen den Unterschied zwischen Victoria und ihrer Mutter. Es war die gesamte Haltung. Wo Lady Stockbridge eine beinahe majestätische Würde und Steifheit an den Tag legte, mit leicht affektiert abgewinkelten Handgelenken, strahlte ihre Tochter eine gewisse Nonchalance aus, die den modernen jungen Leuten innezuwohnen schien.

Wobei Emily nun nicht behaupten konnte, dass sie Ihre Ladyschaft sonderlich oft zu Gesicht bekam. Höchstens einmal, wenn es eine große Einladung gegeben hatte und die Dame des Hauses in das Souterrain kam, um sich bei den Dienstboten für den reibungslosen Ablauf zu bedanken. Dann stand Emily am Ende der langen Reihe, die vom Butler und der Köchin angeführt wurde, und konnte sich nicht sattsehen an der hochgewachsenen Frau mit den beinah herben Zügen.

Als das letzte Kohlestück umgefüllt war, erhob Emily sich mit knackenden Gelenken, griff ihren Kohlekasten und wartete, ob Victoria noch einen Wunsch äußern würde. Da diese aber schweigend aus dem Fenster blickte, ergriff Emily selbst das Wort: „Soll ich noch stärker nachfeuern, Miss?"

Ein leichter Ruck ging durch die junge Frau. Offensichtlich hatte Emily sie aus ihren Gedanken gerissen. „Nein. Nein, ich denke, das genügt fürs Erste. Danke."

Emily machte einen Knicks, wobei sie einen dunklen Fleck auf ihrer Schürze bemerkte, für den sie sich etwas schämte. Sie verließ zügig das Zimmer, wobei das Papier, mit dem sie ihre Schuhe ausgestopft hatte, drückte. Sie hatte sie von Polly, einem der Stubenmädchen, „geerbt". Doch Polly hatte größere Füße als sie, und so hatte sie sich behelfen müssen, indem sie ein Stück der Zeitung des Herrn ausgerissen und hineingestopft hatte.

Seit fünf Uhr war sie am Schuften, und das Leben schien ihr ein nicht endender Strom aus Erschöpfung und Schmerzen im Rücken und in den Beinen zu sein.

Victoria war ebenfalls noch müde. Sie hatte zwar ihre Post geöffnet, doch empfand sie keinerlei Lust, die Briefe und Einladungen zu lesen, die Tag für Tag auf ihrem Sekretär landeten wie trockenes Laub im Park.

Ihre Ballrobe vom Vorabend war bereits bei ihrer Zofe verschwunden, damit diese das wertvolle Stück reinigen und den ausgetretenen Saum nähen konnte. Billy Arbiter war ihr beim Twostepp so unglücklich auf die Füße getreten, dass das Kleid gelitten hatte. Ähnlich wie ihre Zehen.

Heute waren allein fünf Einladungen zu Hausbällen, Soireen und Diners eingetroffen, und Victoria wusste bereits jetzt, welche ihre Mutter zur Annahme empfehlen würde und welche sie würde ausschlagen müssen.

Schmunzelnd dachte sie an Emily und mit welcher Begeisterung diese wohl zu einem Tanztee gehen würde, wenn sie denn könnte. Für Victoria aber waren diese Veranstaltungen nichts als das sinnlose Ausfüllen der leeren Zeit, bis sie einen passenden Ehemann finden würde.

Die immer gleichen Leute mit den immer gleichen Themen in den immer gleichen Häusern. Was nach ihrer Einführung in die Gesellschaft und der Präsentation bei Hof noch große, glänzende Augen und ein hektisches Beben in ihr ausgelöst hatte, war mittlerweile beinahe zu einer Strapaze verkommen. Eine Strapaze, die stoisch zu ertragen ihre Mutter sie nur zu gern gelehrt hätte.

Bei dem Gedanken an ihre Mutter fiel ihr ein, dass Lord Astenbury ihr eine Botschaft für sie aufgetragen hatte, und ein Blick auf die Uhr unter der Glasglocke auf dem Kaminsims sagte ihr, dass es höchste Zeit war, ins Wohnzimmer zu gehen, um die Nachricht zu überbringen.

Ihre Mutter saß wie immer kerzengerade ganz vorn auf dem Sofa, als gelte es, absolute Aufmerksamkeit für einen unsichtbaren Gast zu demonstrieren.

In ihrer Hand hielt sie eine zierliche Porzellantasse, und vor ihr auf dem niedrigen Tisch stand eine silberne Platte mit Gurkensandwiches. Sie trug ein marineblaues Kostüm und eine cremefarbene Seidenbluse mit modisch tief sitzender Taille. Um den Hals hatte sie eine dreireihige, lange Perlenkette geschlungen. Der einzige Schmuck an ihrem Kleid bestand in einem kleinen Seidenblumenbukett in Creme und Marine, das auf ihrer Schulter befestigt war.

Als sie Victoria bemerkte, setzte sie die Tasse ab und lächelte sie an.

„Guten Morgen, mein Kind! Nun? Wie war die Einladung bei Astenburys?"

„Nett. Danke."

Victoria brauchte nicht mal zu ihrer Mutter hinzusehen, um die Missbilligung zu erkennen, als sie sich ein Sandwich nahm und wenig elegant in den Ledersessel fallen ließ.

„Der Vorteil der Jugend ist, dass man ungestraft alles essen kann, was man mag", kommentierte sie mit einem Lächeln, das ein Kompliment an ihre perfekte Figur förmlich herausforderte.

Victoria verdrehte ein wenig die Augen und biss hungrig ab.

„Hast du Dickie Pontecore getroffen?"

Schlagartig verging ihr der Appetit. Dickie Pontecore ... So weit war es also schon, dass ihre Eltern bereit waren, sie einem amerikanischen Finanzhai in den Rachen zu schleudern, nur um die störrische Tochter doch noch unter die sprichwörtliche Haube zu bringen. Fast bereute sie es, heruntergekommen zu sein, nachdem ihre Mutter mal wieder dieses leidige Thema eröffnen wollte.

„Ja, Mama. Er war auch da. Und ich habe mit ihm getanzt."

„Schön", sagte ihre Mutter und lächelte versonnen auf die silberne Teekanne. „Er hat ein gewaltiges Vermögen, heißt es."

„Ach, Mutter. Du kennst dieses Vermögen doch garantiert bereits bis auf den letzten Penny."

Das war eine offene Kriegserklärung, und ihre Mutter verstand sie offensichtlich auch so, denn sie erhob sich ruckartig und trat ans Fenster.

„Victoria, ich kann nicht verstehen, wie du dich dermaßen gegen eine Heirat sträuben kannst."

„Könnten wir bitte das Thema wechseln?" Es war ein matter Versuch, die Gedanken der Mutter in andere Bahnen zu lenken.

„Mein Kind, es wird von unserem Geschlecht erwartet, einen passenden Ehemann zu wählen und ihm Kinder zu schenken. Das ist die vornehmste Aufgabe der Frau. Dein Vater und ich haben dich nicht zu einem Blaustrumpf erzogen! Dickie Pontecore ist an dir interessiert. Das steht fest. Du brauchst also nur Ja zu sagen und alle – du inbegriffen – sind glücklich. Er ist zwar Amerikaner, aber er bringt alles mit, was einen guten Ehemann ausmacht."

„Jaaaa …", sagte Victoria gedehnt und schenkte sich Tee ein. Wenn sie sich schon einen Vortrag anhören musste, konnte sie das auch mit gewärmtem Magen tun.

„Liebes, es geht doch um dein Glück."

Jetzt hätte sie sich beinahe an ihrem Tee verschluckt. „Um mein Glück geht es also?"

„Ja. Dein Glück an der Seite eines wohlsituierten Mannes, der dir alles bieten kann, was du dir wünschst."

„Genau. Er bringt das Geld und ich …"

Ihre Mutter fiel ihr ins Wort.

„Ich hoffe doch sehr, du favorisierst nicht diese fürchterlichen Ansichten, die unter den jungen Leuten derzeit so in Mode sind."

„Und am Ende wollen die Frauen noch in die Regierung." Es war ihr Vater, der das sagte. Er war unbemerkt eingetreten, elegant wie stets, in einer samtenen Hausjacke mit einem Monokel in der Seitentasche, das er zwar nicht benötigte, das ihm aber einen gewissen Nimbus verlieh, mit dem er gerne kokettierte.

„Alastair! Wie zeitig du heute bist!"

Er beugte sich zu Victoria herab, gab ihr einen sanften Kuss auf die Wange und begrüßte dann seine Frau auf die gleiche Art und Weise.

„Ja. Ein höchst amüsanter Bursche, den Rodham irgendwo in der Royal Society aufgetan hat, kommt zum Lunch."

Amüsante Burschen zählten eindeutig nicht zu Lady Stockbridges Favoriten. „Vielleicht ist das ja ein Heiratskandidat für unsere innig geliebte Tochter." Lord Stockbridge liebte es, seine Frau aufzuziehen, wenn auch allen klar war, dass ihm mindestens ebenso viel an dem Thema lag wie seiner Frau. Ja, dass er keine Gelegenheit verstreichen ließ, seine Tochter mit aussichtsreichen Kandidaten zusammenzubringen.

Victoria beschlich von Tag zu Tag mehr die Überzeugung, dass es für ihre Eltern kein anderes Thema bezüglich der Tochter gab, das ihre Aufmerksamkeit auch nur annähernd so zu fesseln vermochte. Wenn sie ehrlich war, fühlte sie sich elend, hatte sie doch keine Alternative zu jenen Männern, die ihre Eltern für angemessen hielten, geschweige denn zum Stand der Ehe ganz allgemein.

Sie hatte nicht den Vorzug einer Tochter aus der Mittelschicht, die sich eine Stelle als Sekretärin suchen konnte. Vor ihrem inneren Auge sah sie all die jungen Männer ihrer Generation, die aus dem Krieg heimgekehrt waren. Wund an Leib und Seele, gezeichnet von den Erlebnissen in der Hölle. Viele von ihnen noch immer im Krieg – mit sich selbst und der Welt im Allgemeinen. Nein, so einen Mann wollte sie nicht! Dann lieber die vorwurfsvollen Blicke der Eltern ertragen und alleine durchs Leben gehen. Irgendwann mussten sie ja doch aufgeben. So zumindest Victorias stille Hoffnung.

Der mit den Morgenzeitungen eintretende Butler brachte eine kurze Ablenkung in die kleine Gruppe. Lady Stockbridge setzte sich in einen der Sessel und begann, wie die anderen auch, in ihren frisch gebügelten Zeitungen zu lesen. Allein – das Schweigen, das sich nun im Raum ausbreitete, war nur ein kurzes Atemholen, und das wusste Victoria. Ein zähes, lähmendes Gefühl legte sich über sie. Sie wünschte sich nichts sehnlicher, als endlich nicht mehr an einen möglichen Ehemann denken zu müssen.

„Ich gehe mal hoch und schreibe den Dankesbrief an die Astenburys. Ach, Mama, ich soll dir noch ausrichten, dass du in Ascot auf *Thunderbolt* setzen sollst.“

Lady Stockbridge blickte von ihrer Zeitung hoch und lächelte. „Ah ja … Georgies neueste Errungenschaft. Danke dir, Liebes.“

Victoria entfloh beinahe dem Salon, wenig erpicht darauf, einen Brief im ewig gleichen Wortlaut zu verfassen. Sie hatte sich sogar schon einmal überlegt, solche Dankesbriefe auf Vorrat zu schreiben. Was natürlich ausgesprochen ungezogen wäre. Wenn auch praktisch.

Zügigen Schrittes eilte sie nach oben, wo sie sich auf ihr bereits gemachtes Bett warf. Ein Blick auf ihren Sekretär erinnerte sie daran, dass sie noch immer nicht alle Briefe geöffnet hatte, und so erhob sie sich, schob die schweren Kuverts mit flacher Hand durcheinander und griff dann zu einem etwas dickeren Brief, den sie mit einem zierlichen Messer öffnete.

Sie stieß ein entnervtes „Pfffff" aus, als sie die schwere, auf Karton aufgezogene Fotografie ihrer Freundin Elsa in Händen hielt. Ein Gruppenbild. Elsa mit ihrem Gatten in der Mitte, die Eltern des Paares seitlich gruppiert. Ernste Gesichter. Elsa in einem traumhaften Brautkleid nach der neuesten Mode, den Schleier tief in die Stirn gesetzt und ein gewaltiges Lilienbukett über dem Arm drapiert. Zu ihren Füßen die Brautkinder. Ihr Mann in Uniform. Schneidig. Korrekt. Dass etwas mit seinem Bein nicht stimmte, erkannte man lediglich an der leidlich versteckten Krücke, die es ihm erst ermöglichte, für den Fotografen stehend auszuharren.

Ob sie sich liebten, vermochte ein Außenstehender an diesem Bild nicht zu erkennen. Wahrscheinlich musste es aber so sein. Victoria hoffte es zumindest für ihre Freundin. Aber selbst, wenn nicht – man hatte ihr recht schnell beigebracht, dass Ehen nun mal nicht im Himmel geschlossen wurden. Wenn man dann auf jemanden traf, für den man tatsächlich entflammte, so war es in ihren Kreisen allgemein akzeptiert, dass man sich diese Person als Liebhaber oder Mätresse nahm. Alles war möglich, solange man sich diskret verhielt.

Victoria aber hatte eine andere Vorstellung von der Ehe. Nicht, dass sie besonders romantisch veranlagt gewesen wäre. Mit einem Stallburschen durchzubrennen, wäre ihr nie in den Sinn gekommen. Aber sie hatte ein zu starkes Selbstwertgefühl, als dass sie sich mit scheinheiligen Zwischenlösungen zufriedengegeben hätte. Und gerade weil es für ihre Eltern kein wichtigeres Thema zu geben schien, hatte sie sich verbarrikadiert und all jene Männer nicht mal angesehen, die ihr mehr oder minder direkt angeboten worden waren. Manchmal verstieg sie sich sogar dazu, die Dienstmädchen im Haus zu beneiden, denen es verboten war, zu heiraten – noch immer mussten sie den Dienst verlassen, wenn sie eine Heirat planten.

Missmutig legte Victoria das Foto zur Seite. Dann überlegte sie kurz und drehte es um, sodass sie es nicht mehr ansehen musste. Aus einem goldenen Etui nahm sie eine Zigarette und zündete diese an. Auf die lange Spitze verzichtete sie, denn sie war eigentlich nur Zierde und im Moment überflüssig, wo sie allein war und nicht „exklusiv" wirken musste. Sie war zumindest bis zu jenem Augenblick allein, als ein Klopfen an der Tür ertönte. Im Gegensatz zu den offiziellen Räumen war es Usus, dass an den Privatzimmern der Herrschaft stets angeklopft werden musste.

„Ja?“, rief sie etwas lauter, da sie wusste, wie massiv die Türen waren.

Janet, ihre Zofe, trat ein. Sie trug ein sackartig geschnittenes schwarzes Kleid und darüber eine schmucklose, strahlend weiße Schürze. Die alten Hauben waren nach dem Krieg durch kleinere, volantlose ersetzt worden.

Alles war nun schlichter, praktischer als vor dem Krieg.

Janet trug ein funkelndes Kleid vorsichtig über dem Arm drapiert.

„Ich bringe die Robe. Monsieur Poiret hat sie soeben liefern lassen.“

Victoria atmete tief durch. Sie wusste, dass ihr Vater eine beinahe unverschämt hohe Summe für dieses schneiderische Wunderwerk ausgegeben hatte und wertete die Ausgabe als das, was sie war: ein weiterer Versuch, die Tochter so zu präsentieren, dass sie einen Ehemann finden musste! Aus diesem Grund wandte sie sich achtlos von dem kostbaren Stück ab und gab vor, weiter ihre Post durchzusehen.

„Wollen Sie es denn nicht anprobieren, Miss?“

„Später.“

„Ihre Ladyschaft möchte es aber gerne noch sehen, bevor sie ausfährt.“

Damit hatte Janet sie in der Ecke. Victoria erhob sich.

„Gut. Dann hilf mir bitte.“

Da die modernen Kleider wesentlich schneller anzuziehen waren als jene, die noch mit diversen Unterröcken und Korsetts getragen wurden, konnte sie kurz darauf bereits in die Robe schlüpfen.

Das Kleid war ein Traum, über und über bestickt mit lavendelfarbener Seide und Silberlamé. Ärmellos fiel es locker bis zu den Hüften, wo es seitlich einen mächtigen, mit Perlen bestickten Riegel hatte, von dem zahllose Perlenschnüre bis zum Saum herabflossen.

Janet trat einen Schritt zurück und bewunderte den Anblick. Und auch Victoria musste zugeben, dass das Kleid einen beinahe blendete.

„Welchen Kopfschmuck soll ich dazu tragen?“, fragte sie ihre Zofe, denn ihr eigener Anblick hatte sie mitgerissen.

„Ich würde das silberne Haarband mit den Federn empfehlen.“

„Hol es, bitte!“

Mit geschickten Händen zog Janet den Haarschmuck über Victorias Kopf und tief in die Stirn.

„Und dazu die lange Perlenschnur! Die, die bis zur Hmtata geht …“, verkündete Victoria, woraufhin ihre Zofe etwas verlegen schmunzelte, als habe sie gerade einem vorwitzigen Kind gelauscht.

„Oh. Die Perlen trägt gerade Ihre Ladyschaft …“

„Na, dann nichts wie runter zu Mama und sie ihr vom Hals gerissen!“

Sie hatte jeglichen Gedanken an einen Ehemann vergessen, begeistert von dem wundervollen Kleid, das sie tragen durfte und das sie aussehen ließ wie die Favoritin eines unermesslich reichen Scheichs.

Während sie, den Rock gerafft, nach unten eilte, träumte sie von verruchten dunkelroten Lippen, wie die Stars aus den Stummfilmen sie auf den Plakaten trugen, und sie kokettierte für einen Moment mit dem Gedanken, ihre Eltern damit zu schockieren.

Victoria war derart in einen Rausch verfallen, dass sie beinahe atemlos die Türe zum Empfangszimmer aufriss und mit zwei langen Schritten eintrat.

„Ich sterbe, wenn ich diese Perlen nicht bekomme!“, verkündete sie melodramatisch, warf den Kopf in den Nacken, schloss die Augen und bedeckte sie mit dem Handrücken, während sie den anderen Arm, wie nach einer Stütze suchend, neben sich ausstreckte.

Hatte sie nun mit einer schmunzelnden Ermahnung ihrer Mutter gerechnet, wurde sie von eiserner Stille überrascht. Verwundert nahm sie die Hand von den Augen und sah sich einer Szene wie in ihren Lieblingsfilmen gegenüber: Ihre Mutter saß kerzengerade auf der Couch und sah sie mit versteinertem Gesicht an. Victoria kannte diesen Ausdruck nur zu gut. Er fand nur noch eine Steigerung, wenn die Kiefer der Mutter zu mahlen begannen und hohle Stellen in den Wangen schufen.

„Meine Tochter Victoria.“

Jetzt sah sie den Grund, weswegen ihre Mutter um Beherrschung rang.

Vor dem Kamin stand ein großgewachsener Mann mit kurz geschnittenem blondem Haar, schmalen Lippen und gerader Nase. Seine Augen wurden dominiert von kräftigen Brauen, die ihm fast etwas Düsteres gaben. Sein Gesicht schien ebenso ausdruckslos wie das ihrer Mutter, doch in seinen Augen sah sie eine kalte Entschlossenheit. Er war von kräftiger Statur und trug einen sandfarbenen Anzug, wie Victoria ihn schon in Büchern über Archäologen gesehen hatte. Vollkommen unpassend für den Londoner Regen. Und doch trug er diesen Aufzug mit einer solchen Selbstverständlichkeit, dass der Eindruck entstehen mochte, nicht er, sondern vielmehr alle anderen seien unpassend gekleidet.

Victoria schluckte hart. Dann überzog sich ihr Gesicht mit glühender Röte.

Es kostete sie alles, den Raum nicht rennend zu verlassen, sondern irgendwie ihre Würde zu wahren. Kurz schloss sie die Augen und presste die Lippen zusammen. Einer Asta Nielsen passierte so etwas niemals …

Der fremde Gast hatte offensichtlich nicht vor, etwas von der Peinlichkeit der Situation zu mildern, indem er einfach dazu überging, die Honneurs zu machen. Vielmehr blieb er mit kaltem Blick stehen und bewegte sich nicht. Victoria fühlte sich erniedrigt, was leise aufkeimenden Zorn in ihr hervorrief.

„Major Nicolas Whitby", stellte ihre Mutter den Fremden vor und übernahm somit die Führung.

Entschlossen, da sowieso nichts mehr zu verlieren war, trat Victoria auf ihn zu und streckte ihm die Hand entgegen. Whitby aber löste sich viel zu zögernd aus seiner Position, um noch als wohlerzogen und höflich zu gelten.

„Miss Victoria …" Jetzt endlich ergriff er die ihm dargebotene Hand und schüttelte sie. Wobei „schütteln" der falsche Ausdruck war, wie Victoria fand. Er hob sie vielmehr nur einmal kurz an und ließ sie dann wieder los, als sei ihm die Berührung mit der jungen Frau beinahe unangenehm.

Was bist du denn für ein Vogel, schoss es ihr durch den Kopf. Sie war wahrhaftig ein anderes Verhalten von Männern gewohnt.

„Ich denke, meine Tochter wollte ihr neues Kleid vorführen", sagte ihre Mutter verbindlich, und Victoria erkannte an ihrer Stimme, dass sie offensichtlich schon seit geraumer Zeit größere Mühe hatte, eine Konversation mit diesem Whitby aufrechtzuerhalten. Auch jetzt zeigte er keinerlei Anzeichen, dem dargebotenen Konversationsangebot Folge zu leisten, sondern starrte Victoria lediglich kalt an.

Diese wiederum presste die Lippen zusammen und bemühte sich beinahe trotzig, seinen Blicken standzuhalten. Dabei bemerkte sie ein unerwartetes Kribbeln in ihrem Magen, das sich in konzentrischen Kreisen in ihren ganzen Körper auszubreiten schien.

Nachdem er verschiedenen Gedanken nachgegangen zu sein schien, sagte er beiläufig: „Schön", wobei nicht klar war, ob er das Kleid meinte oder die Situation im Allgemeinen. Jetzt schien Victoria doch noch seine Aufmerksamkeit erlangt zu haben. Allerdings anders, als sie erwartet hatte, denn er fuhr mit ruhiger Stimme fort: „Sicherlich wollen Sie sich jetzt umkleiden."

Es war eine Äußerung von solcher Impertinenz, dass es nicht nur Victoria den Atem verschlug, sondern auch ihrer Mutter. Diese aber fasste sich wesentlich schneller als die Tochter und sagte: „Ja. Das ist sicher eine gute Idee. Wir entschuldigen dich also für einen Moment, liebe Victoria. Sobald du umgezogen bist, nimmst du bestimmt einen kleinen Luncheon mit uns …"

Hatte sie nun von sich selbst erwartet, froh zu sein, von der Gegenwart dieses merkwürdigen Mannes befreit zu sein, ertappte sie sich doch dabei, wie sie die Treppen in das obere Stockwerk förmlich hinaufflog, in ihr Zimmer eilte und ein im Matrosenstil geschneidertes Kleid förmlich aus dem Schrank riss. Die wertvolle Ballrobe rauschte unbeachtet zu Boden, während sie in das Tageskleid schlüpfte. Sie wartete hierbei nicht mal auf ihre Zofe, wie es sich gehört hätte.

Auch so ein Überbleibsel, schoss es ihr durch den Kopf. Die modernen Kleider machten Zofen vollkommen überflüssig. Vorbei waren die Zeiten, wo die Kompliziertheit der Garderobe einer Dame es völlig unmöglich gemacht hatte, dass sie sich allein anzog. Sie erinnerte sich noch der Zeiten, wo sie – still wie ein Mäuschen – im Ankleidezimmer ihrer Mutter gesessen und beobachtet hatte, wie diese, kerzengerade aufgerichtet und einer Marmorstatue gleich, dagestanden hatte und sich hatte ankleiden lassen.

Victoria drehte sich vor dem großen, schwenkbaren Spiegel und fragte sich, ob sie Whitby wohl gefallen würde in diesem Kleid. Es war modern, aber nicht übertrieben. Verdeckte ihre weiblichen Rundungen, ließ sie aber dank des fließenden Stoffes nicht unförmig erscheinen. Ja, beschloss Victoria. Er würde es mögen.

Als sie am Fuß der Treppe stand, kam ihr einer der Diener entgegen. Seine Livree saß wie angegossen, und er trug ein silbernes Tablett.

„Ihre Ladyschaft erwartet Sie im Speisezimmer, Miss."

Ihre Mutter wollte diesen Whitby also loswerden. Sonst hätte sie niemals so zügig den Lunch servieren lassen. Victoria fragte sich, ob Whitby dies aufgefallen sein mochte. Für jedes Mitglied der Gesellschaft wäre es augenfällig.

Als sie das Speisezimmer betrat, hatten beide schon Platz genommen und Butler samt einem Diener und einem Dienstmädchen standen an der Anrichte parat, um auf ein Zeichen hin sofort mit dem Servieren zu beginnen.

Victoria nickte Whitby zu, der – seinen starren Blick auf sie gerichtet – mit beinahe ignoranter Verzögerung das Nicken erwiderte.

„So. Dann können wir wohl beginnen …"

Victoria löffelte schweigend ihre Suppe, entschlossen, vor diesem Mann, der seine Augen nicht von ihr ließ, kein dummes Wort zu sagen. Denn nur zu deutlich spürte sie eine seltsame innere Erregung, die wohl dazu führen mochte, dass sie – einmal losgelassen – wild zu plappern beginnen würde. Und für ihre Begriffe war der Star-Auftritt genug an Peinlichkeit für einen Tag gewesen.

So lauschte sie dem ans Fenster prasselnden Regen, ohne auch nur zu registrieren, was sie überhaupt aß. Sie umklammerte den Griff des Löffels förmlich, spürte sie doch Whitbys Blicke ungebrochen auf sich.

„Wie lange werden Sie in London bleiben, Mr. Whitby?"

„Major Whitby", verbesserte er sie kalt.

Das Lächeln ihrer Mutter gefror, dann nickte sie und nahm einen weiteren Löffel Consommé.

„Ich weiß es noch nicht. Ich werde vor der Royal Geographic Society noch einen Vortrag halten, und dann habe ich noch ein paar Verpflichtungen, denen ich nachkommen muss."

Es war der längste Satz, den Victoria bisher von ihm gehört hatte, und sie vermutete, dass er sich bemühte, die Kerbe auszuwetzen, die er zuvor geschlagen hatte.

„Das ist schön."

An dieser Stelle hätte ihre Mutter, der Konvention folgend, der Hoffnung Ausdruck verleihen müssen, Major Whitby noch öfter als Gast des Hauses begrüßen zu dürfen. Sie unterließ es, was Bände sprach. Zumindest für gesellschaftlich versierte Personen.

„Und wohin reisen Sie dann?"

„Zurück nach Denhar."

Er sprach das letzte Wort in einer so merkwürdigen Art und Weise aus, dass Victoria sofort begriff, dass er die Sprache der Einheimischen dort beherrschte.

„Wie lange werden Sie reisen?"

Whitby schob den leeren Teller ein Stück von sich, der sofort abgeräumt wurde. Dann erläuterte er seine Reiseroute, während seine Blicke zwischen der Dame des Hauses und ihrer Tochter hin und her wanderten. Ja, Victoria konnte sich des Eindrucks nicht erwehren, dass er immer lebhafter wurde, je mehr er von diesem fremden Land berichtete. Und je mehr er zu brennen begann, desto mehr riss er sie mit.

Victorias Mutter war weniger beeindruckt. „Aber, Major Whitby … die Wüste, ich bitte Sie! Gewiss, unser Londoner Wetter, von dem Sie gerade einen lebhaften Eindruck gewinnen, ist nicht das Angenehmste. Aber doch sicherlich der toten Hitze der Wüste allemal vorzuziehen."

„Meine Liebe, du düpierst unseren Gast." Einmal mehr hatte ihr Vater seine Meisterschaft im unerwarteten Auftauchen demonstriert, was bei den Dienern emsige Aktivität auslöste, indem sie sofort ein neues Gedeck auflegten.

„Nichts liegt mir ferner, mein Lieber. Aber ich halte doch die Wüste für den totesten Ort der Welt. Wenn mir dieser sprachliche Fehler erlaubt ist."

Ihr Vater breitete schmunzelnd eine Damastserviette auf seinem Schoß aus, und Whitby schüttelte ungehalten den Kopf.

„Die Wüste ist nicht tot!", knurrte er und starrte Victoria an, als gälte seine Maßregelung ihr.

Sie aber sah ihn verwundert an. Seine Züge hatten an Lebhaftigkeit gewonnen. Die kräftigen Brauen bewegten sich über den glänzenden Augen, während er seine Empörung an dem Fisch auf seinem Teller ausließ. Seine Art, den Worten ihrer Mutter gegen alle Konvention Kontra zu bieten, beeindruckte sie. Ebenso seine kräftigen Hände. Sie ertappte sich bei dem Gedanken, wie wohl seine Arme aussehen mochten, wenn er kein Hemd trug.

Die Überlegung ließ sie erröten und damit dies nicht bemerkt würde, senkte sie schnell den Kopf. Dass Whitby es dennoch registriert hatte, war ihr klar.

„Ihr Lieben, beenden wir den Streit!"

Lady Stockbridge sah ihren Mann mit gehobenen Augenbrauen an. Schließlich hatte sie diesen Gast ja ihm zu verdanken!

„Ich schlage vor, dass wir alle den Vortrag von Major Whitby am Freitag in der Royal Society besuchen und uns ein eigenes Bild machen."

Schweigen in der Runde war die einzige Antwort.

„Gut. Damit wäre das beschlossen und verkündet!", sagte ihr Vater zufrieden und ordnete die Serviette auf seinem Schoß neu.

Kapitel 2

Der Freitag brachte eine nochmalige Verstärkung der Regenfälle, und es war an Lady Stockbridge, ihrem Mann gehörig den Kopf dafür zu waschen, dass sie alle sich nun wegen seiner Eingebung bei diesem Wetter nach draußen begeben mussten, um einem unsäglichen Vortrag über einen unsäglichen Ort zu lauschen.

Die Einzige, die beharrlich schwieg, war Victoria. Seit ihr Vater seinen Beschluss verkündet hatte, freute sie sich auf den Vortrag. Beziehungsweise auf den Vortragenden. Seit jenem Tag, an dem sie Whitby zum ersten Mal gesehen hatte, hatte er nicht mehr aufgehört, ihre Gedanken zu beherrschen. Nie zuvor hatte sie jemanden erlebt, der mit solcher Selbstverständlichkeit sämtliche Konventionen des Salons gebrochen hatte. Alles an ihm schien ihr beeindruckend: sein Aussehen, seine Herkunft, seine Haltung, seine Unnahbarkeit. Allein, ihn vor ihrem inneren Auge zu sehen, ließ ihren Atem schneller gehen.

Und nun saß sie unter den anderen Zuhörern im großen Saal der Gesellschaft und wartete so gespannt auf seinen Auftritt, als müsse sie selbst gleich nach vorn gehen und sprechen.

„Sitz doch still!“, mahnte ihre Mutter mit leisem Zischen, als gälte es, ein ungezogenes Kind zu maßregeln. Die Federn an ihrem Hut waren heruntergedrückt von der herrschenden Feuchtigkeit und taten ihrem majestätischen Erscheinungsbild doch keinen Abbruch.

Ein Mitglied der Royal Society trat ans Rednerpult, das aus schwerem dunklen Holz gefertigt war und die Bedeutsamkeit jener Erkenntnisse zu symbolisieren schien, die hier vorgetragen wurden.

Vereinzeltes Räuspern, hin und her Rutschen auf den Stühlen – und dann Totenstille.

„Wir dürfen heute in unserer Mitte Major Nicolas Whitby begrüßen. Er wird uns ein Land vorstellen, das leider noch immer eine Art weißer Fleck auf der Landkarte des Wissens ist, und zwar Saramaa mit seiner Hauptstadt Denhar. Major Whitby wurde zwar in England geboren, doch bereits als kleiner Junge zog er mit seiner Familie in jenes geheimnisumwitterte Land, aus dem seine Mutter stammte. Wir freuen uns, ihn für einen Vortrag in unserer Mitte begrüßen zu dürfen. Wir erhoffen uns viele Erkenntnisse über dieses Land und seine Menschen. Bitte heißen Sie Major Nicolas Whitby mit mir willkommen!“ Indem er ein paar Schritte rückwärtsging, klatschte er Beifall, der vom Publikum aufgenommen wurde.

Auch jetzt trug Whitby zu Victorias Verblüffung nicht den obligatorischen Cut für dieses Ereignis, sondern seine merkwürdige Wüstenuniform. In seiner ganzen, beinahe steifen Haltung ähnelte er mehr einem Offizier beim Rapport als einem Forscher oder Reisenden.

Als er seine Unterlagen geordnet hatte, setzte Victoria sich unmerklich noch etwas aufrechter hin und blickte ihn erwartungsvoll an. Sein ausdrucksstarkes Gesicht mit den großen Augen ließen warme Schauer von ihrer Brust direkt in ihren Unterleib strömen. Und diese intensivierten sich noch, als seine Blicke wie suchend über die Zuhörerschaft schweiften, um schließlich an ihr haften zu bleiben.

Jetzt spricht er nur für mich, dachte sie, und aus der Wärme wurde glühende Hitze.

Hatte sie sich auch darauf gefreut, mehr über sein Heimatland, wenn man es denn so bezeichnen wollte, zu erfahren, erinnerte sie sich schon Momente nach Ende des Vortrags an kein einziges Wort mehr. Nur sein Gesicht, seine Hände, seine Stimme hatten sich ihr förmlich eingebrannt. Auch die Fragen, die nunmehr sowohl von den Zuhörern als auch von den Mitgliedern der Royal Society gestellt wurden, nahm sie nicht wahr. All ihr Denken und Fühlen konzentrierte sich auf ihn. Und so saß sie noch Minuten, nachdem alle sich erhoben hatten, wie verzaubert da und beobachtete Whitby, der mit einigen Herren in der Nähe des Pults stand und sprach. Wobei ihr nicht entging, dass er wieder und wieder ihre Blicke zu suchen schien und wenn er sie dann gefangen hatte, sekundenlang in ihnen verharrte.

Allein die Tatsache, derart schamlos fixiert zu werden, trieb ihr die Röte ins Gesicht und ein machtvolles Rauschen in den Unterleib. Nie zuvor hatte ein Mann etwas auch nur annähernd Ähnliches in ihr ausgelöst. Sie wollte nur noch ganz nah bei ihm sein. Seinen Duft riechen und seine Stimme mit jenem eigentümlichen, melodischen Singsang hören.

Ihre Gedanken wanderten in verbotene Gefilde, deren nebelhafte Hitze einer anständigen jungen Frau verboten war. Vor ihrem inneren Auge sah sie Szenen aus ihren Lieblingsfilmen. Heldinnen, die sich in die Arme ihrer Liebhaber warfen. Feurige, von ihren Sehnsüchten getriebene Männer und Frauen, die sich in einem entfesselten Taumel begegneten und niemals nach den Folgen ihres Tuns fragten. So sah Victoria sich in seinen Armen liegen.

Ja, sie war so in ihren Tagträumen gefangen, dass sie zu ihm hintrat und ihn schweigend ansah. Die irritiert blickenden Herren um ihn herum bemerkte sie nicht. Auch nicht ihre Mutter, die ein solches Benehmen ausgesprochen inakzeptabel fand.

„Victoria … es ist Zeit", erklärte sie etwas gepresst, nickte den Herren zu und machte sich daran, die Tochter aus der fragwürdigen Situation zu dirigieren.

Der Saal leerte sich und hätte nicht ein Mitglied der Royal Society sowohl ihren Vater als auch ihre Mutter in ein Gespräch verwickelt, das dafür sorgte, dass Victoria sich allein zum wartenden Wagen begab, wäre sie möglicherweise nie an jener Säule vorbeigekommen, die in jenem schmalen Gang stand, der zu einem der Seitenausgänge führte.

Im gleichen Moment aber, da sie diese Säule passierte, schoss ein Arm hinter derselben hervor, und eine kräftige Hand packte sie an der Schulter. Ehe Victoria noch irgendwie reagieren konnte, wurde sie bereits mit Gewalt hinter die Säule gezerrt und gegen den kalten Stein gepresst. Mit weit aufgerissenen Augen starrte sie jenen Mann an, der ihre Gedanken beherrschte wie kein anderer.

Als sein Gesicht dem ihren so nah war, dass sie die kleinen Sprenkel in seinen Augen sehen konnte, drohten ihre Knie zu versagen. Sie sackte sogar ein wenig zusammen, doch er fing sie mit entschlossenem Griff auf. Sein Körper drängte mit solcher Macht gegen den ihren, dass sie kaum noch atmen konnte. Victorias Blut rauschte in ihrem Kopf, und als er seine Lippen auf ihre presste, brach ein Sturm in ihr los, wie sie ihn noch nie empfunden hatte. Eine Urgewalt ergriff Besitz von ihr, nahm ihr jegliche Fähigkeit zum klaren Denken. Sie dachte nicht mehr an die Örtlichkeit, an der sie sich befanden. Dass jeden Moment jemand um die Ecke kommen und sie beide sehen mochte. Weder an die Peinlichkeit, hier ertappt zu werden wie ein Dienstmädchen beim Stehlen noch an die gesellschaftlichen Konsequenzen ihres Tuns. Da waren nur noch Whitby, der heftig atmend ihren Mund eroberte und mit seiner Hand ihre Brust knetete, und sie, die sich ihm vollkommen bedenkenlos hier, hinter dieser Säule, hingegeben hätte. Ja, sie schlang sogar ein Bein um seine Hüfte, in dem wirren Versuch, seine Männlichkeit, die hart gegen ihren Unterleib drückte, näher an sich zu spüren.

Nie zuvor hatte sie eine solch animalische Gier nach einem Mann verspürt, war sie in einen solchen Taumel geraten, elektrisiert von der Lust, die von ihm ausging und sie in eine andere Welt zu versetzen schien. Gleichzeitig fühlte sie sich geborgen in seinen

Armen, ja beinahe unangreifbar, als habe er einen Umhang um sie geworfen, der sie beide unsichtbar machte.

Victoria spürte sein Herz, wie es so heftig trommelte, dass es sich anfühlte, als sei es direkt in ihre Brust gewandert. Sie öffnete sich ihm ganz und gar, verzehrt von Flammen, die so glühend loderten, dass sie zu verbrennen drohte. In diesem Moment, brachial gegen die Säule gepresst, hätte sie ihm alles gegeben. Ohne auch nur für eine Sekunde an ihren Ruf oder ihre Ehrbarkeit oder ihre Zukunft zu denken. Er begehrte sie, und das war alles, was für Victoria zählte. Er begehrte sie mit einer Inbrunst, einer Direktheit, die jeden anderen Mann in einen Nebelschleier verwandelte.

„Ich will dich!", stieß er heiß an ihrem Ohr hervor, und seine Worte ließen – sie spürte es sofort – Feuchtigkeit zwischen ihren Schamlippen herausfließen.

Victoria errötete. Wegen seiner Worte und der daraus resultierenden Reaktion ihres Körpers. Zu Antworten vermochte sie nicht. Sie konnte nur die Augen schließen und biss Whitby – ohne es zu beabsichtigen – seitlich fest in den Hals. Er warf den Kopf zurück und stöhnte. Sie erschrak, war sich nicht sicher, ob es aus Schmerz oder Lust geschah.

Whitby aber drückte sie von sich weg, und seine zornerfüllten Augen oszillierten hektisch über Victorias Gesicht. Seine Hand war zu jener Stelle emporgefahren, die sich nun rot verfärbte, und presste entschlossen gegen den Abdruck. Sein Kopf machte eine halbherzig abwehrende Bewegung, dann eilte er davon.

Sie stand da. Schockiert. Überrascht. Lauschte den sich entfernenden Schritten und wusste nicht, was sie falsch gemacht hatte oder warum er sie wortlos hatte stehen lassen. Sie wusste nur, dass alles in ihr zusammenzufallen drohte. Ein heftiges Zittern, ähnlich jenem, das einen schweren Fieberanfall begleitet, erfasste Victoria, und sie fragte sich, ob sie es überhaupt schaffen würde, hinaus zum wartenden Wagen zu kommen …

Kapitel 3

Die der heftigen Umarmung folgenden Stunden waren die Hölle. Je mehr zeitlichen Abstand Victoria zu jenem Ereignis gewann, desto größer wurde das Gefühl der Scham darüber, sich derart gehen gelassen zu haben. Jede Handbreit ihres Elternhauses, jeder Blick eines Dienstboten, gemahnte sie an jene Schritte, die sie sich vom Weg fort begeben hatte. Doch die Bilder jener hitzigen Minuten kehrten wieder und wieder in ihr Gedächtnis zurück und gewannen, ihrer Scham zum Trotz, immer stärkere Plastizität.

Ja, gegen Abend war es ihr, als bräuchte sie nur den Kopf ein wenig vorzustrecken und könnte schon den Stoff seiner Jacke an ihrer Wange spüren, das Schlagen seines Herzens fühlen, den Duft seines Atems riechen.

Victoria wurde mulmig bei dem Gedanken, ihn wiederzusehen. Doch noch mehr schreckte sie die Möglichkeit, Whitby nie mehr zu begegnen.

Er gemahnte sie an einen fürchterlichen Gewittersturm, der sie als Kind unweit des Parks ihrer Großeltern in Northumberland überrascht hatte. Sie hatte, entgegen der strikten Order des Großvaters, den Park verlassen und war über die duftenden Sommerwiesen geschlendert. Wilde Blumen hatte sie gepflückt und von schwarz glänzenden Brombeeren genascht, als plötzlich, angekündigt nur durch einen kurzen, warmen Hauch, jener Sturm losgebrochen war, gegen den sie Schutz am Stamm einer alten Eiche gesucht hatte. Ebenso wie vorhin bei Whitby, hatte sie damals ihre Finger in die raue Borke gegraben, in der Hoffnung, nicht mitgerissen zu werden.

Doch im Gegensatz zu jenem Sommertag in Northumberland, war der Sturm jetzt keineswegs abgeebbt. Er hatte sich lediglich gelegt. Gerade so, als gelte es, Kraft zu sammeln für eine neuerliche Attacke. Und was diese Attacke anbetraf, so fühlte sich Victoria ihr mindestens ebenso schutzlos ausgeliefert wie damals, als sie sich an die Eiche geklammert hatte.

Selbst in ihren Traum kam Whitby. Ruhelos hatte sich Victoria in ihrem Bett hin und her geworfen. Schwankend zwischen Schlaf und Wachheit. Fiebrig die Hände abwehrend von sich gestreckt, dann wieder kraftlos herabfallend.

Whitby stand in jenem Traum vor ihr. Groß. Erfüllt von Macht und Selbstbewusstsein. Mit gebieterischer Miene bedeutete er ihr, sich ihm zu nähern. Doch sie konnte nicht. Ihre Füße waren wie angewachsen. Und als sie es, erfüllt von tiefster Furcht und größter Lust, doch schaffte, sich zu bewegen, schienen ihre Beine wie in Treibsand zu versinken. Sie kämpfte um jeden Fingerbreit, den sie sich ihm zu nähern vermochte. Schweiß rann von ihrer gerunzelten Stirn und gekeuchte Worte entrangen sich ihren Lippen.

Und dann erwachte sie. Erfüllt von einem merkwürdigen Gefühl in ihrem Unterleib. Als sie sich aber bewusst wurde, was dieses Gefühl ausgelöst hatte, errötete sie in der Dunkelheit ihres Zimmers, die nur durch einen fahlen Schein der Straßenlaterne matt erhellt wurde. Voller Entsetzen erkannte Victoria, dass sie im Schlaf ihre Hand zwischen ihre Beine geschoben und einen Finger in ihr Loch gesteckt hatte, sodass er jetzt von ihren Säften überzogen war.

Nie zuvor hatte sie dergleichen getan. Aber in diesem Moment schien es unausweichlich. Es war die einzige Möglichkeit, ihr Verlangen nach Whitby so zu stillen, wie sie es mit jeder Faser ihres Körpers herbeisehnte.

Also ließ sie ihre aufgestellten Knie auseinanderfallen und öffnete sich so für die Stimulation durch ihren Finger. Natürlich wusste sie, wie ein Mann in eine Frau eindrang, und als sie ihren Finger in ihrer Fantasie in eine männliche Erektion verwandelte, sah sie vor ihrem inneren Auge Whitby.

Er stand vor ihr und riss wild entschlossen die Knöpfe seiner Jacke auf. Fassungslos betrachtete sie seinen schweren, muskulösen Körper, seine kräftigen Hände, die nun die Hose öffneten und ihren Blicken eine prachtvolle, erigierte Männlichkeit preisgaben.

Unwillkürlich trieb sie ihren Finger schneller und schneller in ihr kochendes Inneres, verzehrt von der Gier, ihn wirklich jetzt in Fleisch und Blut vor sich zu haben. Ihr Oberkörper bäumte sich seinem Schemen entgegen, ihre Brüste hoben und senkten sich wie bei einem erschöpfenden Rennen. Victoria spürte, wie sich ihre Brustwarzen verhärteten und eine prickelnde Gänsehaut ihr Fleisch zu überziehen begann. Mühsam unterdrückte sie das lustvolle Stöhnen, was immer schwieriger wurde, je näher ihre Finger ihrer Lustperle kamen. In ihrer mittlerweile mehr denn plastischen Fantasie lag Whitby auf ihr, fixierte ihre Blicke und drang langsam, ohne jede Hast, mit seinem harten Schwanz in sie ein.

Tief in ihrem Inneren wusste sie, was ihre Mutter von einem solchen Treiben halten würde. Aber darauf gab sie keinen Pfifferling. Die Schauer, die jene unbändige Gier in ihr auslösten, das ungeheure Glücksgefühl und dabei jenes beständig heftiger nagende Verlangen nach dem echten Körper Whitbys, ließen sie alles vergessen, was eine junge Dame als existentiell angesehen hätte. Und dann plötzlich, gerade, als ihr Finger in die tiefe Falte neben ihrer Klit eingetaucht war und sie leicht mit dem Nagel zu kratzen begann, explodierte etwas in ihr. Es riss sie förmlich empor. Eine irrwitzige Fahrt auf einem gleißenden Regenbogen setzte ein, löste rauschhafte Glücksgefühl in ihr aus. Victoria wand sich stöhnend unter ihrer Decke, stets begleitet vom Bild des nackten Geliebten, der seine Härte wieder und wieder in sie eindringen ließ.

In einem gewaltigen Nachbeben, davongetragen von krampfenden Zuckungen ihrer Glieder, kam Victoria langsam zu Bewusstsein, was sie gerade getan hatte. Die nasse Hand hervorziehend roch sie an ihren Fingern. Ein würziger Duft, der etwas ungeheuer Animalisches hatte, stieg in ihre Nase. Es war ein angenehmer Geruch, und sie sehnte sich danach, den Geliebten ebenfalls daran schnuppern zu lassen. Eine überwältigende Zufriedenheit erfasste sie. Es war eine neue Welt, die sie betreten hatte, und sie war sich absolut sicher, dass sie diese nie mehr würde verlassen wollen. Es war ihr ganz persönliches Paradies, aus dem es keine Vertreibung geben würde. Was immer ihre Eltern und die Gesellschaft auch von ihr erwarten mochten – sie würde es nicht mehr aufgeben. Eine Minute in diesem Paradies war mehr wert, als ein ganzes Leben eingezwängt in Sitte und Moral.

Aber ebenso bewusst wie ihr dies war, so klar war Victoria auch, dass dieser Ort für zwei Menschen geschaffen war: für sie und Whitby! Langsam zog sie die Decke über ihre Schulter und drehte sich auf die Seite. Das Gefühl ihres Höhepunkts war noch immer in ihren Gliedern, und sie fühlte sich zufrieden und gleichzeitig erschöpft. Wenn sie die Augen schloss, konnte sie sich vorstellen, dass Whitby neben ihr lag. Wie die Matratze unter dem Gewicht seines Körpers eingedrückt wurde. Und plötzlich gab es in Victoria keinen größeren Wunsch, keine größere Sehnsucht mehr, als eine ganze Nacht lang das mit ihm zu tun, was sie soeben allein getan hatte. Und nach dieser Nacht wollte sie neben ihm wach werden.

Nur noch dafür wollte sie leben.

Kapitel 4

„Nein, Lieber … er ist ein unmöglicher Mensch“, stellte ihre Mutter gerade dezidiert fest. Sie saß so aufrecht wie immer auf dem ledernen Sofa und hielt einen Brief in Händen, den sie wohl gerade gelesen hatte.

Ihr tizianrotes Haar war perfekt aufgesteckt, und ihr zartes Chiffonkleid umspielte ihre fast knabenhaften Formen auf das Vorteilhafteste.

Während die Mutter ihren Blick immer noch auf ihren Gatten gerichtet hatte, nickte der bereits mit sorgenumwölkter Miene seiner eintretenden Tochter zu. Er trug einen eleganten Cut und war offensichtlich auf dem Weg ins Parlament.

„Victoria, wir sprechen gerade über diesen unmöglichen Menschen … diesen Whitby. Dein Vater hat es sich in den Kopf gesetzt, mich noch einmal dieser unsäglichen Tortur auszusetzen und ihn zu empfangen.“

„Aber meine Liebe …“, hob ihr Vater an und warf dabei einen beinahe gehetzten Blick zu jener Uhr auf dem Kaminsims, die unter einer Glasglocke stand. „Ich dachte an eine Einladung anlässlich der Soiree mit Madame Agathy nächsten Dienstag. Er wird einer unter vielen sein und nicht weiter störend auffallen.“

Die rechte Augenbraue ihrer Mutter wanderte missbilligend in Richtung ihres Haaransatzes.

Victoria hätte ihrem Vater in diesem Moment um den Hals fallen mögen. Ihre Aufmerksamkeit wurde allerdings durch einen Ast abgelenkt, der vom Sturm gegen das Fenster gepeitscht wurde und die Regentropfen verrieb, die in Strömen am Glas herabliefen.

Ihre Mutter las in dem Brief weiter, offensichtlich nicht willens, das Thema weiterzuverfolgen.

„Liebes, wir müssen ihn einladen. Ich wurde von Lord Palmerston persönlich darum gebeten.“

Ihre Mutter tat, als habe sie nichts gehört. Das war ihre Standardreaktion auf Dinge, die ihr missfielen: Sie ignorierte sie schlicht.

„Meine Liebe …“, mahnte ihr Vater, und Victoria war klar, dass er eine Antwort der Mutter brauchte. Es war gesellschaftlich nicht akzeptabel, dass nicht die Dame des Hauses, sondern er die Einladung aussprach.

„Dann soll Palmerston ihn einladen, wenn er ihn so berauschend findet.“

Die Tür wurde geöffnet und der Butler trat ein. „Eure Lordschaft, der Wagen wartet.“

Ihr Vater schwenkte den Kopf, und seinem Gesicht nach zu urteilen fehlte nicht viel und er hätte vor Zorn aufgestampft. Gerade aber, als er am Butler vorbeigehen wollte, sagte ihre Mutter, ohne auch nur den Kopf von den Zeilen zu heben: „Gut. So soll er halt kommen, dein famoser Whitby."

„Du lädst ihn ein?"

Sie antwortete nicht mehr. Die Audienz war beendet.

Victoria hatte von ihrer Position aus den ganzen Salon im Blick. Ihre Mutter, die weiter ihren Brief las, den Vater, der mit Hut und Mantel im Arm auf den Diener zustrebte, den Kamin, die Gemälde. Alles. Plötzlich erschien es ihr, als habe sie genau die gleiche Szene schon zahllose Male erlebt. Wie eine Grammofonplatte, die an einem bestimmten Punkt hängen geblieben ist und dieselbe nervtötende Stelle wieder und wieder spielt, bis man glaubt, dass einem der Kopf platzt. Sie wollte die Augen schließen und nichts mehr davon sehen oder hören. Doch in eben jenem Moment legte sich eine gewaltige Klaue um ihre Kehle und schnürte ihr die Luft ab. Schlagartig empfand sie dieses vornehme Haus und seine Bewohner wie einen jener Bunker, von denen ihre Freunde berichtet hatten, die aus Frankreich und Belgien zurückgekehrt waren. Ein düsterer Klotz, in dem man sich lebendig begraben fühlte. Und viel zu oft auch war.

Als wolle etwas aus ihr herausbrechen, schien sich ihre Brust zu weiten, zu dehnen. Victoria bekam keine Luft mehr, und ihr Körper war zum Zerreißen gespannt. Sie ertrug es nicht mehr. Den ewig gleichen gesellschaftlichen Rhythmus, die starren Konventionen, in die sie eingezwängt war wie in ein stählernes Korsett. Sie würde ersticken. Jetzt und hier.

Es musste doch ein Entrinnen geben ... Hatten die Zeiten sich nicht gewandelt? Trugen die Frauen nicht Haare und Röcke kurz? Konnten sie nicht Berufe ergreifen? Automobile fahren? Warum konnte ein Mädchen des Mittelstands als Sekretärin arbeiten, sich den Mann als Ehemann wählen, den sie wollte? Warum sollte ihr, Victoria Stockbridge, verwehrt sein, was für alle anderen Normalität war?

Sie eilte mit wenigen langen Schritten zum Fenster und riss es auf. Kalt peitsche eine Böe den Regen in ihr Gesicht. Noch immer mit zugeschnürter Kehle, begann sie langsam wieder flach zu atmen. Ihr Kopf hämmerte noch immer, aber es wurde besser. Wenn auch ihr Kleid innerhalb weniger Augenblicke völlig durchnässt war und ihre Mutter entsetzt rief: „Kind! Du holst dir den Tod! Mach sofort das Fenster zu!"

Doch Victoria wollte dieses Fenster nicht mehr schließen. Sie hatte Whitby zugehört in der Royal Society. Sie hatte ihm sogar sehr gut zugehört. Und nicht nur, weil sie etwas für ihn empfand. Sondern weil er von einer fremden Welt berichtet hatte. Weil sie erkannt hatte, dass es mehr gab als nur Salons, gepflegte Konversation und die Aufregung um die neueste Mode aus Paris. Es gab so unendlich viel mehr, und für Victoria war Whitby zum Inbegriff all dessen geworden. Was sie letzte Nacht getan hatte, war nur ein erster Schritt gewesen. Dessen war sie sich absolut sicher. Whitby würde für sie die Eintrittskarte in ein neues Leben sein.

Kapitel 5

Gloria Van Dyke war eine mehr als exzentrische Erscheinung. Sie war ungeheuer groß und ungeheuer dünn. Trug sie fließende, dünne Stoffe, was sie meistens tat, so traten ihre Beckenknochen wie Schaufeln hervor. Ihre Brüste waren so klein, dass sie praktisch nicht vorhanden waren. Im Gegensatz zu ihren Augen, die rund und groß wie Kugeln in ihren Höhlen lagen. Ihre Lippen schminkte sie stets in übertriebener Form und übertriebenen Farben. Wenn es ein „rotestes Rot“ gab, so benutzte Gloria es. Wie eine pralle Kirsche wirkte ihr Mund in ihrem kalkweißen Gesicht.

In diesem Moment lag Gloria Van Dyke wie hingegossen auf Victorias Couch, eine Zigarette in extrem langer Zigarettenspitze zwischen den passend zum Lippenstift manikürten Fingern, und kommentierte mit völlig übertriebenem Akzent eine Party, die sie am Vorabend besucht hatte. Victoria lauschte ihr und blinzelte gegen die grellen Farben an, die Glorias seidenen Kaftan strahlen ließen. Es war ein Import aus dem fernen Japan, besetzt mit cremefarbenen Quasten, die Glorias weit ausholenden Bewegungen unterstrichen. Frauen wie Gloria traten nicht ein – sie traten *auf*!

„Wie ich höre, habt ihr einen wunderbar exzentrischen Gast empfangen, Daaarling.“ Sie dehnte das letzte Wort dramatisch, und da die Stockbridges selten *wunderbar exzentrische* Gäste empfingen, wusste Victoria sofort, von wem die Rede war. „Deine Mutter soll ihn anbeten.“

Victoria starrte ihre Freundin verblüfft an. *Anbeten* war nicht die erste Vokabel, die ihr in diesem Zusammenhang in den Sinn gekommen wäre.

„Nun ja …“ Mehr fiel ihr nicht ein.

„Ich habe ihn in der Hall gesehen … aaah! Ein Bär von einem Mann … so animalisch … wild … provokativ.“

Glorias rollende Augen zusammen mit ihren gurrend ausgestoßenen Worten riefen in Victoria ein eindeutiges Gefühl hervor: Eifersucht! Es begann, in ihrem Magen zu brennen, und ihr Kopf fing an zu glühen. Was war zwischen Gloria und dem animalischen Whitby gelaufen? Warum brachte sie die Rede auf ihn?

Plötzlich warf Gloria sich nach vorn und umklammerte das Knie ihrer Freundin.

„Gooott … Daaarling … Diesen Mann würde ich nicht von meiner Bettkante schubsen!“

Victoria wurde übel.

Gloria ließ sich wieder zurückfallen und blickte verzückt zur Decke. „Aaah … seine mächtigen, gierigen Pranken auf meinem vor Lust kochenden Körper … Welche Vorstellung!“

„Lass ihn in Ruhe!“ Die Erwiderung kam so plötzlich, so unvorbereitet, dass Victoria selbst über sich erschrak. Sie schluckte hart und hätte Gott weiß was dafür gegeben, in diesem Moment einfach den Mund gehalten zu haben.

Gloria blickte sie direkt an. Sie war verblüfft. Etwas, das man bei ihr selten erlebte. „Vicky … du und … er?“ Ihre Stimme hatte alles Theatralische mit einem Schlag abgelegt.

Die Anspannung in Victorias Gliedern wurde beinahe unerträglich. Jetzt schwieg sie verbissen.

„Liebes … das ist keine gute Idee. Das weißt du, nicht wahr?“ Gloria legte die Zigarettenspitze in den kristallenen Aschenbecher und sah ihre Freundin fast besorgt an. „Das ist gar keine gute Idee!“

„Ich weiß“, erwiderte Victoria kleinlaut. Ihre Stimme war zu einem Flüstern geschrumpft.

„Vic … deine Eltern würden ihn niemals akzeptieren. Niemand in der Gesellschaft würde das. Er hat einen zweifelhaften Ruf und eine zweifelhafte Herkunft. Und warum gewisse Mitglieder im Außenministerium ihn so hofieren, lässt mich Düsteres ahnen.“ Jetzt war sie wieder die Gloria, die für ihre Freunde durchs Feuer ging. Umsichtig, besorgt. „Du kannst ein Abenteuer mit ihm haben … aber nicht mehr.“

„Und das sagst ausgerechnet du?“, versetzte Victoria, die noch verletzt war von Glorias ersten Äußerungen und an der noch immer die Eifersucht nagte.

„Ja. Ich sage das. Weil ich mehr weiß von den Männern als du. Weil ich sie kenne. Er ist der Raubtier-Typ. Wenn er etwas will, nimmt er es sich. Und wenn er genug hat, lässt er dich kommentarlos fallen, noch ehe du begreifst, was dich getroffen hat. Und das will ich nicht. Dafür bist du zu schade. Diese Sorte Mann braucht eine andere Sorte Frau.“

„Doch nicht etwa eine Tigerin wie dich?“ Victoria empfand eine merkwürdige Lust daran, das Brennen in ihrem Körper zu schüren. Die Dinge auf die Spitze zu treiben.

„Ja. Vielleicht. Aber für mich kommt er nicht infrage, weil er außerhalb aller Dinge steht. Ich nehme einen Marquis. Oder dessen Diener. Aber keinen Mann wie Whitby."

Victoria sank in sich zusammen. Es fühlte sich an, als habe Gloria Whitby eine Teufelsfratze gemalt. Sie wollte ihn verteidigen, doch sie konnte es nicht. Mit welchem Argument denn? Wenn selbst Gloria solche Vorbehalte gegen ihn hegte … was konnte sie sich dann herausnehmen? Sie fand sich in einem Gefühlschaos wieder, das zwischen maßloser Enttäuschung und einem hohen Maß an Willen zur Rebellion schwankte. Gehörte zu einer modernen Frau nicht auch, dass sie sich den Mann erwählte, nach dem ihr Herz – und ihr Körper – strebten? Verlangte Liebe nicht, dass man Konventionen auch außer Acht zu lassen bereit war? Wenn aber jemand unkonventionell lebte und die Konsequenzen mit einer gewissen Nonchalance trug, so war es Gloria. Wäre sie, Victoria, überhaupt dazu in der Lage, die gesellschaftlichen und familiären Grenzen zu überschreiten?

Und noch ein anderer Zweifel überkam sie. Er wog schwerer, schmerzte mehr als alles andere: Wenn Whitby sie so hemmungslos an sich gezogen hatte – tat er dies vielleicht auch mit anderen Frauen? Es lag doch nahe, dass es eine grundlegende Eigenschaft dieses Mannes war, sich zu nehmen, was er begehrte. Sich von keinerlei Skrupeln limitieren zu lassen.

Gloria hatte ihre Zigarettenspitze wieder aufgenommen und lasziv in ihren Kirschmund geschoben. „Vic … du solltest ihn dir aus dem Kopf schlagen. Außerdem wird er bald wieder in dieses obskure Land gehen und keinen Gedanken mehr an dich verschwenden. Dein Ruf aber wird ruiniert sein, und du hast nicht mal die Möglichkeit, ins Kloster zu gehen."

„Sehr lustig", erwiderte Victoria bitter und schenkte sich ein Glas Sherry ein. „Und was ist mit dir? Du kümmerst dich doch auch nicht um Konventionen!" Sie wusste, wie matt dieser Einwand klang, wenn sie ihn auch mit einem gewissen Nachdruck äußerte.

„Daaarling, mein Ruf ist bereits ruiniert. Außerdem bin ich so reich, dass ich es mir leisten kann, so zu leben."

Klang dieser letzte Satz auch ungemein angeberisch, so wusste Victoria doch, dass ihre Freundin lediglich eine Tatsache feststellte. Gloria war von ihrer amerikanischen Mutter mit einem immensen Vermögen versehen worden, das ihr für alle Zeiten ein Auskommen sichern würde, das jeglicher Bescheidenheit Hohn sprach. Sie selbst hingegen hatte eine gewiss nicht karge Aussteuer zu erwarten und Zahlungen aus einem Fonds, den ihr Großvater für sie aus dem Erbe der verstorbenen Großmutter angelegt hatte, doch konnte sie diese Summen im Traum nicht mit Glorias Vermögen vergleichen. Würde sie einen gewissen Lebensstandard halten wollen, war sie gezwungen, einen Mann zu wählen, der ihr diesen aus seiner Kraft bieten konnte. Whitby aber, dessen war sie sich sicher, war dazu gewiss nicht imstande.

„Weißt du, Darling … wenn die erste Leidenschaft verflogen ist, erhält Geld plötzlich ein ganz unangemessenes Gewicht. Und wenn dann nicht genug davon vorhanden ist, verwelken deine Blütenträume ganz schnell. Zumal wir beide ziemlich verwöhnte Orchideen sind." Sie schenkte Victoria einen langen, abschätzenden Blick. „Nun ja … du bist eher eine Rose."

Sie atmete tief durch, denn bei diesen Überlegungen fühlte sich Victoria weniger wie eine Rose, als vielmehr wie ein zertrampeltes Gänseblümchen.

Gloria hatte gewiss mit allem Recht, was sie gesagt hatte, aber wo sollte sie dann mit all ihrer Sehnsucht, all ihrer Leidenschaft für Whitby hin? Warum war kein anderer Mann dazu imstande, all jene Gefühle in ihr auszulösen, wie er es so problemlos konnte?

„Ich fürchte, Darling …", und wieder traf sie ein langer Blick aus tiefliegenden Augen, „… du wirst etwas ganz Schreckliches tun, was deine Familie in tiefstes Elend stürzen wird." Sie sagte das ohne jedes Amusement. Es war eine ruhige, sachliche Feststellung, ähnlich jener einer Wahrsagerin, die nur weitergibt, was sie in den Karten gesehen hat.

„Das ist doch Mumpitz, Gloria. Und das weißt du auch."

Ihre Freundin erhob sich plötzlich. „Ja. Gewiss. Wärest du jetzt so lieb, deinen famosen Butler zu informieren, dass ich gehen möchte?"

Gloria hatte entschieden, dass das Thema Whitby nichts mehr hergab und ein anderes nicht im Raum stand, das ihre weitere Anwesenheit gelohnt hätte.

Gemeinsam gingen die Freundinnen die breite Treppe in die Halle hinunter, wo eine Zofe bereits Glorias seidenen Umhang bereithielt.

„Wir sehen uns bei der Soiree?", wollte Victoria zum Abschied wissen.

„Oh ja. Gewiss doch. Es wird mit Sicherheit ein ganz … außergewöhnlicher Abend werden …"

Gloria warf den angenähten Schal mit großer Geste über ihre Schulter, und Victoria zog es vor, die Äußerung unkommentiert zu lassen.

Kapitel 6

Das Haus, in dem Victorias Familie lebte, war winzig, verglichen mit dem Stadthaus von Frederic, ihrem Onkel väterlicherseits und derzeitigem Träger des Familientitels. Für die Soiree hatte ihr Vater den großen Ballsaal von Lexington House von seinem Bruder zur Verfügung gestellt bekommen, denn er bot einen mehr als nur passenden Rahmen für eines der großen gesellschaftlichen Ereignisse dieser Saison. Ihr Onkel hatte sich mehr als generös gezeigt, indem er auch noch sämtliches Personal, die Blumenarrangements sowie die Küche seines Hauses beisteuerte.

Victoria wusste, warum jeder Termin, sei er auch im Normalfall noch so unbedeutend, zu einem Großereignis aufgeblasen wurde. Wenn man eine wenig attraktive Ware anzubieten hat, muss man sich nun mal mit ihrer Präsentation umso mehr Mühe geben. Da dies natürlich auch allen infrage kommenden Bewerbern um ihre Hand bekannt war, führte dazu, dass Victoria keinerlei Freude mehr bei solch einem Anlass empfinden konnte. Und auch jetzt stand sie neben ihren Eltern und nahm die schier endlose Schar an eintreffenden Gästen in Empfang, schüttelte zahllose Hände, tauschte belanglose Nettigkeiten aus und hielt doch aus dem Augenwinkel nur jenen Bereich der gewaltigen Halle zu ihren Füßen im Blick, wo Whitby auftauchen musste.

Zusätzlich erschwert wurde die Begrüßungscour durch etwas, das ihre Mutter sich unpassenderweise angewöhnt hatte: Bei jedem ankommenden männlichen Gast, der ihr für die Hand ihrer Tochter angemessen erschien, drückte sie in Victorias Richtung kurz die Augen zu, um ihr so zu bedeuten, sich eben jenen jungen Herrn genauer zu betrachten. Victoria fühlte sich dabei mehr als nur unwohl. Sie fühlte sich in die Ecke gedrängt. Es fiel ihr ungeheuer schwer, dem Drang zu flüchten nicht nachzugeben. Einzig die Aussicht, dann Whitbys Ankunft zu verpassen, hielt sie zurück. Was aber, wenn er gar nicht kam? Wenn er es vorgezogen hatte, eine andere Einladung anzunehmen oder gar zu Hause zu bleiben? Vor ihrem inneren Auge sah sie ihn im Salon einer attraktiven Frau. Beide in engster Umarmung auf einer Couch. Halb liegend, sich mit wilden, leidenschaftlichen Küssen überziehend. Sie sah die Beule in seiner Hose. Ahnte seine Gier nach dem Körper der anderen.

Victoria wurde schlecht. Sie fühlte das Blut in ihren Adern stocken. Ihr Magen rebellierte, und sie fragte sich, wie lange sie sich noch würde hier aufrecht halten und Hände schütteln können. Nie zuvor in ihrem Leben hatte allein der Gedanke an einen Mann eine solch heftige körperliche Reaktion in ihr ausgelöst. Die reine Fantasie, durch nichts belegt, genügte, um sie völlig aus der Fassung zu bringen. Sie litt wie ein Hund und spürte schon wenige Atemzüge später nicht einmal mehr ihren Körper. Es fühlte sich an, als habe man ihre Existenz ausgelöscht und als existiere nur noch diese verzweifelte Sehnsucht nach Whitby.

Und dann sah sie ihn, wie er durch die weit geöffnete Tür trat. Seine Schritte waren langsam, wie die eines Wolfs auf der Jagd. Selbst aus dieser Distanz vermochte Victoria jede seiner Regungen zu erkennen. Es schien ihr, als wären es ihre eigenen. Als sei dort eine Spiegelung, ein Teil ihrer Selbst eingetreten. Sogar, dass er jetzt das Gesicht zu ihr hob, hatte sie vorher gewusst und sich dem nächsten Gast zugewendet. Er durfte auf keinen Fall bemerken, dass sie so sehr auf ihn gewartet hatte. Durfte die Röte nicht sehen, die in ihr Gesicht schoss.

„Ist alles in Ordnung mit dir?“, fragte plötzlich ihre Mutter besorgt, der die Veränderungen an ihrer Tochter nicht entgangen waren.

„Ja. Alles bestens, Mama.“ Victoria betonte die letzte Silbe, so wie sie es von klein auf gelernt hatte.

Ihre Mutter nickte kurz und schüttelte die nächste Hand.

Es war sein Schemen, der die Treppe hinaufglitt. Einer unter vielen. Und doch der einzige, der sie interessierte. Ja, es war sogar so, als sei der ganze Ball überhaupt nur für ihn arrangiert worden. Damit er herkommen und sie treffen konnte.

Whitby kam immer näher. Und das Zittern in ihren Beinen wurde immer stärker. Victoria fühlte ihn körperlich mit einer solchen Intensität, dass sie fürchtete, den Verstand zu verlieren.

Er gab ihrem Vater die Hand. Ihrer Mutter. Sagte kein Wort. Und dann stand er vor ihr. Seine Augen bohrten sich in die ihren. Schienen immer tiefer in sie einzudringen. Seine Blicke hatten Widerhaken, die sich in ihr Herz und ihren Verstand klammerten.

Victoria bemerkte kaum die Unruhe, die hinter ihm aufkam, weil er nicht weiterging. Ihre Eltern, die zu ihr hinsahen. Die Hand ihrer Mutter, die erst eine widerborstige Strähne zurück ins übrige Haar schob und sich dann sanft auf ihren Oberarm legte.

„Lord Rathhurst möchte dich begrüßen, Liebes“, sagte sie ruhig.

Whitby irritierte das nicht. Er ignorierte alles und jeden. Wie ein Kaiser stand er vor ihr und degradierte alle anderen zu Fußvolk.

„Ich danke Ihnen für Ihr Kommen, Major Whitby. Ich hoffe, Sie werden das Fest genießen.“ Mehr vermochte sie nicht zu sagen.

Er nickte knapp und ging weiter.

Kurz darauf war auch der letzte Gast begrüßt, und sie gingen in den großen Ballsaal, wo bereits der Pianist am Konzertflügel wartete. Flankiert von ihren Eltern nahm Victoria in der ersten Reihe Platz. Eine korpulente Sängerin mit einem baldachingroßen Fächer trat auf und gab ein Potpourri der beliebtesten Opern-Arien zum Besten. Gewiss waren ihr Auftritt, ihr Habitus und auch ihre Stimme aufsehenerregend. Aber Victoria spürte nur Whitbys Blicke in ihrem Rücken, denn dass er sie ansah, daran hatte sie nicht den geringsten Zweifel.

Dass der Auftritt beendet war, bemerkte Victoria erst, als sich alle Hände zu einem heftigen Applaus erhoben, und mit einer gewissen Verzögerung stimmte auch sie in den Beifall ein. Man erhob sich und begab sich an das Büfett, welches in einem Nebenzimmer aufgebaut worden war. An einzelnen Tischen sitzend versanken bald alle Gäste in angeregten Gesprächen, für die die Sängerin ausreichend Stoff geliefert hatte.

Allein Victoria blieb es überlassen, quer durch den Raum zu blicken, hin zu Whitby, den man an einen weit entfernten Tisch gesetzt hatte, als äußeres Zeichen für die Unwichtigkeit seiner Person. Dennoch schien ihn das nicht im Geringsten zu stören. Entgegen ihrer Erwartungen sah sie ihn nämlich in eine offensichtlich lebhafte Unterhaltung mit seiner durchaus attraktiven Tischdame vertieft. Jedes Lachen von Whitby, jedes amüsierte Kopfschütteln seinerseits auf eine wohl kecke Bemerkung der Dame hin, bedeutete einen glühenden Stich in Victorias Brust. Sie vergaß zu essen. Nahm nur immer wieder vom nachgeschenkten Wein und spürte kaum, wie sich Zorn und Wut durch den dichter werdenden Nebel in ihrem Kopf emporgruben.

„Hast du von dem Lachs gekostet, mein Schatz?“, fragte ihr Vater, dem offensichtlich nicht entgangen war, dass seine Tochter dem Wein etwas zu deutlich zusprach, doch Victoria schüttelte nur den Kopf, als gelte es, eine lästige Fliege zu verscheuchen.

All ihre Aufmerksamkeit galt Whitby, zu dem die Dame in dem dunkellila Kleid immer näher hinzurücken schien. Oder er ihr? Was machte das für einen Unterschied? Das Ergebnis war das Gleiche. Mittlerweile steckten die beiden ihre Köpfe kichernd zusammen wie zwei konspirierende Schüler.

Und wie diese Frau beim Lachen den Kopf in den Nacken warf! Hatte sie kein Benehmen? Zudem war das kesse Blinzeln ihrem Alter vollkommen unangemessen, wie Victoria befand.

Und dann erhob sich die Dame. Sie wisperte Whitby etwas zu und verließ den Tisch.

Victoria erstarrte. Ihre Hand mit dem halbvollen Glas schwebte in der Luft.

Sie sah nur noch das aufreizende Hinternwackeln, mit dem diese Frau den Saal verließ. Glühende Hitze schoss in ihre Wangen. Kühler Wein tropfte auf ihre zitternde Hand. Ihr Magen drehte sich und alles im Raum schien sich zu verzerren, als sich auch Whitby plötzlich erhob, die Serviette neben seinen Teller legte und ohne einen Gruß ebenfalls hinausging – begleitet von den perplexen Blicken seiner Tischnachbarn, denen das provokante Verhalten nicht entgangen war.

Eine Klaue legte sich um Victorias Kehle. Ihr Verstand setzte aus. Mit einem Mal bestand sie nur noch aus wilder Rage, die jeden Moment in Raserei umschlagen konnte. Sie stellte das Glas wuchtiger ab als beabsichtigt. Die beiden leeren Plätze anstarrend, focht sie mit sich selbst einen furchtbaren Kampf aus. Ihr erster Impuls befahl ihr, aufzuspringen und den beiden zu folgen. Der zweite aber ließ sie an ihre Eltern und die Gäste denken, denn dass sie nicht mehr ganz sicher auf den Beinen sein würde, wusste sie instinktiv. Sollte er doch tun und lassen, was ihm gefiel! Sie würde sitzen bleiben. Das war ihr Fest, und er war es nicht wert, dass sie sich selbst und alle anderen brüskierte. Er war ein Windhund. Ein Ärgernis in jedem anständigen Salon. Ja, es war ja überhaupt nur ihrem Vater und seinen Vorgesetzten zu danken, dass die Mutter diesen Menschen empfangen hatte.

Ihre Stirn brannte, und sie nahm noch einen Schluck in der Absicht, die Hitze in ihren Adern zu kühlen. Das Blut zurückzudrängen, das so machtvoll bis in ihren Kopf wallte. Sollte er dieses Frauenzimmer doch ebenso küssen, wie er sie geküsst hatte. Offensichtlich nahm er ja jede sich bietende Gelegenheit wahr. Dass sie sich nicht geschämt hatte, solch leichte Beute zu sein! Wahrscheinlich – wer konnte es wissen – war diese Frau sowieso der Demimonde entstiegen. Dann hatten sich die beiden ja verdient.

Victoria hingegen war anständig und würde ihn bei nächster sich bietender Gelegenheit entschieden in seine Schranken weisen. Wenn nötig, auch mit der Hand in seinem Gesicht!

Im nächsten Moment sprang Victoria auf. Ihre Serviette rutschte zu Boden. Doch sie hob sie nicht auf, sondern stürmte durch die Tischreihen auf die Tür zu, durch die Whitby kurz zuvor gegangen war. Oh ja! Sie würde ihm die Meinung sagen. Und zwar jetzt! Auf der Stelle! Ihm sagen, dass er nie mehr wagen solle, auch nur in ihre Nähe zu kommen. Dass eine Frau ihrer Position sich eine solche Beleidigung nicht gefallen ließe! Jetzt galt es, ihm zu zeigen, mit wem er es sich hier verscherzt hatte. Und die Gelegenheit, einem solchen Kerl eine Lektion zu erteilen, durfte man nicht verstreichen lassen.

Hatte der leere Saal, in den sie nun trat – lediglich ein schlummernder Diener saß zusammengesackt auf einem Stuhl in einer hinteren Ecke –, sie auch im ersten Moment innehalten lassen, so weckte ein unterdrücktes Kichern augenblicklich wieder ihre Sinne. Und ihren Kampfgeist! Ihr Herz pochte bis in ihre Ohren, vor lauter Angst, was sie gleich zu sehen bekommen würde. Aber sie war eine Kämpferin. Die würdige Enkelin ihres in zahllosen Schlachten siegreichen Großvaters.

„Aber nein … nicht doch …“, hörte sie eine kichernde Frauenstimme, und ihr Magen wurde zu einer glühenden Kugel.

Da standen sie! Die Demimonde an eine Säule geschmiegt, Whitby ihr gegenüber, eine Hand neben ihrem Kopf gegen den Marmor gestemmt. Victoria rang um Fassung und um Worte. Hatte sie sich doch leider nicht eine Silbe zurechtgelegt, die sie jetzt sagen konnte. Etwas Scharfes. Prägnantes. Ein knapper Satz, der ihnen das Grinsen aus den Gesichtern schlagen würde!

„Major Whitby … auf ein Wort!“ Mehr fiel ihr nicht ein. Ein Allerweltssatz aus dem Fundus ihres Vaters.

Die Demimonde sah sie irritiert an. Die Störung war offensichtlich ebenso unerwartet wie unwillkommen. Doch Victoria blieb steif stehen – soweit ihre wackeligen Knie dies zuließen – und blickte Whitby kalt an.

„Sie entschuldigen mich“, gab die Dame gepresst von sich, warf ihre Schleppe nach hinten und rauschte davon.

Whitby aber nahm ungerührt eine Zigarette aus einem silbernen Etui und zündete sie an. Er schwieg. Und jenes Schweigen war schlimmer als alles, was er in diesem Moment hätte zu Victoria sagen können. Sie fühlte sich schrumpfen. Allein ihr Zorn führte dazu, dass sie nicht schluchzend wie ein Kind zusammenbrach.

Sein Blick, umwölkt vom Rauch seiner Zigarette, nahm einen abwartenden, beinahe gelangweilten Ausdruck an. Als sie noch immer kein Wort herausbrachte, sagte er ruhig: „Nun?“

„Wer war die?", fragte Victoria mit kaum unterdrücktem Hass.

„Die?", echote Whitby. „Es sind deine Gäste. Du solltest sie ja wohl kennen."

„Hör auf, so überheblich zu sein", herrschte sie ihn an.

„Bist du eifersüchtig?"

Die freche Überlegenheit in seinen Worten ließ Victoria explodieren. „Eifersüchtig? Auf so eine? Pah! Aber ihr passt sicher wunderbar zusammen."

Whitby nickte grinsend und schnippte Asche auf den Marmorboden. „Bilde dir nichts ein! Du bist weder meine Mutter noch meine Geliebte. Wobei es ein Leichtes für mich wäre …" Ohne die Zigarette fallen zu lassen, packte er Victoria und stemmte sie rabiat gegen die Säule, an der kurz zuvor noch die andere Frau gelehnt hatte. Der plötzliche Druck in ihrem Rücken stemmte die Luft aus ihren Lungen. „… dich dazu zu machen!"

Sein Gesicht war genau vor ihrem. Sie roch den Tabak, dessen Geruch von seinen Lippen strömte. Sah das Braun seiner Augen mit den kleinen schwärzlichen Sprenkeln. Ihre Brust hob und senkte sich so schwer und unregelmäßig, dass sie fürchtete, in ein endloses Loch zu stürzen.

„Das willst du doch! Deswegen bist du hergekommen!" Seine Lippen pressten sich mit solcher Wucht auf die ihren, dass sie spürte, wie Blut in feinen Bahnen in ihren Mund floss. Seine Zunge tastete augenblicklich jene Stellen ab, und sie bemerkte mit äußerster Bestürzung, dass er begonnen hat, eben jenes Blut abzulecken. Sie öffnete ihre Lippen soweit sie nur konnte. Zitternd gab sie sich seiner Hand hin, die ihren Rock anhob und mit suchenden, streichelnden, besitzergreifenden Fingern ihre Schenkel hinaufglitt. Peinlich berührt registrierte sie wieder jene Nässe, die sich jedes Mal bildete, wenn sie auch nur an ihn dachte, und die noch heftiger strömte, jetzt, da er ihr so nah war. Sie derart eroberte.

Etwas in ihr wollte sich zur Wehr setzen. Sorgte wohl auch dafür, dass Victoria ihn wegzudrücken suchte. Doch Whitby ließ es nicht zu. Seine Fingerkuppen bohrten sich in ihr Fleisch, kniffen und kneteten bis zu ihrem Hintern.

Erst als seine Hand nach vorn zu gleiten begann, in die Nähe ihres Venushügels kam, da siegte ihr Zorn, und sie schlug ihn mit flacher Hand mitten ins Gesicht. Unerwartet, wie ihn dieser Schlag getroffen hatte, zog er sich für einen Moment von ihr zurück. Gerade lange genug, dass es Victoria gelang, an ihm vorbeizuschlüpfen und rennend, den langen Rock bis über die Knie gerafft, das Weite zu suchen.

Die einzige Tür, die in Reichweite war, riss sie auf und stürmte weiter. Blind vor Furcht. Fluchend kickte sie ihre Schuhe von sich, die sie nur am Rennen hinderten, denn an seinen Schritten hörte sie, dass er ihr dicht auf den Fersen war. Das Ausziehen der Schuhe hatte sie wertvolle Sekunden gekostet, die sie nur dadurch wiedergutmachen konnte, dass sie die Tür hinter sich zuschlug und nach wenigen weiteren Schritten … im Garten landete.

Fackeln erhellten das große Rasenparterre mit den Blumenbosketten an den Seiten. Hier würde sie ihm nicht entkommen. Sie musste sich in die Dunkelheit der gewaltigen Pappeln und Buchshecken schlagen. Es war das Labyrinth, welches schließlich Schutz vor den immer näher kommenden Schritten versprach. Die Füße vom Kies aufgeschürft, die Arme zerkratzt, warf sich Victoria durch die dichte Hecke und sackte dort zu Boden.

Ging ihr Atem wirklich so laut und heftig? Musste ihr Körper ein solcher Verräter sein? Victoria schloss die Augen und umschlang die angezogenen Knie mit beiden Armen. Sie versuchte, ihren Atem zu kontrollieren, indem sie ihr Kinn gegen ihre Brust drückte.

Das Knirschen jenseits ihres Schutzraums verriet ihr, dass er suchend hin und her ging. Er bräuchte jetzt nur noch einen Arm durch das dichte Grün zu strecken, und schon würde er sie packen können.

„Komm her, du kleine Teufelin!“, zischte er, und seine Stimme löste Lavaströme in ihren Adern aus.

„Wo versteckst du dich?“

Victoria biss in ihren Unterarm. Und dann … sie wusste nicht, wie er es gemacht hatte … stand er vor ihr. Sie starrte zu ihm empor. Seine wilden Blicke oszillierten über ihr Gesicht.

„Du provozierst mich und denkst, es bleibt ungesühnt?“, herrschte er sie an.

Schreckensstarr wagte sie keinen Mucks.

„Steh auf!“

Seine kalte Stimme, die in solch ungewohntem Kommandoton mit ihr sprach, verdeckte nur schwer jene innere Erregung, die sich in seinen glänzenden Augen machtvoll Ausdruck verschaffte. Wie hypnotisiert erhob Victoria sich in der irrigen Annahme, er würde sie ins Haus zurückgehen lassen. Doch es geschah noch etwas anderes in ihr: Die Art, wie er sie ansah … wie er sprach … löste nicht nur eine beinahe ängstliche Starre in ihr aus, sondern auch eine machtvolle Gier. Eine Sehnsucht nach Unterwerfung.

Seine Augen wanderten langsam von ihrem Gesicht abwärts. Die Langsamkeit, mit der dies geschah, intensivierte die Anspannung in Victoria. Ihre Zunge befeuchtete ihre Lippen. Als sein Blick auf Höhe ihrer Scham ruhte, war dies so herausfordernd, dass sie nur schwer dem Impuls widerstehen konnte, mit beiden Händen eben jene Stelle zu bedecken. Ja, sie fühlte sich, als stünde sie vollkommen nackt vor ihm.

Langsam erhob er seine Hände, legte sie an ihren Ausschnitt. Seine Finger umfassten den leichten, fließenden Stoff und rissen ihn mit einem Ruck auseinander. Mit einem scheinbar ohrenbetäubenden Krachen gab der Stoff nach, und da Whitby auch ihre Unterwäsche ergriffen gehabt hatte, stand sie nun tatsächlich fast entblößt vor ihm. Ihre Brüste bebten, und ihre Nippel verhärteten sich augenblicklich. Der kühle Nachtwind tat sein Übriges dazu, dass Victoria jetzt, mit harten Brustwarzen, die Reste des Kleids an ihren Armen herabfließend, mit wild pochendem Herzen vor ihm stand. Lediglich das sanfte Gekräusel ihres Schamhaars war noch verborgen.

„Du wirst keine Wäsche mehr tragen!“, herrschte er sie kalt an und zerfetzte sodann ihr Höschen.

Victorias Atem stockte. Sie hörte nichts mehr als das Rauschen ihres Blutes in ihren Ohren. Die Welt schien ausgelöscht, und Victoria existierte nur noch, weil *er* es so wollte. Mit leicht geöffneten Lippen sah sie ihn an, ähnlich einem Reh, das in den Lauf eines Gewehrs blickt und das nahende Ende ahnt.

Als Whitby sich vorbeugte, seine Lippen öffnete und sie dann um ihren linken Nippel schloss, glaubte sie, augenblicklich in Ohnmacht fallen zu müssen. Umso brutaler erfasste sie der scharfe Schmerz, als er zubiss. Gewiss war es nicht allzu fest, und er hatte ihr mit Sicherheit auch nicht allzu weh tun wollen, doch das Unerwartete seiner Handlung ließ sie aufschreien. Herausforderung oder Strafe – sie wusste es nicht, aber im nächsten Moment stieß er seinen Finger zwischen ihre Schamlippen. Sie öffnete sich sofort seinen erobernden Fingern. Dem Tasten und Reiben. Als ihr aber klar wurde, dass es wesentlich erregender war, wenn sie ihren Unterleib um seine Hand anspannte, folgte sie dieser Erkenntnis.

Whitby schien hundert Hände und hundert Lippen zu haben. Er knabberte und leckte ihren Nippel, während er mit der einen Hand ihr Innerstes erkundete und mit der anderen die freie Brust knetete und massierte.

Ihr Körper war für ihn geschaffen worden. Und nur für ihn.

Als er seine Finger rhythmisch in ihre Möse zu stoßen begann, konnte sie ein Stöhnen nicht mehr unterdrücken. Instinktiv bewegte sie ihren Unterleib vor und zurück, um Whitby noch mehr zu spüren. Alles in ihr spannte sich an, bäumte sich einem Gefühl entgegen, das jenes, als sie sich selbst befriedigt hatte, wie einen Windhauch erscheinen ließ, verglichen mit jenem Orkan, den er in ihr auszulösen ansetzte.

„Halt still!“, knurrte er, und sie gehorchte sofort.

Im nächsten Moment aber drehte er sie um. Victoria bebte in hitziger Erwartung, als ein heftiger Schlag ihren Hintern traf. Sie keuchte auf. Das Brennen breitete sich über ihre beiden Pobacken aus.

„Knie dich hin!“

Victoria tat, was er befahl, ängstlich darauf bedacht, nicht noch einen Schlag zu bekommen.

„Beine weiter auseinander!“

Die kühle Nachtluft strich über ihre weit geöffneten nassen Schamlippen, die seinen Blicken schamlos dargeboten waren. Whitby kauerte sich hinter Victoria. Beide Hände auf ihre Pobacken gelegt, zog er sie auseinander, bis sie glaubte, zerreißen zu müssen. Sie stemmte ihre Hände in den scharfen Kies unter sich und spürte bald den darunter befindlichen Staub, der unter ihre Nägel drang.

„Du hast wundervolle Löcher, meine kleine Hure“, sagte er mit gepresster Stimme, und Victoria wusste, dass auch er gegen die wilde Lust ankämpfte, die von ihm Besitz ergriffen hatte. Seine derben Worte schockierten und erregten sie gleichermaßen. Sie waren nur äußerlich in verschiedenen Positionen. In Wahrheit folgten sie aber beide jenen Regeln, die die Gier ihnen auferlegte. Und jetzt stieß er nicht nur einen Finger in ihre Öffnung, sondern – zumindest schien es ihr so – seine ganze Hand.

Victoria kippte nach vorn und hatte Mühe, aufrecht zu bleiben. Doch seine freie Hand krallte sich in ihren Nacken und hielt sie so in Position, während er seine Finger mit unglaublicher Härte in sie stieß. Sie presste die Augen zusammen, um den tumultartigen Gefühlen etwas entgegenzusetzen, die sie mit schier unglaublicher Macht überrollten. Ihre Entjungferung hatte sie sich immer ganz anders vorgestellt, zwischen seidenen Laken und mit zärtlicher Romantik, doch nun spürte sie, dass Whitbys raue Leidenschaft ihr genau das gab, wonach sie sich wirklich verzehrte. Ihr ganzer Körper wurde von seinen Bewegungen gerüttelt. Ihre Brüste wippten unter ihr, schwer und prall, mit steil aufgerichteten Nippeln.

Victoria konnte nur ahnen, was er tat, als er seine Hand zurückzog und ihren Nacken losließ. Erst das leise Rutschen von Stoff zeigte ihr, dass er wohl seine Hose hatte herabgleiten lassen. Als er seinen erigierten Schwanz schließlich in sie hineinstieß, spürte sie kaum mehr, als einen weitenden Druck, da ihre Möse noch immer von Säften in kaum glaublichen Mengen überschwemmt wurde. Als er dort eindrang, wo noch kein Mann zuvor gewesen war, führte der scharfe Schmerz jedoch nicht dazu, Victoria fliehen lassen zu wollen, sondern im Gegenteil! Er ließ sie vor Lust wimmernd sehnsuchtsvoll nach immer neuen Qualen Ausschau halten. Seine Stöße waren so heftig, gingen so tief, als wolle er sie zerfetzen. Sie versteifte sich, um so seine Lust noch einmal zu steigern. Jene Lust, der er jetzt so vehement nachgab.

Fassungslos registrierte Victoria, wie er seinen Unterleib gegen sie gepresst hielt und in einer einzigen Bewegung ihre Arme nach hinten zerrte. So, den Oberkörper aufgerichtet, kniete sie in den Steinen, die ihre Knie wund scheuerten. Tränen liefen aus ihren Augen und sie fürchtete, er könne jeden Moment ihre Arme auskugeln. Sie hing, die Brüste weit nach vorn gedrückt, vollkommen machtlos vor ihm, während seine Hand ihre Gelenke kraftvoll umklammert hielt und sein Unterleib so tief in sie hineinstieß, dass sie seine Lenden wieder und wieder gegen ihre Pobacken klatschen hörte. Ein Geräusch, das ihr fiebrige Hitze ins Gesicht trieb.

Entgeistert spürte sie seine Macht über ihren Körper. Und über ihren Geist. Sie lebte nur noch für dieses Ächzen, das aus ihm hervorbrach. Für die Kontrolle, die auch er inzwischen verloren zu haben schien, denn seine Stöße kamen unregelmäßiger, folgten schneller aufeinander, während das Rucken in ihren Armen immer schmerzhafter wurde.

Victoria vermochte ihm keinen Widerstand mehr zu leisten, denn in ihrem Innersten, das fühlte sie mit aller Deutlichkeit, stand jener Orkan kurz vor dem Ausbruch, der sich bereits seit geraumer Zeit zusammengeballt hatte.

Ohne dass sie es geplant oder gar gesteuert hätte, kam es in ihrem Unterleib im gleichen Moment zum Ausbruch, da Whitby sich mit eruptiver Gewalt in ihr verströmte. Hatte er seine Stimme zuvor noch beherrscht, so begleitete nun ein wildes Stöhnen und Knurren seinen Höhepunkt. Und das Wissen darum, dass er sich in ihr verausgabte, seine Grenzen niederriss, erregte sie so, dass sie noch einmal kam.

Es sprach für Whitbys Umsicht, dass er Victoria mit einem Arm umfasst hielt, während er ihre Gelenke aus seiner Umklammerung entließ. Offensichtlich war ihm klar, dass sie ihre Arme kaum noch bewegen und sich auch nicht mehr sicher aufrecht halten konnte. Er ließ sie sanft halb auf seine Oberschenkel gleiten, wo ihr Fleisch jene Reste warmer Säfte berührte, die von seiner Härte auf die Beine geflossen waren. Seinen Arm sacht um ihre Schultern gelegt, kauerten sie auf dem scharfkantigen Kies und kamen nur langsam wieder zu Atem.

Victoria hätte gern etwas gesagt, doch da er schwieg, zog sie es vor, es ihm gleichzutun. Und so blickte sie hinauf ans Firmament, wo Millionen winziger Sterne wie kleine Lichter über dem tintenblauen Himmel verstreut leuchteten. Überstrahlt nur vom vollen Rund des Mondes, der sie in sein sanftes Licht tauchte. Noch nie in ihrem Leben hatte sie sich so wohlgefühlt, so geborgen wie jetzt in diesem Moment, in den Armen jenes Mannes, für den sie ohne zu zögern alles gegeben hätte.

„Geht es dir gut?", fragte er leise, und Victoria bemerkte verblüfft, dass sie unfähig war, Worte zu bilden, so versunken war sie noch in jenem Gefühl, das er in ihr ausgelöst hatte. Tiefe Dankbarkeit erfüllte sie für seine mitfühlende Frage. Doch nicht mehr als ein Nicken konnte sie ihm im Gegenzug geben.

„Dann ist es gut." Seine Stimme hüllte sie ein wie der Abglanz des Mondlichts, das sie umgab.

Nie wieder wollte sie sich erheben. Nie wieder diese Stelle im grünen Labyrinth verlassen. Für immer sollte diese Nacht dauern. Für immer!

Kapitel 7

Dass ihre Eskapade ein Nachspiel haben würde, ahnte Victoria, als sie, eingehüllt in ihr Ballcape, ihr Zimmer betrat. Die Überreste ihres Kleids hatte Whitby verschwinden lassen, worüber sie sich ebenfalls bis zu jenem Moment keine Gedanken gemacht hatte. Zu erfüllt war sie gewesen von dem, was zwischen ihnen passiert war. Ihr Körper roch nach ihm, und wenn sie zwischen ihre Beine griff, waren da noch immer die Reste seines Samens, dessen Geruch sie in neuerliche Ekstase zu versetzen vermochte.

Victoria warf ihr Cape über einen Sessel und ließ den leichten Stoff ihres Nachthemds über ihre Blöße gleiten. Sie wünschte sich nichts so sehr, als dass er jetzt bei ihr wäre und zu ihr ins Bett stiege. Aber war Whitby wirklich ein Mann, der Tag für Tag neben der gleichen Frau aufwachen wollte?

Ein triumphales Gefühl erfasste sie, als sie an die andere dachte, die sich wohl Hoffnungen auf ihn gemacht hatte, und die von Victoria aus dem Feld geschlagen worden war. Wer aber gab ihr die Gewissheit, dass er diese Frau nicht heute traf? Oder dass er sie noch beglückt hatte, nachdem er Victoria durch den Park zur wartenden Limousine begleitet hatte? Ihr Herz zog sich so schmerzhaft zusammen, dass es ihr die Tränen in die Augen trieb. Sie war unendlich erschöpft und gleichzeitig unendlich überdreht. Die Gedanken kreisten nicht mehr in ihrem Kopf – sie wirbelten!

Natürlich wusste sie, dass ihre Freundin recht gehabt hatte: Whitby war kein Mann für sie. Sie würde sich einen anständigen, wohlsituierten Mann aus gutem Haus suchen. Aber wie konnte sie je vergessen, was in dieser Nacht geschehen war? Würde sie nicht bis zum Ende ihres Lebens ihren Ehemann mit diesem einen vergleichen? Victoria wusste, sie würde ab jetzt keine Ruhe mehr finden.

So wenig wie jetzt, da sie in ihrem Bett lag und ihre Blicke durch das heller werdende Zimmer wandern ließ, ohne Schlaf finden zu können. Wenn sie nur verstanden hätte, was ihn für sie so anziehend machte. Vielleicht war es die Mischung von vollkommener Ignoranz ihr gegenüber und der umsichtigen Art, mit der er sie nach dem Sex in Sicherheit gebracht hatte.

Vielleicht war es seine Frage nach ihrem Wohlergehen, nachdem er sie wie ein Stück Fleisch benutzt hatte. Er zog sie an sich und schob sie gleichzeitig von sich weg.

Als sie später völlig übermüdet den Grünen Salon ansteuerte, in dem die Familie die Mahlzeiten einnahm, fühlte sie sich müde und zerschlagen. Im Spiegel hatte ihr eine bleiche, übernächtigte Frau entgegengestarrt. Victoria war vor sich selbst erschrocken und befürchtete, dass jeder, der sie kannte, sehen würde, was sie in dem Labyrinth getan hatte.

Mit der Rückkehr in die eigenen vier Wände war auch das zu Victoria zurückgekehrt, was sie in jenen hitzigen Augenblicken mit Whitby vergessen hatte: Wie ein merkwürdiger Geruch hatten Traditionen und Erwartungen, das, was man ihr beigebracht hatte, sie wieder eingehüllt. Immer intensiver hatte sie empfunden, wie sehr sie in seinen Armen gegen die Regeln verstoßen hatte.

Ihre Familie hatte Erwartungen an sie. Berechtigte Erwartungen. Sie war ein Glied in einer langen Kette, und sie hatte kein Recht, diese Kette zu zerreißen, um eines Whitbys willen. Und nicht nur, dass sie kein Recht dazu hatte – sie bezweifelte, dass sie die Kraft dazu haben würde. Zu tief verwurzelt waren ihre Erziehung und die Traditionen, mit denen sie aufgewachsen war. Außerdem würde sie nie sicher sein können, dass er zu schätzen wissen würde, was sie für ihn aufgegeben hatte. Kurz gesagt – als sie den Knauf zum Salon drehte, war sie nicht mehr als ein Häufchen Elend, dem das schlechte Gewissen aus den Augen starrte und dem alle Euphorie der letzten Nacht nichts als einen üblen Geschmack im Mund hinterlassen hatte.

Es stand kein Essen auf der Kredenz und außer dem Butler war kein Dienstbote anwesend. Stattdessen saß der Anwalt der Familie, Sir Gerald Diller, ein gemütlicher, rundlicher Herr mit fast kahlem Schädel und randloser Brille am Tisch. Er hatte Unterlagen auf der spiegelnden Tischplatte ausgebreitet. Sein kugeliger Körper und die zögerliche Art, mit der sprach, verführten Unwissende dazu, ihn für einen putzigen Trottel zu halten. Eine Fehleinschätzung, die einem im Normalfall nur ein Mal unterlief, hatte man in juristischen Fragen mit ihm zu tun.

Ihre Mutter saß Sir Gerald gegenüber. Ihr Blick war ebenso kalt und starr auf Victoria gerichtet wie der ihres Vaters, der ihr halb zugewandt am Fenster stand.

„Guten Tag“, sagte Victoria, und ihre unsichere Stimme verriet sie eindeutiger, als jeder Satz es vermocht hätte.

„Miss Victoria“, erwiderte Diller und nickte ihr leicht zu.

Sie wusste sofort, dass ihre Eltern ihm das Reden überlassen würden.

„Setz dich bitte!“, sagte ihre Mutter und nur ihre Erziehung und jahrelange Übung schienen sie die Beherrschung nicht verlieren zu lassen.

Victoria tat wie ihr geheißen und saß kerzengerade, als habe sie sicherheitshalber den Stock verschluckt, mit dem sie gleich geprügelt werden sollte.

„Miss Victoria“, hob Sir Gerald an. „Es kam am gestrigen Abend zu einem unschönen Zwischenfall bei der für Sie gegebenen Soiree, bei dem Sie beobachtet wurden. Ich möchte nicht auf die Details eingehen, aber wie mir Ihre Eltern versicherten, sind sie zutiefst bestürzt. Ich wurde daher gebeten, einen … nun … lassen Sie es mich ‚Modus Operandi‘ nennen … auszuarbeiten, mit dem Ihr Ruf wiederhergestellt werden kann.“

„Mein Ruf?“, echote Victoria hilflos, wenn sie auch nur allzu gut wusste, was er meinte.

Der Anwalt ging gar nicht auf ihre Worte ein.

„Hör zu!“, knurrte ihr Vater.

„Ich habe mir erlaubt, bereits heute früh Kontakt mit Ihrem Onkel, dem Marquis of Harrowby, aufzunehmen. Er hat großzügigerweise eingewilligt, Sie als Gast in Harrowby Hall willkommen zu heißen.“

„Harrowby Hall?“ Victoria betete, sie möge sich verhört haben.

Harrowby Hall war das abgelegenste Haus, das sie je gesehen hatte. Es befand sich auf einer Insel unweit der Isle of Skye in Schottland. Dort gab es keinen Wind. Nur Sturm. Und die Bäume trugen selten Laub, sondern reckten lediglich ihre knorrigen Äste den tosenden, bleigrauen Wellen entgegen, die an Land schlugen. Man erreichte Harrowby Hall mit einem Boot oder gar nicht. Es gab keine Brücke und keine Straße. Ein schmaler Weg mäanderte zu einem Strand voller gerundeter Steine, und die einzigen Lebewesen außerhalb des Schlosses waren ein paar Schafe und Highland-Rinder. Ihr schauderte bei dem Gedanken, dort auch nur einen Tag verbringen zu müssen. Für ihren Onkel war das Haus ein perfekter Rückzugsort von all seinen Verpflichtungen, aber für eine junge Frau war es der perfekte Albtraum.

„Sie werden sich dort erholen können, die Landluft und viel Ruhe genießen können.“

„Wie lange muss ich bleiben?“ Ein Sträfling, den man nach Übersee schickte, konnte nicht verzweifelter sein.

„Nun … Das liegt ganz im Ermessen Ihrer Familie. Sobald sich die Wogen in London geglättet haben, kehren Sie nach Hause zurück, und alles wird wieder beim Alten sein.“

Die freundliche, onkelhafte Ruhe, mit der er sprach, ließen die letzten Widerstandskräfte in Victoria aufrauschen. „So … ich werde also auf eine schottische Insel verbannt. Die gefallene Tochter soll ihren Ruf wiederherstellen … Mama!"

Ihre Mutter war der einzige Mensch, von dem noch Rettung zu erwarten war. Harrowby Hall … Regen und Grau – das war alles, was sie damit verband. Und totale Einsamkeit.

„Bitte! Sag ihnen, dass das nicht infrage kommt! Ich will mich nicht lebendig begraben lassen."

Alles in ihr begann sich aufzulehnen. Victorias Gedanken rasten durch ihren Kopf auf der fieberhaften Suche nach dem einen, alles schlagenden Argument, das ihre Mutter überzeugen konnte, sich gegen den Vater und den Anwalt zu stellen. „Ich tu alles, was ihr wollt … aber schickt mich nicht in diese Einöde."

In den Romanen, die sie gelesen hatte, waren Frauen wie sie ins Kloster gesteckt worden, und das kam ihr immer noch besser vor als das, was ihr blühte. In einem Kloster waren wenigstens noch andere Frauen, mit denen man reden konnte. Aber in Harrowby Hall gab es … nichts! Nur tote Tiere an den Wänden und Waffen in symmetrischen Bildern über den Kaminen.

„Mama, bitte! Sag ihnen, dass sie das nicht machen dürfen! Ich bleibe hier im Haus, ich gehe nicht mehr in die Gesellschaft … Ich tue wirklich alles, was ihr wollt."

Sah sie einen kleinen, warmen Funken in den Augen ihrer Mutter? Den Hauch von Mitgefühl?

„Miss Victoria … es war Ihre Mutter, die die Idee mit Harrowby Hall hatte. Und es ist bereits alles mit Ihrem Onkel geklärt."

Der Satz raubte Victoria die Sinne. Sie konnte nichts sagen. Die Worte wirbelten in ihrem Kopf und ergaben keinen Sinn. Es war unmöglich, auch nur einen kurzen Satz aus ihnen zu formen. So musste sich ein Mann fühlen, der vom Verrat seines engsten Freundes erfuhr. Der Raum um sie herum schien sich aufzulösen. Da waren nur noch die kalten Gesichter, die auf sie niederblickten. Drei Verschwörer, für die nichts zählte als die Konventionen jener Gesellschaft, die eigentlich mit dem Großen Krieg zusammengebrochen war. Und auf dem Altar dieser Gesellschaft wurde sie nun geopfert.

Man riss ihr Herz und Verstand heraus. Genauso gut hätten sie sie jetzt lebendig einmauern können. Wusste nicht jeder hier im Raum, dass diese Leute nie vergessen würden? Egal wie lange sie in der schottischen Einöde blieb? Ihre Heiratsaussichten tendierten auch nach der Verbannung gegen null. Nichts würde das ändern.

Gar nichts. Ihre Blicke wanderten von einem zum anderen. Wo gab es noch einen Funken Hoffnung? Aber da war nichts. Gesichter wie die Landschaft um Harrowby Hall.

Der Anwalt sah sie an wie ein gutmütiger Lehrer, der auf die Antwort eines begriffsstutzigen Schülers wartet.

„Wie lange werde ich bleiben müssen?“, hörte Victoria sich selbst wie aus weiter Ferne sagen. Ihre Stimme war matt, das letzte Feuer erloschen.

„Nun … ihr Onkel wird erst im Herbst zur Moorhuhnjagd wieder anwesend sein. Es wird also zu keiner unangenehmen Situation kommen.“

Was er damit meinte, war Victoria sofort klar. Der Onkel hatte zugestimmt, sie bei sich aufzunehmen, aber nur unter der Bedingung, dass er mit seiner peinlichen Nichte nicht zusammentreffen musste. Die Reihen schlossen sich vor ihren Augen. Hilfe kam von nirgendwo mehr.

„Wann muss ich abreisen?“

„Nuuun …“, sagte der Anwalt gedehnt. Offensichtlich waren alle übereingekommen, ihm in jedem Fall das Reden zu überlassen.

„Sie werden morgen den Mittagszug nach Edinburgh nehmen und von dort aus weiterreisen. In Harrowby Hall ist man unterrichtet und erwartet Sie.“

Sie hatten nichts dem Zufall überlassen … Alles war bereits geplant, und ihr kam nur noch die Rolle der Schachfigur zu. Müde erhob sie sich von ihrem Stuhl.

„Dann werde ich jetzt wohl noch das eine oder andere …“ Victoria konnte nicht mehr weitersprechen. Sie war am Ende ihrer Kräfte. Tränen schnürten ihr die Kehle zusammen. Alles war sinnlos. Widerstand ebenso, wie sich in die Dinge zu fügen. Es würde zu keinem guten Ende führen. Eine impulsive Handlung hatte ihr ganzes Leben zerstört.

Mit langsamen Schritten, scheinbar gefasster Haltung, ging sie auf die Tür zu. Als sie ihre Hand auf den Knauf legte, sagte ihr Vater rasch: „Es ist am besten so.“

Gerade so, als könne er jetzt noch irgendetwas von dem retten, was einmal zwischen ihnen an Vertrauen und Zuneigung gewesen war. Ein matter Appell ohne jeden Sinn.

„Ja. Gewiss“, erwiderte sie. Doch nicht, um ihm zu helfen, sondern … Nein. Victoria wusste nicht, warum sie überhaupt etwas gesagt hatte.

Als sie in ihrem Zimmer anlangte, hörte sie bereits, dass sich jemand dort drinnen zu schaffen machte. Es war ihre Zofe, die im Ankleidezimmer die Koffer packte.

Schweigend trat Victoria ein. Ihre Kraft reichte nur noch bis an ihren Schreibtisch. Dort sank sie nieder. In düsteren Gedanken versunken, blickte sie erst auf, als sie einen Umriss neben sich bemerkte.

„Nehmen Sie auch das Blaue mit, Miss Victoria?"

Sie nickte. Es war ihr egal. Doch dann traf sie eine Erkenntnis wie eine Faust, die mitten in ihren Magen gerammt wurde.

Whitby! Wie eine düstere Wolke hatte er die zurückliegenden Minuten begleitet. Mehr eine Stimmung, denn ein wirklicher Gedanke. Und jetzt war er da. So plastisch und präsent, dass sie meinte, nur den Arm ausstrecken zu müssen, um ihn anzufassen. Panik und entsetzliche Angst erfassten sie. Das war der wahre Schrecken ihrer Verbannung! Sie würde ihn nicht mehr wiedersehen!

Natürlich hatte er ohnehin vor, abzureisen. Zurück in dieses merkwürdige arabische Land, aus dem er gekommen war. Ihr Magen krampfte sich zusammen. Was, wenn er dort unten ums Leben kam? Was, wenn er dort eine Frau fand, die ihn an sich band?

Fieber bemächtigte sich ihres Kopfs. Sengende Hitze. Ihre Hände zitterten.

Sie würde ihn verlieren. Im gleichen Moment stürzten jene Tränen mit Macht aus ihren Augen, die im Salon noch so merkwürdig verborgen geblieben waren. Sie war vernichtet! Der einzige Mann, den sie je gewollt hatte, mit solcher Verzweiflung ersehnt hatte – sie würde ihn nicht mal mehr sehen!

„Miss Victoria … alles wird gut. Glauben Sie mir!", sagte die Zofe leise und widerstand offensichtlich der Versuchung, ihrer Herrin eine Hand auf die Schulter zu legen.

Victoria aber verlor die Kontrolle. Ebenso, wie sie sie auf der Soiree verloren hatte. Sie würde ihn nicht aufgeben. Nie und nimmer! Whitby zu verlieren käme einem langsamen, qualvollen Tod gleich. Sie musste einen Ausweg finden. Irgendeinen. Etwas, das sie tun konnte. Ihre Augen wanderten durch das Zimmer, als läge irgendwo dort die Antwort auf ihre Fragen verborgen. Und dann wusste sie, was zu tun war. Nichts und niemand, kein Vulkanausbruch und keine Sturmflut, würden sie daran hindern!

Kapitel 8

Ihre Eltern wiegten sich in der falschen Sicherheit, dass Victoria ihre Entscheidung akzeptiert hatte, sich in ihr Schicksal fügte. Genau so, wie man sie erzogen hatte. Sie beobachtete die beiden beim Tee, beinahe zufrieden wirkten sie. Nun zahlte sich ihr jahrelanges Bemühen aus, die Tochter zu einem würdigen Glied in der langen Kette dieser Familie zu machen. Jetzt, da es darauf ankam, funktionierte sie. Das war alles, was sie brauchten. Diese Gewissheit ließ sie zu ihrem gewohnten Leben zurückkehren. Und es war auch genau das, was Victoria brauchte, um jene Dinge umzusetzen, deren genauen Ablauf sie noch nicht ersonnen hatte, die aber – in ihren Umrissen zumindest – vor ihrem inneren Auge standen.

Gerade tupfte sich ihre Mutter die Lippen ab, als ihr Vater die Stimme erhob. „Dieser Whitby ist heute nach Saramaa abgereist. Ich habe es vorhin von Ernest erfahren."

Ihre Mutter schloss kurz die Augen, als schicke sie ein Dankgebet zum Himmel. Hätten sie sich nicht derart sicher gefühlt – ihr Vater hätte unter keinen Umständen auch nur diesen Namen erwähnt. Jetzt aber sollte es einen Schlusspunkt darstellen. Vielleicht auch einen kleinen Test, ob die Tochter wirklich bereit war, von ihrem Wahn zu lassen.

Victoria erkannte das sofort und unterdrückte jegliche Reaktion. Sie trank noch einen letzten Schluck aus der Tasse und bat dann die Mutter um die Kanne, aus der sie nachschenkte. Das freundliche Lächeln ihrer Mutter signalisierte den behaglichen Wunsch nach Harmonie. Baute jene Brücke wieder auf, die sie seit so vielen Jahren gemeinsam beschritten hatten.

Siehst du, schienen ihre Augen zu sagen, es ist vorüber, und es tut nicht mal weh. Noch ein paar Monate der Buße und alles ist überstanden. Und es tat auch wirklich nicht weh. Wie hätte es auch können? Denn in diesem Moment lichteten sich die Nebel über Victorias Überlegungen. Jetzt wusste sie, was sie tun würde.

Nach dem Tee ging sie in die Bibliothek und holte den gewaltigen Atlas ihres Vaters. Mit der Spitze des Zeigefingers glitt sie über jene Landkarten, deren Grenzen in den zurückliegenden Jahren so oft verschoben worden waren. Ihr stand eine lange Reise bevor, dessen wurde sie sich in dem Moment bewusst, als sie die Strecke zwischen London und Dover abmaß, und sodann ihre Augen von Calais nach Budapest, weiter nach Istanbul und schlussendlich über eine weite gelb gefärbte Fläche bis zu jenen Strichen wandern ließ, die – wie mit einem Lineal gezogen – die Landesgrenzen von Denhar markierten. Und wie ihr Vater ihr einmal erklärt hatte, kamen diese Linien tatsächlich von Linealen. Und zwar jenen der Kolonialmächte, die auf diese Art und Weise ihre Einflussbereiche voneinander abgegrenzt hatten. Noch nie in ihrem Leben hatte sie eine Reise geplant, geschweige denn organisiert. Und Zeit hatte sie auch keine mehr. Sie hatte sich sogar vom Dinner dispensieren lassen, um ihre Vorbereitungen treffen zu können.

Victoria spürte eine Anspannung, eine Konzentration in sich, wie sie sie nie zuvor erlebt hatte. Sie fühlte sich wie ein Raubtier, das zum Sprung ansetzt. Selbst ihre Muskeln hatten sich in eine feste, glühende Masse verwandelt. Ihr Verstand arbeitete mit einer Intensität, die sie selbst überraschte. Kühl und präzise. Seit sie ihren Entschluss gefasst, mit beiden Händen gepackt hatte, gab es nichts mehr, was sie noch bremsen konnte – dessen war sie sich absolut sicher. Niemals würde sie nach Schottland gehen. Und noch viel weniger war sie bereit, auf Whitby zu verzichten.

Victoria packte ein Buch über die Arabische Halbinsel, auf der Denhar lag, in ihre Reisetasche. Dazu ihre Papiere, eine Liste mit nützlichen Adressen, von denen Victoria allerdings nicht einmal wusste, ob sie noch korrekt waren. Sie hatte sie im Schreibtisch ihres Vaters gefunden, als der beim Essen gewesen war, und sie musste einfach mit dem Vorlieb nehmen, was sie hatte.

Nun kam das vorerst größte Problem: Geld! Sie würde auf dieser Reise Geld brauchen. Und zwar viel Geld. Dessen war sie sich gewiss. Nur leider hatte sie keines. Zumindest keines, von dem sie wusste, wie sie rankommen konnte. Ihr Großvater hatte sie mit einem stattlichen Vermögen versehen, doch dieses war in einem Trustfonds festgelegt, von dem sie lediglich die Zinsen erhielt. Leider hatte Victoria keine Vorstellung, wie sie auch nur dieser Zinsen habhaft werden konnte. Sie waren wohl auf einer Bank deponiert. Aber auf welcher? Selbst wenn sie herausgefunden hätte, wo das Geld aufbewahrt war – wie hätte sie die Zeit finden sollen, zu dieser Bank zu fahren und zu versuchen, etwas abzuheben? Noch dazu, ohne dass es auffiele? Nein. Der Trust schied aus.

Blieb nur noch der Schmuck ihrer Großmutter. Der war ebenfalls ein Vermögen wert, und aus ihren Romanen wusste Victoria, dass man in den arabischen Ländern durchaus mit Schmuck bezahlen konnte. Aber wohl kaum in Europa. Victoria musste unwillkürlich schmunzeln, als eine Szene vor ihrem inneren Auge erschien: Sie selbst vor einem Kellner in einem französischen Restaurant. Er will kassieren, und sie hält dem verdutzten Mann ein Collier entgegen.

In ihrem Täschchen hatte sie noch Bargeld. Aber akzeptierte man in anderen Ländern überhaupt englische Pfund?

Krampfhaft versuchte sie, auf Lösungen zu kommen, doch jeder Gedanke trug ein weiteres, neues Problem auf jenen Berg an Schwierigkeiten, der sich bereits vor ihr auftürmte. Jede andere Frau in ihrer Lage, mit ihrem Hintergrund, hätte wohl in dieser Situation aufgegeben und beschlossen, sich in die Pläne der Familie zu fügen. Nach Schottland zu reisen, sich ein paar Monate – bis zur Moorhuhnsaison – lebendig begraben zu lassen und danach geläutert wieder in die Gesellschaft zurückzukehren. Man würde einen Ehemann für sie finden. Vielleicht nicht aus der gleichen Klasse, auf die sie vor ihrem nächtlichen Abenteuer eine Aussicht gehabt hätte, aber doch etwas ganz Passendes. Victoria war hingegen aus einem anderen Holz geschnitzt.

Sie ließ Probleme Probleme sein und stopfte jedes noch so winzige Schmuckstück in jenes geheime Fach im Boden ihrer Tasche und verschloss es sorgfältig. Alles, was jetzt den Schatz im Innern noch verriet, war das Gewicht des Gepäckstücks, wenn man es leerräumte. Oder eben vermeintlich leerräumte. Daran konnte sie für den Moment nichts ändern, also hakte sie in Gedanken diesen Punkt ab.

Ein kurzer Blick auf die Uhr auf dem Kaminsims. Sie hatte noch die ganze Nacht.

Auf einem Bogen Butterbrotpapier, das sie in der Küche heimlich eingesteckt hatte, pauste sie die Karte ab, die sie in dem Atlas gefunden hatte. Zunächst den Weg bis zur Grenze von Saramaa, und danach jene Karte des Landes, die in wenigen Atemzügen fertiggestellt war. Zum einen, weil man offensichtlich nicht viel über dieses Land wusste, und zum anderen, weil es wohl wenige Straßen und noch weniger Städte gab, die es einzuzeichnen lohnte. Fein säuberlich gefaltet landeten beide Karten in ihrer Reiselektüre. So würden sie keinem auffallen, der die Tasche – aus welchem Grund auch immer – durchsuchen mochte.

In dem Moment aber, da Victoria die Tasche verschloss, fiel ihr siedend heiß ein, dass sie die falsche Garderobe ihr Eigen nannte. Die Zofe hatte mit Sicherheit warme Sachen en masse eingepackt für die eisige Insel. Sie aber würde in ein Klima reisen, das nur Hitze und gleißende Sonne kannte. Schnell suchte sie zwei Blusen und zwei leichte Röcke heraus, legte sie flach zusammen und schob sie ganz unten in die Tasche. Mehr konnte sie nicht wagen mitzunehmen.

Die Anspannung wuchs nun mit jeder Minute, die verstrich. Victoria fühlte sich, als habe man sie in einen Kasten eingesperrt, aus dem man langsam die Luft absaugte. Tausend Fragen schossen durch ihren Kopf und mussten ignoriert werden, wollte sie nicht jeglichen Mut verlieren. Und schlussendlich sagte sie sich: Ich habe keine andere Wahl! Damit stellte sie entschlossen die Tasche neben die Tür.

Da an Schlaf nicht zu denken war, nahm sie einen Bogen Briefpapier heraus und begann, einen Brief an Gloria zu schreiben. Nicht nur, weil sie das Gefühl hatte, ihr eine Erklärung schuldig zu sein, sondern auch gewissermaßen als Schutzschirm. Jemand, dem sie absolut vertrauen konnte, musste wissen, wo sie sich aufhielt und was sie vorhatte. Dass Gloria ihre Eltern nicht informieren würde, dessen war Victoria sich sicher.

Aber sie hatte Geld und Einfluss genug, ihr zu helfen, wenn es notwendig werden sollte.

Vielleicht lag es an ihrer Anspannung oder der unterdrückten Müdigkeit, aber Victoria erschrak über sich selbst und ihre Kaltschnäuzigkeit. Andererseits musste sie in dieser Situation an alle Eventualitäten denken. Und die Hilfe von Gloria würde sich unter Umständen noch als notwendig erweisen.

Als sie unterschrieben hatte, faltete sie das Blatt und schob es in einen Umschlag. Sie ging in die Halle zu dem Tablett, dessen Inhalt am Morgen von einem Diener zur Post gebracht würde. Ihre Eltern hatten schon mehrere Umschläge dort deponiert, und sie schob den ihren dazwischen.

Victoria hatte begonnen, ihre Spuren zu verwischen.

Kapitel 9

Victoria Station war ein imposantes Gebäude, das einem Schloss glich und vom Ruhm des Eisenbahnzeitalters kündete. Als einer der größten Bahnhöfe des Empire, drängten sich hier bei Tag und Nacht die Reisenden. Vornehme Damen mit ihrer Dienerschaft neben Kofferträgern, die sich tagein, tagaus zwischen den Zügen abschleppten.

Victoria war allein. Hätte sie sich jetzt normalerweise unendlich verlassen gefühlt, so war es ihr in der augenblicklichen Situation mehr als nur willkommen, dass niemand sie begleitet hatte. Abgesehen vom Chauffeur, der ihr Gepäck an einen jener Kofferträger übergeben hatte.

Was Victoria an Bargeld hatte auftreiben können, befand sich nun in ihrem kleinen Täschchen, und aufgefüllt hatte sie ihre Barschaft, indem sie einen jener Pfandleiher aufgesucht hatte, die ihre kleinen, düsteren Läden in der direkten Umgebung des Bahnhofs hatten. Mit angehaltenem Atem hatte sie dem alten Mann, der mehr einer ägyptischen Mumie denn einem lebenden Menschen ähnelte, eine der mitgeführten Goldketten überreicht und mit zusammengepressten Lippen auf seine Reaktion gewartet. Sie hatte keine Ahnung, wie viel man für solch ein vergleichsweise schlichtes Schmuckstück erwarten konnte.

Als er aber murmelte: „Ich weiß nicht, ob ich so viel Geld da habe…“, schöpfte sie Hoffnung. Natürlich war ihr bewusst, hier zwischen all dem alten Trödel und den angelaufenen Uhren, dass er sie betrügen würde. Aber sie hatte keine Wahl. Der Preis für das Ticket im Orient-Express überstieg jenen für die Fahrkarte nach Schottland bei Weitem.

Der Pfandleiher grummelte, während er unter dem Ladentisch herumkramte. Er bediente sich einer fremden Sprache, die Victoria selbst dann nicht verstanden hätte, wenn der Alte nicht so gemurmelt hätte.

„Hm“, machte er schließlich unzufrieden und begann, einen dicken Stapel Geldscheine vor Victoria auf den Tisch zu zählen, doch nicht, ohne zuvor seinen geschwärzten Daumen mit breiter Zunge befeuchtet zu haben. Abermals „Hm“, dann war er fertig.

Victoria riss die Augen weit auf. Der Stapel war so dick, dass sie ihn mit zwei Händen packen und in ihre Tasche stopfen musste. Sie verabschiedete sich und schrieb es seinem schauspielerischen Können zu, dass er – anstatt in Jubel auszubrechen – weiterhin mürrisch hinter seinem Tisch hocken blieb.

Ihre Schritte flogen nur so dahin, als hätten sie keinerlei Gewicht zu tragen. Der Kohleruß der Lokomotiven strömte ihr in die Nase, und mit einem Schlag fühlte sie sich wieder wie damals als Kind, als sie mit ihren Freundinnen und den Nannys einen Ausflug gemacht hatte. Ihr Herz hüpfte, entfesselt und von den drängendsten Geldsorgen befreit, in ihrem Brustkorb.

Geschickt schlüpfte sie durch die Menschenmassen, überwältigt von den unterschiedlichsten Farben und Gerüchen, die auf sie einströmten.

Wie gern hätte sie innegehalten, sich irgendwo in eine Nische gestellt und all das genossen, was hier geschah. Das Rufen. Drängeln. Die fremdartigen Stimmen und die bunten Trachten, die zwischen all der europäischen Kleidung immer wieder auftauchten. Doch die Zeit drängte. Den Kofferträger mit seinem Karren wies sie an, an einem Zeitschriftenstand auf sie zu warten, während sie den Ticketschalter suchte.

Da sie erster Klasse reiste, brauchte sie nicht mit den anderen teils erregten, teils erschöpften Menschen in einer langen Schlange anzustehen, sondern konnte sich in einen elegant möblierten Raum setzen, wo man nach und nach aufgerufen wurde.

„Mit was kann ich Ihnen dienen?“, fragte der Mann mittleren Alters in dunkelblauem Anzug und mit tadellos sitzender Frisur umgänglich.

„Ich hätte gern ein Ticket nach Dover.“

„Sie reisen allein, Madam?“ Er legte den Kopf ein wenig schräg und das Licht über ihren Köpfen warf einen funkelnden Schimmer auf seine langsam grau werdenden Schläfen.

„Ja.“

„Sie haben allerdings noch vier Stunden bis zur Abfahrt.“

Vier Stunden … hallte es in Victoria nach. Vier lange Stunden. Da konnte viel geschehen. Ein Schauder erfasste sie, doch sie straffte ihre Schultern und setzte sich sehr gerade hin. Der Hauch eines schweren Parfums erreichte Victoria, als eine elegante Dame sich auf einen Platz zu ihrer Linken setzte.

„Ja. Da kann man nichts machen“, sagte sie so leichthin wie nur möglich und legte einen Stapel Geldscheine vor den Bahnangestellten auf den Tisch. Dieser zählte die Noten ab und überreichte ihr dann das Ticket.

Victoria blickte auf die Fahrkarte. Ein seltsames Gefühl, eine Art düstere Vorahnung ergriff sie plötzlich, und sie hatte alle Mühe, die aufsteigende Furcht – denn nichts anderes war es – ihrer Übermüdung und der Ungeheuerlichkeit ihres Unternehmens zuzuschreiben. Es blieb ihr nichts mehr zu tun, als durchzuatmen, das Ticket einzustecken und irgendwie die vier Stunden Wartezeit hinter sich zu bringen.

Wann Gloria wohl den Brief bekommen würde? Was, wenn sie die Freundin falsch einschätzte und diese sich augenblicklich mit ihren Eltern in Verbindung setzte? Es lag nahe, dass Sie von Dover mit der Fähre nach Frankreich übersetzen würde. Sobald ihre Eltern von ihren Plänen hören würden, würden sie zur Tat schreiten. Mit Sicherheit würden sie alles Menschenmögliche tun, um die entflohene Tochter heimzuholen.

Ob sie sich verstecken sollte? Zwischen all diesen Menschen sollte das kein Problem sein. Aber vier Stunden in einer düsteren Ecke zu kauern, war keine erfreuliche Aussicht.

Als Victoria den Schalterbereich verließ, wurde sie augenblicklich wieder von der lauten Menschenmasse umschlossen, die ihr jetzt das Gefühl einer gewissen Sicherheit vermittelte. Victoria kämpfte sich bis zu dem Kofferträger durch und informierte ihn, dass ihr Zug erst in vier Stunden abfahren werde.

„Wartende Herrschaften gehen gerne in das Café dort drüben“, sagte der Mann mit der schief sitzenden Mütze hilfsbereit.

„Und Sie?“ Es war keine Frage aus Mitgefühl, sondern aus Unsicherheit. Victoria wusste nicht, was Kofferträger während der Wartezeit taten. Gingen sie fort? Musste man rechtzeitig zum Verladen einen neuen suchen?

„Ich werd’ dort drüben warten, Miss. Ihr Gepäck wird rechtzeitig verladen. Aber soweit ich weiß, geht der Zug nach Edinburgh doch schon in ’ner guten Stunde?“ Er hatte einen beinahe väterlichen Tonfall angenommen, wenn er auch nicht viel älter als sie selbst sein mochte.

„Ich reise nicht nach Edinburgh. Ich reise nach Konstantinopel.“

Im gleichen Moment, da sie dies ausgesprochen hatte, wurde ihr die ganze Ungeheuerlichkeit ihres Unternehmens schlagartig klar. Sie würde ohne Begleitung und ohne jeden Schutz Tausende von Meilen reisen. In einer Zeit, wo eine Frau gerade mal allein ihre Freundinnen besuchte. Die einzige Fremdsprache, die sie mit Händen und Füßen beherrschte, war Französisch. Aber wer sprach Französisch in den Ländern, durch die sie kommen würde – von den Franzosen abgesehen?

Der Kofferträger presste die Augen zu schmalen Schlitzen zusammen. Er schob mit dem Zeigefinger seine Mütze zur Seite und kratzte sich nachdenklich. Sein Blick verriet, dass er sich gerade Gedanken über den Geisteszustand seiner Kundin machte.

“Mir ham se aber Edinburgh gesagt“, war alles, was ihm einfiel.

„Ich weiß. Aber ich habe umdisponiert.“ Als würde man gerade mal eben nicht nach Schottland, sondern ans andere Ende der Welt reisen …

„Hmmm“, brummte er, und Victoria schwieg, denn sie war es nicht gewöhnt, Dienstboten Erklärungen abzugeben. Schließlich zuckte der Kofferträger mit den Schultern und ließ sie so wissen, dass sie nicht die erste Irre war, mit der er zu tun hatte.

„Also, das Café soll schön sein, Miss. Da vorn ist ein Zeitungskiosk. Vielleicht holen Sie sich ja dort was zu lesen.“

Er hatte sich bereits umgedreht, als ihr noch etwas einfiel. Leicht japsend sagte sie: „Sollte Sie jemand ansprechen und nach mir fragen, so sagen Sie doch bitte, ich würde nach Schottland reisen.“ Ihr Blick war beinahe ängstlich geworden, und sie schob ein furchtsames „Ja?“ nach.

Ein langer, nachdenklicher Blick traf sie. „Machen Sie keinen Blödsinn, Miss. So ’ne Nummer geht nie gut.“

„Ja. Ich weiß“, erwiderte Victoria mit gesenktem Kopf.

Noch kannst du zurück! Noch ist nichts verloren!, sagte eine kleine Stimme in ihren Gedanken. *Gib das Ticket zurück und fahr nach Harrowby Hall! Es wird nicht so schlimm werden. Ruhe und Einsamkeit geben dir Gelegenheit, deine Gefühle in den Griff zu bekommen!*

Doch im nächsten Moment gewann die neue, kämpferische Victoria Oberhand. Sie wischte die kleine Stimme beiseite und dachte an Whitby. Ihren wundervollen, starken Whitby. Jenen Mann, der sie zu solch ungeheuerlichen Aktionen inspirierte. Sein Geruch war mit einem Mal so wirklich um sie herum, dass sie glaubte, er müsse sich irgendwo zwischen all diesen Menschen, ganz in ihrer Nähe aufhalten.

Ein Fremder rempelte sie an und ging weiter, ohne sich zu entschuldigen. Es gemahnte Victoria an die Wirklichkeit.

„Gut. Dann setze ich mich in das Café, und Sie tragen Sorge, dass meine Koffer pünktlich im Zug sind.“

„Ganz klar, Miss. Na, ja … ich wünsch Ihnen denn ma viel Glück!“

Er tippte gegen seine Mütze, packte seinen Karren und zog ihn kraftvoll davon. Victoria sah ihm nach, bis sich die Menschen wie eine unruhige Masse hinter ihm geschlossen hatten.

Sie selbst suchte den kleinen Laden, um sich Lesestoff zu besorgen. Doch kaufte sie weder eine Zeitung noch ein Buch. Vielmehr blieb sie wie gebannt vor einem in ochsenblutrotem Leder gebundenen Notizbuch stehen.

War sein Äußeres auch eher nichtssagend, so versprachen die leeren Seiten doch eine Welt von Möglichkeiten. Sie nahm es aus der Auslage und wog es ruhig in Händen. Das Leder war weich und strahlte eine gewisse Wärme aus.

Vorsichtig öffnete sie den Lederriemen, der mit einem Knopf verschlossen war. Das Papier war dünn, und es gab wohl Hunderte Seiten, die man beschriften konnte. Schlug man das Notizbuch hinten auf, fand sich eine Tasche, in die man allerlei hineinschieben und so sicher aufbewahren konnte. Dieses Buch gehörte zu ihr! Hier würde sie alles eintragen, was ihr auf ihrer Reise widerfuhr!

Victoria erstand noch ein paar Bleistifte, Radiergummis und einen Anspitzer. Nun war sie gerüstet. Stolz wie ein Ritter, der sein Schwert erhalten hat, marschierte sie, ihre sorgsam verpackte Neuerwerbung gegen die Brust gedrückt, in Richtung des Cafés. Sie hatte viel Zeit, und so würde sie bereits jetzt mit ihren Aufzeichnungen beginnen.

27. Juli 1924. Victoria Station, London
Mein großes Abenteuer beginnt. Ich weiß nicht, ob ich diese Reise überhaupt überleben werde, oder ob ich auch nur von Victoria Station wegkomme, aber ich bin voller Hoffnung und habe alle Kraft und Entschlossenheit, die notwendig ist, den Mann zu erlangen, nach dem ich mich mit solcher Leidenschaft sehne. Kein Weg ist mir zu weit, keine Gefahr zu bedrohlich. Ich werde ihn finden und ihm damit beweisen, wie groß meine Liebe zu ihm ist.

Dass der Bahnhof, von dem ich abreisen werde, meinen Namen trägt, nehme ich als ausgesprochen gutes Omen.

Victoria ließ den Stift über die erste Seite fliegen und füllte dicht an dicht jene imaginären Linien, an denen sich die Worte entlanghangelten. Wie im Fieber fantasierte sie von ihrem Wiedersehen mit einem tief bewegten Whitby, der endlich jene Frau in seine Arme schließen konnte, die bereit war, ihr ganzes bekanntes Leben für ihn aufzugeben. Für ein Leben an seiner Seite.

Schon bald kreisten ihre Schilderungen nicht nur um den ersehnten Mann, sondern um Eingeborene in schillernden Gewändern. Buntes Basartreiben und wild gestikulierende Händler, die ihre Waren feilboten. Victorias Fantasie füllte sich mit Geräuschen und Düften einer fremden, verzauberten Welt, die sie wie auf einem fliegenden Teppich durch die Stunden des Wartens trugen. Gegen den bald aufkommenden Hunger bestellte sie Gurkensandwiches und aß sie mit größtem Appetit.

Mit jeder geschriebenen Zeile fühlte sie sich mutiger und abenteuerlustiger. Sie dachte an Edith M. Hulls Roman „Der Scheich", der sie ebenso mitgerissen hatte wie die Verfilmung mit Rudolph Valentino, die sie sich unzählige Male im Kino angesehen hatte. Whitbys Bild vermischte sich mit dem von Rudolph Valentino als stolzem Beduinenherrscher, der die von ihm entführte Agnes Ayres ins Beduinenzelt trug und sie dort leidenschaftlich in seine Arme riss.

Die vierte Stunde brach an, als Victoria sich selbst in ihrem Tagebuch so beschrieb:

Ich sitze in einem Zelt, in wertvolle Gewänder gehüllt, wie sie die einheimischen Fürstinnen tragen, und gesalbt mit schwer duftenden Ölen. Um mich herum kostbare Teppiche, dicke Kissen, bestickt in den herrlichsten Farben.

Halbnackte Sklaven eilen ein und aus, stets bemüht, unsere Wünsche von unseren Augen zu lesen. Doch in seinen Augen lese ich nur Liebe und Sehnsucht nach mir. Der Wind wärmt das Zelt, und wenn jemand kommt oder geht, erhasche ich einen Blick auf die goldenen Wogen der Wüste, die sich majestätisch um unser Zelt herum erheben. Ein Flötenspieler sitzt hinter einem Paravent und unterhält uns mit seinen fremdländischen Weisen.

„Miss … Sie müssten dann jetzt einsteigen." Es war der Kofferträger, der sich rechtzeitig eingestellt hatte, um seine Kundin zu holen.

So abrupt aus ihren Träumen gerissen, bezahlte Victoria rasch, gab ein gutes Trinkgeld und packte ihren kleinen Schatz in ihre Tasche.

Sie war nicht ungehalten über die Unterbrechung, denn die Reise war lang, und sie würde noch viel Gelegenheit haben, ihren Gedanken nachzuhängen.

„Ihr Gepäck ist eingeladen." Es schien, als suche der Kofferträger nach Worten, fände sie nicht und nähme stattdessen andere.

„Ich danke Ihnen."

„Hm … ich wünsch Ihnen viel Glück, Miss. Und denken Se dran: Nix is so wie's scheint!"

Genau so zitierte sie ihn in ihrem Tagebuch, als sie sich in ihrem Abteil niedergesetzt hatte. Die Türen wurden knallend geschlossen und mit einem Ruck setzte sich der luxuriöse Zug in Bewegung.

Victoria war unterwegs. Jetzt würde sie nichts mehr aufhalten.

Kapitel 10

Das Rattern des Zugs, die gleichmäßigen Laute um sie herum, all das hatte Victoria schnell in einen tiefen, ruhigen Schlaf sinken lassen. Stunde um Stunde verschlief sie nicht nur die Fahrt im Simplon-Orient-Express, den sie in Frankreich bestiegen hatte, sondern auch die Zwischenstationen. Passagiere stiegen ein und aus, Landschaften flogen an ihnen vorbei, und Victoria schlummerte noch immer. Die Erschöpfung forderte ihren Tribut. Das Tagebuch fest in Händen, saß sie in ihrer Ecke, den Kopf gegen das Polster gelehnt und schreckte nur ab und an hoch, um gleich darauf wieder einzuschlafen.

In ihren Träumen tummelten sich verschleierte Beduininnen, Säbel schwingende Reiterhorden und schottische Burgen. Flirrende Fata Morganen über goldenen Sandhügeln. Falken, die zur Jagd hoch in den klaren blauen Himmel schossen und Kamele, die träge ihre Lasten und Reiter durch die endlosen Wüsten trugen.

Victoria, den Kopf noch immer in die weichen Polster gedrückt, wurde noch nicht einmal vom Schaffner geweckt, der eigentlich eingetreten war, um nach irgendwelchen Wünschen zu fragen. Er nickte lächelnd und zog sich leise zurück.

Als sie endlich erwachte, den Nacken etwas steif von der ungewohnten Schlafhaltung, war der Zug bereits auf Schweizer Gebiet. Gewaltige Bergmassive zogen an Victoria vorbei, und sie konnte sich nicht sattsehen, an den grauen Massen, auf deren Spitzen der Schnee in der Sonne glitzerte.

Sie rieb ihren Nacken und machte Lockerungsbewegungen, das Tagebuch noch immer in der freien Hand haltend. Wie gerne hätte sie einen Fotoapparat gehabt, um diesen Anblick für immer festzuhalten. Dann hätte sie zu Hause ihren Eltern die Bilder zeigen können.

Als nun dieser Gedanke durch ihren Kopf glitt, schrak sie zusammen. Ihre Eltern! Wann sie die wohl wiedersehen würde? Sie versuchte, sich vorzustellen, was in London los war. Ob man bereits ihren Anruf aus Schottland erwartete? Mit trägen Gedanken versuchte sie sich zeitlich zu orientieren. Wie lange sie wohl geschlafen hatte?

Vielleicht hatte man von Harrowby Hall aus bereits in London angerufen und sich erkundigt, ob Victoria wohl den Zug verpasst haben mochte, da sie nicht auf der Fähre gewesen war und ein Wagen des Onkels umsonst am Hafen auf sie gewartet hatte.

Victorias Magen zog sich vor Hunger schmerzhaft zusammen.Sie machte sich auf zum Speisewagen, der mit eleganten Tischen, wundervollen Intarsienarbeiten in den hölzernen Wänden und dezenter Beleuchtung prunkte. Sie hatte kaum den Wagen betreten, als schon ein Kellner herbeigeeilt kam, und sie zu einem Tisch führte, an dem bereits eine luxuriös gekleidete Dame in einem üppigen Pelzcape und ein Offizier in perfekt sitzender Uniform saßen, der offensichtlich ihr Ehemann war. Die Frau trug einen glockenförmigen Hut mit einer glitzernden Feder an der Seite. Ihr Haar, im modernen Bubi-Schnitt, glänzte wie gelackt und die Spitzen waren keck an die Wangen gelegt. Sie hatte große, dunkle Augen und einen roten Kirschmund. Der Offizier hatte einen gewichsten Schnurrbart und seine Mütze saß akkurat über der Stirn. Er stand höflich auf und nickte Victoria freundlich lächelnd zu, während der Kellner ihr den Platz zuwies.

„Darf ich uns vorstellen“, übernahm der Offizier die Führung. „Mein Name ist Charles Ponsonby, und dies ist meine Frau Unity.“ Dabei machte er eine leichte Verbeugung. Die Spitzen seines Schnauzbarts wanderten ein wenig nach oben, denn er lächelte wieder.

Mrs. Ponsonby lächelte ebenfalls und zwinkerte dabei ein wenig, was aber den einfallenden Sonnenstrahlen geschuldet war. Ihr Mann nahm wieder neben ihr Platz.

„Wir kommen aus Glasgow.“ Jetzt konnte Victoria den schweren Akzent mit dem gerollten „r“ zuordnen, der ihr gleich bei ihm aufgefallen war.

„Mein Name ist Victoria Stockbridge, und ich komme aus London.“ Sie musste schmunzeln, denn sie fühlte sich an die Vorstellrunden in einer neuen Schulklasse erinnert.

„Darf ich fragen, wohin Sie reisen, Miss Stockbridge?“, sagte Mrs. Ponsonby und nahm dabei von dem Aperitif, den die Gruppe bestellt hatte.

„Nun … recht weit … Ich reise nach Denhar.“

Die Brauen des Offiziers wanderten nach oben. „Denhar? Na, das nenne ich mal einen Zufall!“

Seine Frau studierte die Speisekarte und lauschte doch, was sie dadurch kundtat, dass sie leicht zustimmende Bewegungen mit dem Kopf machte.

Der Zug ruckte etwas und Victoria hielt ihr Glas fest.

„Sie müssen wissen, ich bin in Saramaa stationiert. Wir waren ein paar Wochen zu Hause, und nun heißt es wieder: Ran an den

Feind." Ein Leuchten ging über das kantige Gesicht mit den buschigen Brauen.

„Mein Mann ist ein Offizier mit Leib und Seele, und er geht in seinem Kommando vollständig auf. Sie hätten sehen sollen, wie er in Glasgow gelitten hat. Er hat begonnen, die Dienstboten zu kommandieren wie seine Soldaten."

Das Essen war gekommen, und Ponsonby spießte mit seiner Gabel kleine Stückchen Fisch auf. „Nun ja ... Unity, Liebes ... du übertreibst mal wieder maßlos."

Verschwörerisch beugte Mrs. Ponsonby sich zu Victoria hinüber, und ihre überlange Perlenkette drohte in ihrer Consommé zu ertrinken. „Er hat angefangen zu gärtnern ... die Blumen hätten sie sehen sollen! Er hat sie in der Schlachtordnung von Waterloo gepflanzt!"

„Unity!", mahnte Ponsonby streng. Doch seine Frau nickte Victoria nur nachdrücklich zu.

„Wie ist es in Denhar eigentlich so?", fragte Victoria.

„Heiß und Eis", sagte Mrs. Ponsonby wie aus der Pistole geschossen. Und auf Victorias verblüfften Gesichtsausdruck hin: „Tagsüber werden Sie von der Sonne versengt, und nachts gefriert das Wasser in der Blumenvase."

„Nun ja ... Sie können das dortige Klima natürlich nicht mit dem unserer geliebten Heimat vergleichen", ergänzte der Oberst. „Aber ich muss gestehen, dass ich Land und Leute zu schätzen gelernt habe. Wenn es natürlich auch nur so von Aufständischen wimmelt. Aber die haben wir im Griff. Ein kleiner Anschlag hie und da, meistens gegen die eigenen Landsleute gerichtet ..."

„Weil sie an uns nicht herankommen", ergänzte Mrs. Ponsonby.

„Gewiss, meine Liebe." Er machte eine Pause und nahm den Faden wieder auf. „Wodurch sich diese Kerle natürlich jegliche Sympathie im eigenen Volk verscherzen, wenn sie ihre eigenen Leute angreifen. Man weiß bei diesen doch recht einfachen Menschen unsere Anwesenheit sehr zu schätzen. In die Garnisonsstädte haben wir Wohlstand und Zivilisation gebracht."

„Ohne jeden Zweifel", unterstützte seine Frau Ponsonbys Ausführungen.

Victoria hielt sich mit Äußerungen zurück. Vor allem auch, weil sie ihre Konzentration für jenen Moment brauchte, da sie unweigerlich nach dem Grund ihres Besuchs in Denhar gefragt werden würde. Zu ungewöhnlich waren die Umstände ihrer Reise. Allein. Ohne Begleitung eines Ehemanns oder von Familienmitgliedern.

„Sie haben Verwandte in Denhar?“ Jetzt war es passiert. Die Frage hatte sich ganz harmlos um die Ecke geschlichen und traf sie nun beinahe unvorbereitet.

„Äh … nein. Das nicht gerade.“ Mehr fiel ihr nicht ein. Die Zeit hatte nicht gereicht für eine vernünftige Geschichte.

Ponsonby hob die Brauen und seine Frau ließ ihren Löffel in der Luft schweben. Beide blickten gleichermaßen erwartungsvoll-gespannt auf ihre Reisegefährtin.

„Sie sind auf Besuch dort?“ Es war eine Mischung aus Frage und Feststellung.

„Eine Fahnenflüchtige!“, tippte der Offizier. Hätte Victoria jetzt nicht geantwortet, wäre das Ganze in ein lustiges Ratespiel ausgeartet.

„Nein. Auch nicht. Na, ja. Vielleicht so ein bisschen. Tatsächlich wollte ich mir eine Anstellung suchen und etwas von der Welt sehen, sozusagen.“

Ponsonby wandte sich seinem Fisch zu; für ihn war damit alles gesagt. Seine Frau sah das aber offensichtlich vollkommen anders. Sie platzierte ihren Löffel auf dem Tellerrand und holte Luft.

„Miss Stockbridge, wenn man als junge Dame eine Anstellung im Ausland sucht, geht man nach Delhi, aber nicht nach Denhar. Delhi ist britischer als Stratford. Denhar dagegen …“ Sie warf ihrem Mann einen langen, sprechenden Blick zu, und Victoria ahnte, dass zwischen ihnen so manches nicht ausgesprochen wurde. „Denhar ist …“ Sie hielt inne und dachte nach, die Hände noch in der gleichen Haltung, als hielte sie nach wie vor den Löffel.

Dennoch schien sie weniger über das zu grübeln, was sie sagen wollte, als über die Art und Weise, wie ihr Mann darauf reagieren würde. Victoria wurde das klar, als sie die Seitenblicke bemerkte, die den Offizier trafen. Da er sich aber nicht rührte, sondern weiter sein Essen verzehrte, wertete seine Frau dies als Zustimmung und begann offen zu sprechen, wobei sie die Stimme senkte und sich ab und zu umsah, stets auf der Hut vor Lauschern.

„Es gibt in Denhar nicht nur ab und zu mal einen *kleinen* Anschlag, Miss Stockbridge. Dort unten herrscht offener Krieg. Nur sagt das in England niemand laut.“

Ihr Mann schien nicht mehr zuzuhören.

„Wenn irgend möglich, sollten Sie umkehren. Gehen Sie nach Indien und suchen Sie dort Anstellung. Da gibt es auch nette junge Offiziere und Abenteuer. Allerdings keine so lebensgefährlichen wie in Denhar.“

Sie atmete abermals tief ein. Noch war sie nicht fertig.

„Als wir vor einem Jahr dort unten ankamen, war alles noch ganz anders. Es gab zwar Aufständische … aber mit denen ist die Armee fertig geworden, wie mein Mann ganz richtig sagte. Aber jetzt herrscht Bürgerkrieg. Und manchmal habe ich den Eindruck, sie wollen uns loswerden, damit sie sich untereinander in Ruhe die Köpfe einschlagen können. Die Situation ist für eine junge Dame intolerabel. Wir hatten sogar schon Entführungen …“

Sie machte eine Pause, um die Bombe explodieren zu lassen, die sie soeben gezündet hatte.

„Aber davon hat man zu Hause gar nichts gehört“, versetzte Victoria vorsichtig.

„Wundert Sie das? Was mein Mann dort macht, ist ein Himmelfahrtskommando. Die Zeit, die wir dieses Land halten können, ist … überschaubar. Aber dann geht es dort unten erst richtig los. Das sage ich Ihnen.“

Mrs. Ponsonbys Worte lösten viel mehr Entsetzen in Victoria aus, als diese sich hätte träumen lassen. Und zwar nicht nur, weil sie das Ziel der jungen Frau infrage stellte, sondern vielmehr, weil Victoria wusste, dass sie gar keine andere Wahl hatte als weiterzureisen. Sie konnte nicht mehr einfach umkehren und heimfahren. Bei ihren Eltern in den Salon marschieren und sagen: Es tut mir Leid. Ich habe Blödsinn gemacht. Hier bin ich wieder.

Denn im gleichen Moment stand Whitbys Bild vor ihr. Und ihr Herz schien sich bis ins Weltall auszudehnen. Jetzt war nicht nur ganz nebulös eine Kolonie in Gefahr, sondern der Mann, den sie liebte und begehrte wie keinen anderen. Wenn die Lage in Saramaa auch nur annähernd so bedrohlich war, wie Mrs. Ponsonby schilderte, und dies unkorrigiert durch ihren Mann, dann befand sich Whitby in akuter Lebensgefahr. War es aber dann nicht ihre Pflicht als liebende Frau, an seiner Seite zu sein? Wo sonst wäre ihr Platz, wenn nicht bei ihm? Nein. Es gab keine Alternative zu diesem Ziel!

„Unser nächster Halt ist in Mailand, Miss Stockbridge. Wir können Ihnen helfen, einen Zug zu finden, mit dem Sie nach Hause fahren können.“

Mailand! Victoria erstarrte. Sie musste eine Möglichkeit finden, die Reise fortzusetzen, ohne die Ponsonbys zu brüskieren. Sie schienen ehrlich besorgt und vermittelten Victoria so einen Eindruck der Haltung ihrer Landsleute in der Kolonie, von der sie bislang nur aus Erzählungen wusste.

Man saß im gleichen Boot, und darum galt es, einander in jeder Situation zur Seite zu stehen.

„Wenn es Ihnen an Geld mangeln sollte, springen wir selbstverständlich ein“, sagte Ponsonby, als sei dies eine Feststellung, die eigentlich vollkommen unnötig, da selbstverständlich war.

Victoria starrte auf ihren Teller. Sie brachte keinen Bissen mehr hinunter. Da waren plötzlich zwei Menschen, die sich offensichtlich mehr um sie sorgten als ihre eigenen Eltern, und sie belog die beiden.

„Es tut mir Leid. Ich weiß Ihr Angebot und Ihre Warnung wirklich zu schätzen und danke Ihnen von Herzen. Aber ich kann nicht umkehren.“

Plötzlich richtete sich Ponsonby auf. Seine Züge veränderten sich. Seine Miene wurde düster, und Victoria bekam eine Ahnung davon, wie sich seine Untergebenen fühlen mussten, wenn er sie sich zur Brust nahm.

„Töricht. Einfach nur töricht, Miss Stockbridge. Denhar ist kein Spielplatz für junge adlige Damen auf der Suche nach einem heiratsfähigen Offizier aus gutem Haus. Es ist auch kein Abenteuerurlaub. In Denhar wird gestorben. Jeden Tag. Und wenn die Hitze Sie nicht umbringt, tut es ein Aufständischer. Vergeben Sie mir meine offenen Worte, aber sie scheinen mir notwendig. Ich bin Offizier. Ich weiß, was ich dort unten tue und was auf mich zukommt. Sie aber, meine liebe junge Freundin, haben keine Ahnung. Ach was … da gibt es ja gar keine Diskussion. In Mailand setzen wir Sie einfach in den nächsten Zug nach Frankreich. Und wenn Sie wieder in England sind, können Sie sich überlegen, ob Sie nach Indien gehen wollen.“

Entschlossen legte er sein Besteck quer über den Teller und schob diesen leicht von sich. So, die Arme vor sich ausgestreckt, schaute er Victoria an, als erwarte er nichts anderes als Zustimmung. Ein mattes Kopfnicken und ein sich in das Schicksal Fügen.

Allerdings kannte er Victoria schlecht. Der Gedanke an Whitby setzte ungeahnte Kräfte in ihr frei. Sie hatte nicht all das unternommen, um nun – auf beinahe halber Strecke – umzukehren. Sie würde nach Denhar reisen. Mit der Zustimmung der Ponsonbys oder ohne. Aber sie hatte den Offizier einzuschätzen gelernt. Also richtete sie sich ebenso gerade auf wie er und bot ihm die Stirn.

„Mr. Ponsonby. Sir. Ich bin Engländerin! Und eine Engländerin hat sich noch nie einschüchtern lassen. Im Gegenteil! Ich habe entschieden, dass ich nach Denhar reisen werde. Und ich werde dort einen Gatten finden."

Mrs. Ponsonby – das merkte Victoria sofort – wollte ihr ins Wort fallen. Doch da ihr Mann noch immer bewegungslos den Worten der Mitreisenden lauschte, hielt sie sich zurück.

„Aber ich suche nicht nur einen Mann, der mich ernährt und Kinder mit mir zeugt. Ich suche einen Mann, dem ich eine Stütze sein kann. Ein Mann, der Tag für Tag für unser Empire sein Leben einsetzt. Dieser Mann soll nicht mehr allein kämpfen müssen! Wenn er nach Hause kommt, soll er nicht mehr in eine leere, kalte Stube kommen, sondern in sein Heim. Und dieses Heim, wo er sich stärken und ausruhen kann, das werde ich ihm bereiten. Deswegen lasse ich mich nicht von meinem Ziel abbringen. Ich kann und will es nicht bequem in Indien haben, wenn meine Pflicht und mein Herz mich in dieses blutgetränkte Land rufen!"

Sie atmete tief durch und sah den Offizier herausfordernd an. Jetzt würde sich zeigen, ob sie ihn richtig eingeschätzt hatte.

Er schloss kurz die Augen. Dann trafen seine Blicke die ihren. Fest. Ohne ein auch nur angedeutetes Blinzeln.

„Unity … so spricht eine Engländerin. Miss Stockbridge – Sie beschämen uns. Sie mussten kommen, um uns an unsere Aufgabe zu erinnern. Es wird mir eine Ehre sein, Sie in Denhar schützend zu begleiten. Und ich spreche auch im Namen meiner Gattin, wenn ich Ihnen unseren tief empfundenen Respekt ausspreche!"

„Ganz gewiss", sagte Mrs. Ponsonby verhalten, wenn auch nicht weniger überzeugt.

„Sie werden Gast in unserem Hause sein, und mein Mann und ich werden alles dafür tun, dass sich ein junger Offizier findet, der einer solchen Frau würdig ist."

Hätte Victoria sich in diesem Moment auch unendlich schämen müssen, so dachte sie doch nur an Whitby und daran, dass ihr jedes Mittel recht war, um zu ihm zu gelangen. Sie hatte gepokert, und sie hatte gewonnen. Nichts anderes zählte. Was auch immer notwendig werden würde, um ihn zu gewinnen – es war jeglichen Einsatz wert!

Kapitel 11

So durch ihre eigene Kaltschnäuzigkeit gerettet, hatte Victoria in den Ponsonbys ergebene Reisegefährten gefunden, die sie von ihrer kleinen Rede an mit Respekt, ja Bewunderung behandelten. Dennoch blieb jene Herzlichkeit erhalten, die sich alle drei von Anfang an entgegengebracht hatten. Ja, sie intensivierte sich sogar noch.

Der Zug verließ nach und nach jene Gegenden, die Victoria zumindest aus Büchern kannte, doch bald – es waren wohl zwei Drittel der Strecke zurückgelegt – erblickte sie die wilden Ebenen zwischen Belgrad und Sofia.

An den Bahnsteigen sammelte sich allerhand bunt gekleidetes Volk, und Victoria konnte sich gar nicht sattsehen an den farbenfrohen Trachten und den durcheinander eilenden Menschen, die laut riefen und wild gestikulierten.

Junge Frauen, die ihr wie Ebenholz glänzendes Haar unter Kopftüchern zusammengebunden hatten, gingen von Fenster zu Fenster und boten eifrig ihre Waren an. Von Wein bis Kunsthandwerk, wohl auch allerlei billigen Tand, gab es alles, was der Reisende begehren mochte.

Victoria hätte zu gerne das eine oder andere Stück gekauft, doch sie wusste weder, ob sie das Geld würde entbehren können noch wie sie schlussendlich alles in ihren Koffern unterbringen sollte. So beließ sie es dabei, die anderen Fahrgäste zu beobachten, die Münzen aus den Fenstern reichten und dafür ihre Neuerwerbungen in Empfang nahmen.

„Balkan …“, knurrte Ponsonby neben ihr, als eine Hand sich ihnen entgegenreckte und mit einer kleinen, handbemalten Vase wedelte. Wehmütig dachte Victoria, wie schön es jetzt wäre, eine normale junge Frau auf einer normalen Reise zu sein, die sich Gedanken darüber macht, was sie ihren Lieben daheim als Souvenir würde mitbringen können.

Eine Tanzgruppe nahm Aufstellung neben dem Zug, und wenn sie sich ein wenig reckte, konnte sie nicht nur die in zwei Gruppen aufgeteilten Tänzerinnen und Tänzer sehen, sondern auch die Musikanten, die jetzt zu einer wilden Melodie anhoben, die perfekt zu der Natur zu passen schien, durch die der Zug bislang gefahren war.

„Balkan …“, wiederholte Ponsonby und lehnte sich mit einem Ausdruck tiefer Abscheu auf dem Gesicht zurück.

„Was haben Sie nur? Das ist doch alles nett anzusehen, und die Tänzer scheinen mir recht begabt“, erwiderte Victoria, der die Darbietung sehr gut gefiel, wenn sie auch kein Wort von dem verstand, was gesungen wurde.

„Vergessen Sie nicht, meine Liebe, diesen Völkern kann man nicht über den Weg trauen. Denken Sie an meine Worte!“ Er klang so düster mahnend wie ein antikes Orakel. Was er natürlich genauso beabsichtigt hatte.

Victoria aber lächelte und warf ein paar Münzen in die Schürze einer der Tänzerinnen, die am Zug auf und ab gingen. Sie fühlte sich wohl, und die Menschen schienen ihr freundlich und auf eine merkwürdig anregende Weise lebhaft. Anders als ihre Landsleute in London, die doch wesentlich reservierter, ja kälter wirkten.

Da Mrs. Ponsonby sich über die Zugluft im Speisewagen beschwert hatte, war Victoria gerade aufgestanden, um das Fenster ein wenig hochzuschieben, als plötzlich eine Frau in ihrem Gesichtsfeld auftauchte. Victoria schenkte ihr keine besondere Aufmerksamkeit, doch auf einmal ergriff diese mit einer schnellen Bewegung Victorias Hand, die auf dem Fenstergriff lag, und zerrte sie an sich. Instinktiv wollte Victoria sich losmachen, doch die Frau war stark und hatte bereits ihren Handteller nach oben gedreht.

„Zukunft … Miss … ich Zukunft sagen …“, sagte sie in einer Mischung aus Aufforderung und Stolz auf ihr Können.

Ponsonby aber sprang auf und herrschte die Frau in dem bunten Kopftuch mit kleinen goldenen Glöckchen grob an. „Nimm deine Finger von der Dame!“

„Ich Zukunft sagen junger Mylady …“

Vielleicht war es der Blick, den die Wahrsagerin ihr zuwarf, oder auch Ponsonbys unbeherrschtes Verhalten, aber Victoria ließ ihre Hand, wo sie war. Ja, sie reckte sich sogar ein wenig, damit die Frau besser sehen konnte.

„Lassen Sie sie nur, Oberst Ponsonby. Ich bin neugierig!“

„Mit solcherlei Dingen spaßt man nicht“, mahnte seine Frau, die ebenfalls aufgestanden war und die Vorgänge interessiert betrachtete.

Die Zigeunerin, denn um eine solche handelte es sich, strich mit sanfter Fingerspitze über die feinen Linien in Victorias Hand. Als lese sie wahrhaftig etwas in ihnen, blickte sie zwischen jenen Linien und Victorias Augen hin und her.

„Ooooh … gute Linien. Langes Leben mit viel Glück für junge Mylady. Ich sehe großen, schönen Mann. Kommen direkt auf junge Mylady zu."

„Das wird der Schaffner sein", kommentierte Ponsonby, der offensichtlich ungehalten war, dass man ihn so in die Schranken gewiesen hatte.

„Scht …", machte seine Frau, und er schwieg.

„Ja … und viele gesunde Kinder. Viel Glück … ganz viel Glück!", strahlte die Zigeunerin.

Victoria war trotz der positiven Sicht ein wenig enttäuscht, denn still und heimlich hatte sie sich anderes erhofft als nur den üblichen Schabernack solcher Leute. Doch gerade, als sie die Hand zurückziehen und ein paar Münzen aus ihrer Tasche nehmen wollte, verstärkte die Frau energisch ihren Griff. Als habe sie eine Phrase abgedroschen und festgestellt, dass diese Klientin Besseres verdiente, drückte sie nun Victorias leicht verspannte Finger auseinander. Konzentrierte sich mit in Falten gelegter Stirn und studierte intensiv, was sie sah. Scheinbar unzufrieden mit dem Ergebnis, gab sie Victoria zu verstehen, sie wolle auch die andere Hand sehen. Die Zigeunerin betrachtete die andere Hand und wandte sich dann wieder der ersten zu.

„Junge Mylady gehen großes Risiko ein. Ein Schritt zu schnell getan … birgt große Gefahr. Nehmen in Acht vor Mann auf schwarzes Pferd …"

„Schwarzes Pferd … Herr im Himmel!", unkte Ponsonby halblaut.

Victoria aber schnürte es den Hals zu.

„Offizier … ich sehe Offizier … gefährlicher Mann. Blut kleben an Hände. Aber Offizier haben Angst … Teil seines Herzens furchtsam."

„Ein furchtsamer Offizier? Welche Frechheit!", stieß Ponsonby hervor.

„Sein Teil was gehören junger Mylady. Du müssen vorsichtig sein mit Herz … sonst großes Katastrophe. Zerstören viele Leben sonst."

Ihr Blick haftete auf Victoria, die sich mit angehaltenem Atem gegen die heruntergelassene Scheibe presste. Der Blick aus den schwarzen Augen der Zigeunerin wurde noch intensiver, als sie beinahe zischte: „Du kehren um!"

Im gleichen Moment setzte sich der Zug stampfend in Bewegung. Die Leute traten einen Schritt von den Gleisen zurück, nur die Zigeunerin hielt noch immer Victorias Hand. Ja, mittlerweile musste sie sogar mitlaufen, den Blick immer noch fest mit dem Victorias verwoben.

„Du kehren um!“, rief sie immer lauter, während der Zug an Fahrt aufnahm, und hielt die Hand bis zum letzten Moment.

Victoria aber beugte sich sogar noch aus dem Fenster und starrte die immer kleiner werdende Frau an, die ihr nachsah, bis der Zug den Bahnhof weit hinter sich gelassen hatte. Es war Mrs. Ponsonby, die sich schließlich fasste, Victoria ein wenig zur Seite schob und das Fenster schloss.

„Jetzt setzen wir uns wieder hin“, sagte sie im Ton einer geduldigen Gouvernante, doch ihre junge Mitreisende ließ sich nicht dazu bewegen. Zwei eiserne Pranken hielten ihr Herz und ihren Geist unerbittlich umklammert.

„Gesindel“, knurrte der Colonel.

„Ich verstehe diese Frau nicht“, sagte seine Gattin und schüttelte den Kopf, während sie in ihrer Tasche nach einer Zigarette kramte, die sie in eine lange Spitze steckte und von ihm anzünden ließ. „Was hat sie davon, Miss Stockbridge derart zu verschrecken? Warum belässt sie es nicht bei dem üblichen Gerede über eine glückliche Zukunft und viele Kinder?“

Victoria hörte ihre Worte, doch erschien es ihr, als spräche die Offiziersfrau in einer ihr unbekannten Sprache. Die Zigeunerin hatte Recht. Sie sollte umkehren. Jeder hatte sie gewarnt. Einfach jeder. Sie fühlte sich schwach. Unendlich schwach. Wäre Whitby jetzt bei ihr gewesen … sie hätte Tod und Teufel getrotzt. Aber so stand sie den Worten einer Zigeunerin machtlos gegenüber. Der Versuch, wenigstens in Gedanken die Worte der Frau als sinnloses Geschwätz abzutun, misslang bereits im Ansatz. Die Wahrsagerin hatte doch nichts von ihr gewusst. Rein gar nichts. Und dennoch schien sie wirklich gesehen zu haben, was Victoria vorhatte.

„Setzen Sie sich wieder hin, meine Liebe.“

„Einen Tee? Ach, mein Lieber, würdest du uns eine Tasse Tee bestellen?“

Ponsonby winkte dem Diener, der an den Tisch trat.

„Bringen Sie uns allen Tee. Und ein Glas Gin. Das haben wir jetzt nötig“, wies er den jungen Mann an, der augenblicklich davoneilte.

Der Oberst schien nicht wenig erleichtert, als Victoria sich wieder neben seine Frau setzte, denn er hatte sie aufmerksam beobachtet, während die Zigeunerin gesprochen hatte.

„Ach … alles dummes Gewäsch, sage ich euch!“, verkündete er, wie um sich selbst zur Ordnung zu rufen.

„Das würde ich so nicht sagen." Es war eine alte Dame, die mit ihrer Gesellschafterin auf der anderen Seite des Ganges saß.

Die Blicke aller wandten sich ihr zu. Jetzt erst nahm Victoria sie wirklich wahr. Die violett getönten silbernen Wellen ihres Haars, das – sorgsam onduliert – unter einem federgeschmückten Hut ruhte. Die weiß geschminkte Haut, die runzelig wie ein Bratapfel war, und das exzentrische Kleid im Stil einer Haremsdame, das wenig zu den überaus wertvollen Ringen und Ketten zu passen schien, die sie trug. Zwischen all den Preziosen baumelte ein Lorgnon, das die alte Dame jetzt vor ihre Augen hob und mit dem sie Victoria intensiv musterte.

„Sie glauben doch nicht etwa an so etwas?", hob der Colonel empört an, als ginge es um offene Meuterei auf einem Schiff seiner Majestät.

Unwillig wandte die alte Dame sich dem Colonel zu. Sie betrachtete ihn kurz durch ihre Gläser und ließ diese dann wieder sinken. Sie schwieg, als verdienten seine Worte es gar nicht, dass man auf sie reagierte.

Victoria saß in ihrer Ecke und betrachtete ihre Fingerspitzen. Sie wollte gar nicht wissen, was die alte Dame zu sagen hatte.

„In meinen Augen sind diese Dinge etwas für Dienstmädchen und überhaupt für die unteren Klassen", fuhr der Colonel fort. „Bestenfalls noch ein Amusement auf einer ansonsten langweiligen Party. Man bezahlt und bekommt dafür ein gewisses Prickeln." Plötzlich riss er die Augen auf, wurde puterrot im Gesicht und räusperte sich. „Ähm … also … nicht, dass die Damen mich jetzt missverstehen. Um Gottes willen …", beeilte er sich hinzuzufügen.

„Wir haben Sie schon ganz recht verstanden, Mr. …", sagte die Dame mit freundlichem Lächeln und einer Betonung, die den Colonel unmissverständlich darauf aufmerksam machte, dass er einen gesellschaftlichen Fehler begangen hatte, indem er sich nicht vorgestellt, und die Mitreisende bislang komplett ignoriert hatte.

Ponsonby, der sich erst jetzt an seine Erziehung zu erinnern schien, erhob sich eilig, machte eine zackige Verbeugung und stellte dann sowohl sich als auch seine Frau und Victoria vor. Die alte Dame nickte huldvoll und mit einem verschmitzten Lächeln um die schmalen Lippen, die einen Hauch rosa Farbe trugen.

„Und mit wem haben wir die Ehre?", fragte Mrs. Ponsonby höflich.

„Mit Ihrer Gnaden, der Dowager Duchess of Montrose", sagte die Gesellschafterin eifrig.

Ponsonby wurde bleich. Abermals machte er eine kleine Verbeugung.

„Es ist uns eine große Ehre, Euer Gnaden", stieß er leicht gepresst hervor.

Die alte Dame lächelte, als handele es sich um eine lässliche Sünde, über die sie hinwegzusehen beabsichtigte.

„Darf ich fragen, wohin Sie reisen, Euer Gnaden?", fragte Mrs. Ponsonby in leichtem Plauderton.

„Nach Denhar. Ich besuche dort meinen Sohn, dem die Garnison dort untersteht."

Ponsonbys Augen weiteten sich. Unwillkürlich schien er selbst im Sitzen Haltung anzunehmen.

„Und Sie glauben der Zigeunerin?" Die Frage rutschte Victoria von den Lippen, und noch ehe sie ausgesprochen war, erschrak sie maßlos. Hatte sie sich nicht auf die Sache mit dem eigenen Abteil konzentrieren wollen? Wieso sagte sie dann so etwas? Sie begann, einen der kleinen Knöpfe ihres Ärmels heftig um die eigene Achse zu drehen, ohne zu bedenken, dass er durchaus abreißen konnte und sie nicht mal Nadel und Faden besaß, ihn wieder anzunähen. So aber geschah es, noch ehe die Duchess antworten konnte, dass Victoria tatsächlich den kleinen, stoffummantelten Knopf in ihrer Hand hielt.

„Ein Missgeschick", sagte die alte Dame noch immer lächelnd und betrachtete den Knopf in Victorias Hand. Im gleichen Moment erhob sie sich.„Annie, Miss Stockbridge braucht unsere Hilfe! Kommen Sie, mein Kind!"

Victoria folgte der alten Dame und hielt sich dicht bei ihr, denn diese schien in dem ruckelnden Zug nicht besonders sicher zu gehen.

„Wir werden in mein Abteil gehen. Dort kann Annie Ihnen den Knopf wieder annähen."

Sie hatten bald die Erste-Klasse-Abteile erreicht. Das der Herzogin war von atemberaubender Eleganz und stand mit Sicherheit jenen Räumen, die diese ansonsten gewohnt war, nur in wenig nach. Feinste Intarsienarbeiten schmückten die Wände. Ein kleiner kristallener Leuchter hing an der Decke und diverse einarmige Leuchter an den Wänden. Es gab Sessel und eine Couch, in deren Mitte ein Tisch mit weißer Damasttischdecke stand, auf dem sich ein wunderbar duftendes Blumenbukett befand.

„Nehmen Sie doch bitte Platz, meine Liebe."

Die ausgestreckte schlanke Hand der Adligen deutete auf einen der Sessel.

„Darf ich Ihnen eine Tasse Tee anbieten?", fragte die Duchess, und Victoria nickte. Mehr aus Höflichkeit denn aus wirklicher Lust. Doch der Tee, in feinstem Porzellan und aus silberner Kanne kredenzt, tat ihrem trockenen Hals gut.

„Die Luft in Zügen ist immer unangenehm. Vor allem in uns ungewohnten Klimaten, nicht wahr?"

Es war eine Frage, die keiner Antwort bedurfte, und so nickte Victoria nur – noch immer etwas beeindruckt von der Tatsache, dass sie Tee mit einem Mitglied des englischen Hochadels trank, was auch für sie nicht alltäglich war. Währenddessen brauchte sie nur ihren Arm seitlich an der dick gepolsterten Lehne herabhängen zu lassen, damit die fleißige Annie nähen konnte.

„Sie fragten mich soeben, ob ich den Weissagungen der Zigeunerin traue. Nun … nicht jeder. Ich habe schon so manche erlebt, die lediglich auf einen schnellen Penny aus war, aber ansonsten keine Ahnung hatte von dem, was sie tat. Allerdings habe ich auch das Glück gehabt, solche Frauen zu treffen, die sehr wohl in die Zukunft schauen können."

Die Herzogin nahm einen kleinen Schluck und stellte dann die Tasse zurück. Sie wirkte jetzt wie ein zierlicher Paradiesvogel in einem goldenen Käfig. Bei jeder ihrer Bewegungen klirrte ihr Schmuck leise und trug zu jenem verwirrend widersprüchlichen Bild bei, das die alte Dame mit solcher Selbstverständlichkeit kreierte.

„Ich würde zu weit gehen, erzählte ich Ihnen jetzt en détail von jenen Prophezeiungen, die mir in der Vergangenheit gemacht wurden. Und es hieße unsere junge Bekanntschaft überfordern, lieferte ich Beispiele für deren Wahrheitsgehalt. Aber ich will Ihnen doch so viel sagen: Wenn man denn eine dieser Frauen trifft, sollte man ihre Worte niemals gering erachten. Im Gegenteil! Und spricht sie eine Warnung aus – wie in Ihrem Fall, mein liebes Kind –, dann tut man gut daran, in sich zu gehen und ihr gegebenenfalls Folge zu leisten, so gut man eben kann."

Victoria blickte schweigend in ihre Tasse und beobachtete ein kleines Stückchen eines Teeblatts, das sich mühsam am Rand der Tasse festklammerte.

„Die Zigeunerin hat Sie ermahnt, umzukehren … aber das werden Sie nicht, wie?"

Was sollte sie sagen? Mühsam versuchte sie, die alte Dame einzuschätzen. Wie viel konnte sie ihr anvertrauen?

„Nein. Ich bin auf dem Weg nach Denhar, und ich werde dort einen Mann finden, den ich unterstützen kann in seinem Dienst für das Empire."

Diese Sache hatte schon einmal geklappt. Warum nicht ein zweites Mal? Also hielt Victoria erneut ihre Rede. Diesmal vor dem Oberhaus, sozusagen.

Doch mitten in ihrem Satz hob die Herzogin abrupt die Hand und gebot ihren Worten so Einhalt.

„Gut, gut, mein Kind. *Das* hat vielleicht bei dem forschen Ponsonby verfangen. Ich würde allerdings die Wahrheit vorziehen." Ein verschmitztes Lächeln umspielte die schmalen rosa Lippen der alten Dame.

Victoria schwieg. Sie war ertappt worden.

„Sie machen diese Reise vielleicht wegen einer Herzensangelegenheit. Doch ich wage Zweifel anzubringen, dass dies irgendetwas mit dem Empire zu tun hat. Lassen Sie mich ein wenig Sherlock Holmes spielen … Sie sind ganz ohne Frage eine junge Dame der Gesellschaft. Sie verfügen über ein gewisses Vermögen. Denn ohne ein solches könnten Sie sich eine solche Reise niemals leisten. Sie reisen ohne Personal. Wüssten Ihre Eltern von diesem Vorhaben, hätte man Ihnen zumindest einen Diener mitgegeben, der Sie im Zweifelsfall auch beschützen könnte."

Die Herzogin nahm noch einen Schluck, blickte kurz aus dem Fenster und gab dann Annie mit einem Handzeichen zu verstehen, dass sie einen Sherry wünschte.

„Nein. Niemand aus Ihrer Familie weiß von diesem Abenteuer. Man hätte Sie auf keinen Fall den Gefahren ausgesetzt, denen Sie jetzt entgegensehen."

Victoria brauchte jetzt dringend den Drink, der ihr in einem zierlichen Kristallglas angeboten wurde.

„Ich will meine Mutmaßungen abkürzen … Sie unternehmen dieses Abenteuer wegen eines Mannes. Ein Mann, den Sie in Denhar zu finden glauben. Sie haben sich verliebt und denken das Gleiche von ihm."

Victoria wurde eiskalt. Sie sehnte sich nach einer warmen Stola, die sie hätte um ihre Schultern ziehen können.

„Stockbridge … Stockbridge", murmelte die Herzogin. „Ich denke, ich kenne Ihren Vater. Wobei … *kennen* ist wohl zu viel gesagt."

Eine Eisschicht schien sich auf ihrer Haut zu bilden, und Victoria kämpfte gegen den Drang an, mit den Zähnen zu klappern.

„Werden Sie mich verraten?“, platzte sie heraus und zog damit die Aufmerksamkeit der Duchess auf sich. Diese schien einen Moment zu überlegen. Ein Moment, der sich über Minuten auszudehnen schien.

„Ach, mein liebes Kind … ich bin eine alte Frau und meine Energie reicht nicht mehr dazu aus, das Leben anderer in Unordnung zu bringen.“ Sie kokettierte, was sie in Victorias Augen noch liebenswerter erscheinen ließ. „Die Zigeunerin hat in Ihre Zukunft gesehen und Sie gemahnt, umzukehren. Gut. Sie mag Ihre Zukunft kennen, liebes Kind. Aber sie kennt *Sie* nicht! Ich habe gelernt, dass wir oft Fehler machen. Mehr oder weniger gravierende. Es kommt nur darauf an, was wir aus ihnen lernen. Und ich sage Ihnen noch etwas …“ Abermals griff sie zum aufgefüllten Sherryglas und nahm einen Schluck. „In meinem Leben waren die Fehler praktisch immer die Wurzel großen Glücks. Wenn es auch eines langen, oft schmerzvollen Wegs bedurfte, zu diesem Glück zu gelangen. Nein. Ich will Sie nicht verschrecken. Ich will Ihnen die Hand reichen und meine Hilfe anbieten. Sobald wir in Denhar sind, möchte ich Sie bitten, mein Gast zu sein. Wenn die liebenswerten Ponsonbys es denn zulassen und keinen Anspruch auf ihre junge Reisegefährtin erheben.“

Ihr Schmunzeln steckte Victoria an. „Ich würde mich sehr freuen, Euer Gnaden.“

Die alte Dame nickte und zupfte an ihrem weit fallenden Ärmel. „Gut. So ist es denn beschlossene Sache. Sie werden in meinem Haus Quartier beziehen, und wann immer Sie meiner bedürfen, werde ich als treue Freundin an Ihrer Seite sein.“

Victoria konnte ihr Glück nicht fassen. Nicht nur, dass sie in den Ponsonbys Unterstützung gefunden hatte, jetzt hatte ihr das Schicksal sogar eine Herzogin geschickt, die ebenso warmherzig wie vernünftig zu sein schien. Und ausgestattet mit der Weisheit und Gelassenheit des Alters. Wie hätte sie es besser treffen können?

Kapitel 12

Der Bahnhof von Denhar war nicht zu vergleichen mit jenem, von dem aus Victoria die Hauptstadt des Empire verlassen hatte. Er war kaum mehr als ein eilig zusammengebautes Haus, welches Platz für ein paar Bänke und einen Fahrkartenschalter bot.

Mit jeder Meile, die sich ihr Zug ihrem Ziel genähert hatte, war die Hitze intensiver und die Sonne glühender geworden. Sie hatte verfolgt, wie die Pflanzen zunächst an Farbe zu verlieren schienen und schließlich ganz verschwanden. Eine goldene Decke hatte begonnen, sich über die Natur zu legen. Was aber von dem komfortabel gekühlten Zug aus noch so angenehm und beinahe unwirklich gewirkt hatte, wandelte sich in einen schier unerträglichen Glutofen, als sie in Denhar ausstieg.

Ponsonby, der bereits von einigen Soldaten erwartet wurde, wies diese an, sich des Gepäcks anzunehmen. Er selbst grüßte einen jungen, eilig herannahenden Offizier schneidig und salutierte, wie auch alle anderen Uniformträger, die sich am Bahnsteig befanden.

Victoria bemerkte peinlich berührt, wie der Schweiß in Sturzbächen über ihr Gesicht zu rinnen begann. Was zunächst noch ihre Schläfen kühlte, durchfeuchtete bald unangenehm ihren Kragen. Die Luft war geschwollen von Hitze, und sie hatte das Gefühl, keine zehn Schritte gehen zu können.

Die Soldaten in ihren Uniformen taten ihr ausgesprochen leid, denn dunkle Schatten markierten zwischen ihren Schulterblättern und unter ihren Achseln jene Stellen, wo der Schweiß sich sammelte. Dennoch behielten sie ihre Haltung und widerstanden offensichtlich sogar dem Drang, den Schweiß von der Stirn zu wischen. Victoria hielt sich nicht an diese Regeln, sondern rieb mit ihrem Handrücken wieder und wieder über ihr Gesicht, bis sie merkte, dass dies überhaupt nichts brachte und höchstens die Hitze noch mehrte.

„Mama!“, rief der junge Offizier, erwiderte nachlässig die entgegengebrachten Ehrenbezeigungen und eilte stattdessen mit weit ausgestreckten Armen auf die Herzogin zu, die er entschlossen gegen seine bunt dekorierte Brust drückte.

Jetzt wirkte die alte Dame noch zerbrechlicher, und der heiße Wüstenwind ließ ihr buntes Kleid flattern wie das Gefieder eines Paradiesvogels, der sich schüttelt.

„In Denhar bringt Wind keine Abkühlung, sondern nur noch mehr Hitze, Miss Stockbridge“, sagte Mrs. Ponsonby.

Victoria, die ihre Hand einem kleinen Dach gleich über die Augen gelegt hatte, nickte ihr lächelnd zu. Soweit sie blicken konnte, gab es nur Felsen und Sand. Zwischen den Felsen ab und zu einen verdorrten Strauch.

Nachdem sie gemeinsam mit der Herzogin und deren Sohn das Bahnhofsgebäude passiert hatte, wurde sie abermals enttäuscht. Anstatt bunten Basartreibens, wuselnden Einheimischen, durchmischt mit englischen Kolonialbeamten sowie gemächlich trabenden Eseln und Kamelen, die umsprungen wurden von bellenden Hunden, sah sie nur eine lange gerade Straße, von gelblichem Staub überzogen, und gesäumt von scheinbar verlassen daliegenden einstöckigen Häusern und Geschäften. Tatsächlich konzentrierte sich offensichtlich das ganze Leben auf den Bahnhof.

„Wo sind denn die Menschen?“, fragte Victoria in Richtung ihrer Begleiter.

Der Herzog atmete tief durch. „Sie haben sich verschanzt. Wir erwarten stündlich einen Angriff der Rebellen, und deswegen wurden alle aufgefordert, die Häuser nicht zu verlassen. Wir brauchen keine Zivilisten, die durch die Kampfhandlungen stolpern.“

Das erklärte Victoria auch die relative Eile, mit der sowohl die Herzogin als auch sie zu den wartenden Autos geschoben wurden. Man machte sich nicht die Mühe, das Gepäck der Damen sorgfältig zu verstauen, sondern warf die Koffer lediglich in einen Armeelaster, der etwas abseits geparkt worden war. Kaum, dass alle richtig saßen, wurden auch schon die Motoren dröhnend angeworfen, und sie begannen ihre Fahrt die lange, staubige Hauptstraße hinunter.

Die mit Brettern vernagelten Fenster der meisten Häuser ließen Victorias Stimmung noch mehr sinken, wenn dies denn überhaupt möglich war. Erschöpft saß sie neben der Herzogin, die das Tuch ihres breitkrempigen Huts vor ihr Gesicht hielt und so dem aufgewirbelten Staub trotzte. Wenn bereits eine solch kurze Zeit in diesem Klima sie derart auslaugte – wie sollte Victoria dann auch nur einen ganzen Tag aushalten? Ganz zu schweigen von vielleicht mehreren Wochen …

Nicht nur ihre Kehle war mittlerweile ausgetrocknet, selbst ihr Blut schien sich in einen zähflüssigen Strom verwandelt zu haben, der ihre Gedanken ungeheuer langsam schweifen ließ und kaum die Kraft in die Muskeln trug, auch nur die Hand über die Augen zu legen. Sie musste husten, sich räuspern und wunderte sich über die Gelassenheit, welche die alte Dame den Umständen entgegenzubringen schien. Wenn Victoria die Idee, hierherzukommen, je für gut gehalten hatte, so war dieser Gedanke mittlerweile vom glühenden Wüstenwind davongetragen worden.

Der Boden der Hauptstraße war lediglich festgetrampelt und ebenso holprig wie die letzten Meilen mit dem Zug. Ihr Rückgrat war inzwischen so oft schmerzhaft gestaucht worden, dass Victoria nicht mehr wusste, wie sie sich noch hinsetzen sollte. Auch wenn sie sie noch nicht mal betreten hatte, hasste sie die Wüste bereits jetzt. Ja, dieses ganze verfluchte Land.

„Das ist der Dschinn D'Aa!", rief der Herzog, der sich auf dem Beifahrersitz halb zu ihnen umgedreht hatte und seiner Mutter immer wieder wortlos zulächelte.

„Der … was?", brüllte Victoria zurück und verschluckte dabei ungewollt eine größere Menge Staubs, der sie abermals husten ließ. Die Wagenkolonne machte einen diabolischen Lärm, der noch durch die Achsen intensiviert wurde, die in jedes Schlagloch rumpelten.

„Der Dschinn D'Aa. Das heißt in der Landessprache so viel wie Feuerteufel und bezeichnet einen speziellen Wind, der von den Bergen über die Wüstenebene hier in die Hauptstadt getragen wird."

„Großartig!", erwiderte Victoria, wobei sie sich jetzt ein Tuch vors Gesicht hielt, das die Herzogin ihr gegeben hatte.

„Und wieso baut man eine Stadt ausgerechnet da, wo dieser Wind landet?" Sie bezahlte die ausschweifende Fragestellung mit einem Schluck Sand, der sich durch den feinen Stoff gewühlt hatte.

„Nun, hier war man vor den Angriffen der einheimischen Stämme einigermaßen sicher. Es geht hier nämlich die Sage …", er wandte sich um und ließ für einen Moment seine Blicke über die sich nun eröffnende Ebene schweifen, „… dass hier ein gewaltiger böser Geist herrsche." Er nickte, sich selbst zustimmend, und schwieg dann, wobei er immer noch den Damen zulächelte. Selbst ihm schien der Sand im Mund nicht mehr zu schmecken.

Victorias Laune verschlechterte sich von Moment zu Moment. Und nun hatte sie auch noch Durst. Beißenden, rauen Durst, der sich mit dem heißen Wüstenwind verband und ihre Kehle zusammenschnürte.

„Bald sind wir da", sagte die Herzogin und legte ihre Hand auf Victorias Unterarm, als habe sie deren Gedanken gelesen.

Dabei waren es wohl die Gedanken eines jeden Neuankömmlings in dieser Welt, die nur aus Hitze, Sand und Sonne zu bestehen schien. Vor Victorias geistigem Augen erhob sich plötzlich die grün übergossene Landschaft Schottlands. Die zerklüfteten Felsen und die Schafe, die sich als kleine schmutzige Wollknäule zwischen Heidekraut und Ginster tummelten, überzogen vom feinen Sprühregen der Highlands. Mit einem Mal schien ihr Harrowby Hall als der schönste Platz auf Erden …

Sie war in Gedanken gerade dabei, das alte Schloss zu umrunden, als die Wagenkolonne vor einigen niedrigen Häusern hielt, die ihren Armeecharakter auch hier nicht verleugnen konnten. Soldaten standen Wache vor den Türen und an den Hausecken.

„So. Da wären wir!“, verkündete der Herzog, als hätten sie gerade vor dem heimischen Schloss gehalten. Federnd sprang er aus dem Wagen und ließ es sich nicht nehmen, seiner Mutter den Schlag persönlich zu öffnen. Resolut stieg die alte Dame aus und ging entschlossenen Schrittes auf die Eingangstür zu, die bereits von einem Wachsoldaten offen gehalten wurde.

Die Ponsonbys hatten sowohl die Einladung zu einem kleinen Umtrunk als auch jene zum Dinner ausgeschlagen mit der Entschuldigung, dass der Colonel nach so langer Abwesenheit erst mal seine Leute inspizieren musste.

Im Inneren des Hauses hatte man sich bemüht, ein wenig kolonialen Stil und Erinnerungen an die Heimat aufrechtzuerhalten. Deckenhohe Palmen waren in gewaltige Majolika-Kübel gepflanzt worden, auf den wuchtigen viktorianischen Möbeln standen in Silber gerahmte Bilder und zahllose Erinnerungsstücke.

Dienstmädchen und Diener eilten herbei und lasen der Herrschaft jeden Wunsch von den Augen ab. Wenn Victoria der Sinn auch eigentlich nach einem großen Glas Wasser oder kalter Limonade stand, fügte sie sich doch den Gebräuchen und akzeptierte ein Glas Sherry.

„Sie beschäftigen hier kein einheimisches Personal?“, fragte Victoria, mehr um überhaupt etwas gesagt zu haben, als weil es sie brennend interessiert hätte.

„Nein.“ Der Herzog leerte sein Glas und gab den Tee in Auftrag. „Die hiesigen Frauen verlassen die Häuser so gut wie nie. Und wenn, dann nur in Begleitung. Sowas können wir hier nicht brauchen. Ich kann keine Frau anstellen, an deren Fersen ein Bruder oder Onkel klebt.“

Victoria schmunzelte, denn sie hielt es für eine launige Bemerkung.

„Miss Stockbridge, ich versichere Ihnen, das ist die Wahrheit! So … und jetzt nehmen wir endlich unseren Tee. Wir brüsten uns damit, die besten Gurkensandwiches südlich des Rahai zu haben."

Begleitet vom Lächeln der Herzogin trank Victoria erst eine ganze Tasse Tee, bevor sie sich den Sandwiches zuwandte. Ihre Kehle öffnete sich langsam wieder, und auch ihre Gedanken nahmen an Fahrt auf. Sie hatte nicht vergessen, warum sie hierhergekommen war. Und nun, da ihre Aufmerksamkeit wieder voll da war, dachte sie auch an Whitby. Whitby, der irgendwo hier in der Garnison war. Wie lang vor ihr er wohl angekommen sein mochte? Sie wusste, dass die Militärzüge schneller waren, da sie selten Zwischenstopps einlegten.

„Nun, Miss Stockbridge, jetzt muss ich aber mal ganz neugierig fragen – und ich hoffe, Sie schreiben es der Tatsache zu, dass wir hier draußen etwas in den Sitten verrohen: Was führt Sie in dieses unwirtliche Land?"

„Miss Stockbridge …", übernahm die Herzogin das Wort, noch ehe Victoria auch nur Luft holen konnte, „… ist hier, weil sie an einer Arbeit über Land und Leute schreibt, die sie zu veröffentlichen gedenkt."

Victoria starrte die alte Dame an, mühevoll ihre Züge in Zaum haltend.

Doch schnell fasste sie sich. „Ja, Ihre Gnaden hat ganz Recht. Ich habe schon lange den Wunsch, den Menschen in unserer Heimat fremde Länder näherzubringen."

Der Herzog nickte, und sein akkurat geschnittenes blondes Haar schimmerte wie goldener Flachs. Seine Uniform saß perfekt und war, wie bei Offizieren seines Rangs üblich, von einem Schneider exakt angepasst worden. Seine blauen Augen musterten den Gast aufmerksam, und Victoria wurde das Gefühl nicht los, dass er bemerkt hatte, dass die beiden Frauen ihm einen Bären aufbanden. Doch da seine Mutter offenbar die Drahtzieherin war, konnte er das nicht offen zum Ausdruck bringen.

„Wir haben es also mit einer kleinen Abenteurerin zu tun! Da haben Sie sich ja ein wirklich übles Terrain für ihre Forschungen ausgesucht … Aber nun gut, Sie müssen wissen, was Sie tun, und ich werde Sie natürlich nach Kräften unterstützen. Wenn Sie mich denn lobend in Ihrem Werk erwähnen …" Mit der letzten Bemerkung hatte er charmant jene gefährlichen Untiefen umschifft, die sich in der Unterhaltung aufgetan hatten.

„Es ist mir eine Ehre, Euer Gnaden", erwiderte Victoria huldvoll lächelnd.

„Kennen Sie denn jemanden hier – von meiner Mutter abgesehen?“, wollte der Herzog wissen.

Ehe sie sichs versah, befanden sie sich bei einem noch heikleren Thema. Doch diesmal reagierte die Herzogin nicht schnell genug.

„Ja. Durchaus.“ Victoria biss sich selbst auf die Zunge. „Na ja … kennen wäre etwas übertrieben. Aber ich hörte den Vortrag eines gewissen Major Whitby in London über Denhar. Das brachte mich auch auf den Gedanken, dieses Land als Thema zu wählen. Der Vortrag war ungemein fesselnd.“

Sie hatte in ihrem Enthusiasmus gar nicht bemerkt, wie sich die Züge des Herzogs verdunkelt hatten. Whitby beflügelte ihre Gedanken und ihre Worte. Das Blut in ihren Adern schien schneller zu fließen und ihr Herz schneller zu schlagen.

„Whitby“, echote ihr Gastgeber, und seine Stimme klang düster.

„Ja. Ich würde ihn zu gern treffen, wenn das ginge. Sicherlich kann er mir noch viel mehr Informationen geben, die ich in meinem Buch verwenden kann.“

Der Herzog erhob sich langsam und trat an eines der Fenster, das von einem bodentiefen Vorhang aus feinsten Spitzen bedeckt wurde.

„Miss Stockbridge …“ Er machte eine einladende Geste, und Victoria trat neben ihn. Sein herbes Rasierwasser stieg in ihre Nase und irritierte sie ebenso wie seine Aufforderung. Seine schlanke Hand schob den Vorhang etwas zur Seite und gab den Blick auf mehrere Armeegebäude frei, die ein Areal umschlossen, welches ohne jeden Zweifel ein Friedhof war. Lauter identische Kreuze. Eines neben dem anderen. Als stünden sie noch im Tod in Reih und Glied.

„Dort … ist Major Whitby.“ Er machte eine nickende Bewegung ins Unbestimmte.

Victoria sackte das Blut aus dem Kopf. Alles begann sich zu drehen, und sie wusste nicht, wie sie zu ihrem Sessel zurückkommen sollte. Ihr wurde eiskalt, auch wenn Schweiß ihre Schläfen herabzuströmen begann. Das Zittern nahm sie gefangen und machte nur allzu deutlich, was in ihr vorging.

„Es tut mir aufrichtig leid, Miss Stockbridge. Aber Major Whitby ist vor drei Tagen bei einem Angriff der D’Omer gefallen.“

Unbemerkt war die Herzogin hinzugetreten und ihre Blicke folgten nun jenen des Herzogs und Victorias.

„Wieso habt ihr ihn nicht in Heimaterde bestattet?“, fragte sie leise und griff nach Victorias herabhängender eiskalter Hand.

„Er hatte keine Angehörigen mehr. Jeder Soldat, der keine Familie mehr hat, wird hier bestattet."

„Es gibt immer einen Menschen, der einen liebt", sagte die Herzogin, und ihr Sohn schenkte ihr einen langen, nachdenklichen Blick.

„Verzeihen Sie mir, Euer Gnaden … aber dürfte ich mich bitte zurückziehen?" Es war das Äußerste, was die Konvention Victoria gestattete. Sie musste sich beherrschen, bis man sie in ihr Zimmer gebracht hatte. Tränen brannten wie Säure hinter ihren Lidern, und sie musste sich zwingen, an etwas anderes zu denken, um nicht vollkommen die Beherrschung zu verlieren. Wie eine bleierne, donnernde Woge näherte sich ihr der alles vernichtende Schmerz, und sie wusste nicht, wie viel Zeit ihr noch blieb, bis diese über ihr zusammenschlagen würde.

„Aber gewiss doch. Die Reise war lang und anstrengend, und wir haben Sie über Gebühr beansprucht. McKenzie, bringen Sie Miss Stockbridge auf ihr Zimmer."

Der Butler eilte heran und führte Victoria in den hinteren Bereich des Hauses, wo man ihr eines der Gästezimmer zurechtgemacht hatte. Als sich die Tür hinter ihr geschlossen hatte, brach sie zusammen.

Kapitel 13

Es zählte zu den vornehmsten Eigenschaften der Herzoginwitwe von Montrose, dass sie schweigen konnte, wo Worte nur Unheil angerichtet hätten, und redete, wenn es zu helfen und zu ermutigen galt. Und dies stets im richtigen Moment. So hatte sie auch einen vollen Tag gewartet, bis sie beim gemeinsamen Frühstück mit Victoria jenes Thema anschlug, das alle im Haus, ihr Sohn eingeschlossen, tunlichst gemieden hatten.

„Sie waren bis jetzt noch nicht an seinem Grab, meine Liebe", sagte sie mit ihrer leisen, vornehmen Stimme. Ein Satz ohne jeden Tadel – aber mit dem Angebot, sich auszusprechen.

Victoria, die sich vor jenem Moment so gefürchtet hatte, da sie seinen Verlust in irgendeiner Art würde ansprechen müssen, stellte ihre Tasse ab, bevor sie noch einen Schluck getrunken hatte, hob zu einem Satz an und nickte dann doch nur schweigend, den Klang ihrer eigenen Stimme fürchtend.

„Wir müssen ab und an den Dingen ins Auge sehen. Egal, wie schmerzlich es auch sein mag. Ich bin eine alte Frau, aber dies gibt mir die Möglichkeit, in die Herzen der Menschen zu schauen. Wegen ihm sind Sie hergekommen, haben diese lange und strapaziöse Reise unternommen. Und nun sollten Sie auch zu ihm gehen. Wenn Sie mir erlauben, mein Kind, würde ich Sie dabei gerne begleiten, denn es gibt Wege, die sollte man nicht allein gehen müssen."

Eine Woge tiefer Dankbarkeit erfasste Victoria. Nicht ein einziges Mal seit sie London und ihre Familie verlassen hatte, hatte sie eben jene Hilflosigkeit so schmerzhaft empfunden, die zwangsläufig einen Menschen erfassen musste, der – ohne jede Erfahrung – den Schutz des Heims und der Menschen, die er kannte und liebte, verließ.

Ihre Eltern hatten sie behütet. Nie zuvor hatte sie das so sehr gespürt wie eben jetzt, da sie – nur wenige Minuten von Whitbys Grab entfernt – einer Tatsache ins Gesicht sehen musste, die sie nie und nimmer in ihre Kalkulationen einberechnet hatte. Alles hatte sie erwartet, dass er sie – überwältigt von Glück – in seine Arme reißen würde. Dass sich herausstellen mochte, dass er hier bereits eine andere Frau hatte. Ja sogar, dass er sich ihr gegenüber abweisend verhalten mochte, insgeheim besorgt über ihr monströses Abenteuer. Aber nie und nimmer, dass sie nichts von ihm vorfinden mochte als einen sandigen Hügel mitten im Niemandsland.

Die Herzogin blickte auf die Toastscheibe, die Victoria nicht einmal angerührt hatte, und sagte: „Wir sollten es nicht hinausschieben. Lassen Sie uns gleich aufbrechen."

Und noch ehe Victoria die Möglichkeit hatte, etwas einzuwenden, hatte die Herzogin sich bereits erhoben und nach dem Diener geläutet. „Wir werden einen kleinen Spaziergang machen, Menzies."

Aus Gründen der Sicherheit hatte der Herzog angeordnet, dass den Damen stets Soldaten mitgegeben werden sollten, sobald sie das Haus verließen. Und so machte sich bald ein kleines Grüppchen, bestehend aus der Herzoginwitwe, Victoria und drei Soldaten, die sich in gebührendem Abstand zu den Damen hielten, auf den kurzen Weg bis zum Soldatenfriedhof.

Victoria bemühte sich, ihre Gedanken allein auf jene in ihren Augen etwas bizarre Prozession zu lenken, die sich über die staubigen Straßen durch die Gluthitze zu den Gräbern bewegte. Auf keinen Fall durfte sie daran denken, dass jener Mann, den sie abgöttisch liebte, tot und kalt in jenem Grab ruhte, das – lediglich durch ein schlichtes Kreuz gekennzeichnet, bald vor ihr auftauchen würde.

Man betrat den Friedhof durch ein kleines Holztor, das an sich vollkommen sinnlos war, denn es hielt keinen Menschen und kein Tier zurück. Es markierte vielmehr, dass sich hier ein besonderer Bereich befand. Ein Areal, das den Lebenden nah und doch gleichzeitig fern war. Und darin glich es auch Whitbys Beziehung zu ihr. Er war ihr so nah gewesen wie kein Mensch jemals zuvor, und doch hatte auch ein Abgrund, gewaltiger als jeder, den es auf Erden geben mochte, sie getrennt. Und es war allein ihrer Liebe und Hingabe an diesen Mann zu danken gewesen, dass sie versucht hatte, den Abgrund zu überqueren. Ein Ansinnen, an dem sie in zynischster Art und Weise gescheitert war.

Waren es auch nur wenige Gehminuten gewesen, so fühlte Victoria sich doch bereits an dem Törchen so erschöpft und in Schweiß gebadet, dass sie bezweifelte, auch nur noch einen weiteren Schritt gehen zu können. Ob diese Ermattung nun der unbarmherzigen Sonne oder der unermesslichen Schwere ihres Herzens geschuldet war, vermochte sie nicht zu sagen.

Alles, was sie wusste, war, dass dort unter diesem schmucklosen Hügel ihr Leben lag. All ihre Träume, all ihre Liebe und all ihre Sehnsucht lagen dort begraben. Ja, sie war nun, da sie die Schrift auf dem Kreuz zu lesen vermochte, an einem Punkt angelangt, wo sie sich fragte, was für einen Sinn ihr Leben überhaupt noch hatte. Welche Aussicht gab es denn jetzt noch als jene, nach England zurückzukehren, dann direkt nach Schottland weiterzureisen und genau das zu tun, was der Anwalt und ihre Eltern von Anfang an geplant hatten. Zu warten, bis Gras über den Skandal gewachsen war und dann nach einem Ehemann zu suchen, dessen eigener, vielleicht nicht ganz so nobler Stand ihm eine gewisse Nachsicht mit der Vergangenheit seiner Braut erlaubte. Eine vielleicht nicht ganz so glänzende Partie, aber – nüchtern betrachtet – eine, die es der Gesellschaft erlaubte, zu vergessen.

Vergessen … Victorias Augen füllten sich mit heißen Tränen, als sie seinen Namen fixierte. Tausend Stimmen schienen ihr zuzurufen: „Du musst ihn vergessen! Begrabe ihn in deinem Herzen, so wie er hier im Wüstensand begraben liegt!"

Aber das konnte sie nicht. Sie konnte sich nicht fügen. Jede Faser ihres Körpers, jeder Gedanke in ihrem Verstand bäumte sich in diesem Moment auf. Wenn sie auch an seinem Tod nichts mehr ändern konnte, so hatte sie doch die sichere breite Straße verlassen und war – in den Augen ihrer Familie und der Gesellschaft – auf Abwege geraten. Sie würde jene kleine Gasse, die sie betreten hatte, als sie Whitby bei der Soiree gefolgt war, jetzt auch bis zum Ende gehen!

Sie spürte die Hand der Herzogin an ihrer. Die mageren, glatten Finger, die ihre umschlossen. Und sie tat einen Schwur: „Ich werde meinen Weg gehen. Ich werde dich nie vergessen. Was immer auch geschieht, ich werde erst ruhen, wenn ich an deiner Seite bin."

Dabei begannen die Tränen über ihre Wimpern zu gleiten und an ihren Wangen herabzulaufen. Es waren stille Tränen. Tränen, die einsam waren und ohne jenes Seufzen auskommen mussten, das die Seele für einen Atemzug zu erleichtern vermag. Und es waren Tränen der Machtlosigkeit im Angesicht der eigenen Entschlossenheit. Unwillkürlich drückte Victoria kurz die Hand der alten Dame als gelte es, jenen Schwur in heimlicher Übereinkunft zu besiegeln.

Sie nickte kurz und gab damit allen zu verstehen, dass man sich abwenden und zum Haus zurückgehen konnte. Dass sie hier fertig war. Doch das war eine Lüge. Victoria war noch nicht fertig an diesem vom glühenden Dschinn D'Aa überspülten Grab. In Wahrheit hatte sie gerade erst begonnen!

Kapitel 14

Die Sonne versank über den golden glänzenden Sandbergen, die Victoria von ihrem Fenster aus in der Ferne sehen konnte. Der Schmerz hatte nicht nachgelassen. Was ihre Gastgeber auch versucht hatten, nichts hatte sie auch nur für einen Moment von jener Leere, jener Qual ablenken können, die sie erfüllten.

Sie zermarterte sich den Kopf, was sie tun konnte, um ihm nahe zu sein. Und sei es auch nur in ihrer Fantasie. Wie einen immer gleichen Film ließ sie die Zeit mit ihm vor ihrem inneren Auge ablaufen. Dachte sich alle möglichen Dinge aus, die sie zu tun bereit wäre, um ihn zurückzuholen.

Aber nichts erleichterte die Schwere ihres Herzens. Zumal es an diesem Ort auch keine Ablenkung gab. Noch immer konnte man das Haus wegen der drohenden Rebellenangriffe nicht verlassen. Von der unbarmherzigen Hitze ganz zu schweigen.

Die Herzogin schlief einen Gutteil des Tags, und der Herzog war im Dienst.

So saß Victoria mit ihrem Tagebuch am Fenster und notierte jede winzigste Regung ihres Gemüts, jeden noch so kleinen Gedanken. Bilder schwebten durch ihren Kopf. Szenen, in denen sie Whitby in der Wüste traf. In denen sie gemeinsam auf wilden Pferden durch die Wüste galoppierten. Whitby, der sie in seinen Armen hielt, während der glühende Wind sie umtanzte.

Und auf einmal kam ihr eine Idee …

Hatte sie nicht dem Herzog weisgemacht, dass sie ein Buch über Land und Leute schreiben wollte? Was, wenn sie das wirklich täte? Nicht gerade ein wissenschaftliches Werk. Vielmehr einen Roman, ein Märchen. Das Unmögliche möglich machen! Whitby von den Toten zurückholen und sei es nur in einer Geschichte …

So schnell ihr der Einfall gekommen war, so schnell machte sie sich an die Umsetzung. Sie musste Eindrücke sammeln. Keinen Gedanken verschwendete sie mehr an die Gefahr, die draußen drohen mochte.

Ungeduldig wartete sie auf jenen Moment, da der Herzog aus dem Dienst kommen und man zum Dinner bitten würde. Man hatte bereits mit dem Hauptgang begonnen, als sie sich ein Herz fasste.

„Euer Gnaden“, hob sie an, und es klang, als wollte sie lediglich die matte Stille beenden, die sich über die Gesellschaft gelegt hatte, die an diesem Abend nicht nur aus ihr und ihren Gastgebern, sondern auch aus den dadurch gesellschaftlich aufgestiegenen Ponsonbys bestand.

Der Herzog legte sein Besteck nieder und schenkte ihr seine ganze Aufmerksamkeit. Die anderen leisteten seinem Beispiel Folge. „Ja? Bitte?“

„Wir haben Ihnen doch erzählt, dass ich ursprünglich plante, mit Major Whitbys Hilfe ein Buch über dieses Land zu schreiben.“

Er nickte. „Gewiss. Ja, ich erinnere mich.“

„Nun, da der Major nicht mehr zur Verfügung steht, musste ich umdenken. Sein Wissen fehlt mir zwar jetzt … aber ich will das Projekt, für das ich eine so lange Reise auf mich genommen habe, nicht ganz aufgeben. Vielmehr würde ich gerne eine Art Roman daraus machen.“

Das Gesicht des Herzogs zeigte keinerlei Regung. Er schien auf den Clou zu warten.

„Zu diesem Zweck würde ich Sie gerne um einen Gefallen bitten …“

Er lehnte sich zurück und sah sie abwartend an. „Und der wäre?“

„Könnten Sie mir einen Offizier zur Seite stellen, der sich hier auskennt? Der mich in die Umgebung begleiten könnte, damit ich Eindrücke sammeln kann?“

„Unmöglich!“ Seine Stimme war aufbrausend und dabei überraschend kalt. Mit solch einer harschen Reaktion hatte sie nicht gerechnet. „Bitte?“ Mehr brachte Victoria nicht heraus.

„Ich habe mir gestern die Freiheit genommen, ein Telegramm an Ihren Vater zu schreiben. Er soll wissen, dass Sie wohlauf sind und unser Gast. Es ist mir unmöglich, Sie einer solchen Gefahr auszusetzen und ihm zu erklären, wie ich so etwas tun konnte.“

Damit hatte sie nicht gerechnet! Auch noch ein Telegramm! Victoria wurde eiskalt. Ohne jeden Zweifel würde ihr Vater umgehend zurückkabeln, dass seine Tochter augenblicklich nach Hause zu schicken sei. Sie würde Whitby verlassen müssen! Eine nie gekannte Panik stieg in ihr auf. Außer sich, einem wilden Tier gleich, das von Jägern in die Enge getrieben worden war, starrte sie den Herzog an.

Auch die Herzoginwitwe schien alarmiert, wusste aber offensichtlich nicht, wie sie eingreifen sollte.

„Es tut mir leid, Miss Stockbridge. Aber es ist mir unmöglich. Ich kann Ihnen kaum erlauben, das Haus zu verlassen. Geschweige denn, Ausflüge in die Umgebung zu unternehmen. Ausgeschlossen. Vollkommen ausgeschlossen.“

„Ich hätte doch einen Offizier dabei", protestierte Victoria und wusste doch, dass es sinnlos war. Ein Soldat und eine Frau gegen zu allem entschlossene Rebellen. Das war tatsächlich Wahnsinn. Wenn nicht gar Selbstmord.

„Miss Stockbridge, so kommen Sie doch zur Vernunft", mahnte Colonel Ponsonby.

„Was ist denn an diesem Buch so wichtig, dass Sie Ihr Leben dafür riskieren wollen?"

Victoria blickte ihm direkt in die Augen. Die Zeit schien für einen Moment stillzustehen. „Es ist ein Memento an …" Sie erschrak über ihre Worte, über das, was sie sagen wollte. Aber jetzt konnte sie nicht mehr umkehren. „Ein Memento an einen Mann, der dieses Land geliebt hat wie wohl kaum ein zweiter."

Ponsonby holte tief Luft. „Also, jetzt hören Sie mal zu!", stieß Ponsonby hervor. Mit Blicken maßregelte seine Frau seinen Ton, doch er ließ sich nicht irritieren. „Ich kannte Major Whitby. Recht gut sogar. Er war ein Mann von äußerst zweifelhafter Herkunft. Es mag Ihnen nicht bekannt sein, Miss Stockbridge, da Sie von zu nobler Herkunft sind, als dass man Sie mit so etwas hätte konfrontieren wollen. Aber … seine Mutter war eine …"

Er errötete und kleine Schweißperlen traten auf seine Stirn. Blicke flogen über dem Tisch hin und her. Victorias Magen zog sich zusammen. Was konnte es mit seiner Mutter auf sich haben, dass es die Gesellschaft dermaßen in Bedrängnis brachte und beinahe unaussprechlich war? Schlagartig fiel ihr ein, was Ponsonby wohl zum Ausdruck bringen wollte und kaum sagen wagte: War sie etwa Demimonde gewesen? Eine … Victoria vermochte nicht mal den Gedanken zu Ende zu denken.

„Sie war eine … Bedu."

Den Ausdruck kannte sie nicht. *Bordsteinschwalbe* hatte sie schon gehört. *Hure* und *Prostituierte* wohl auch. Aber *Bedu* … das war ihr neu.

„Bedu?", echote sie Ponsonbys Worte. Doch weniger, um eine Erklärung zu erbitten als vielmehr, um seine Verlegenheit auszukosten. Denn sie hasste es, wie er über Whitbys Mutter sprach. Was immer sie auch getan haben mochte – sie war seine Mutter. Sie hatte Victoria ihren Liebsten geschenkt! Und damit war die Frau über alle Schmach erhaben, die das Leben ihr zugefügt haben mochte.

„Bedu, Colonel?", wiederholte Victoria und bohrte damit beinahe genüsslich in seiner Wunde.

Ponsonby räusperte sich vernehmlich.

„Eine Eingeborene, mein Kind. Bedu oder Beduinen nennt man die einheimischen umherziehenden Wüstenvölker. Zu ihnen gehörte Major Whitbys Mutter“, erläuterte die Herzoginwitwe sanft.

Der Ausdruck in den Gesichtern der Ponsonbys war dergestalt, als überträfe die Erklärung der alten Dame noch alles, was man über eine Prostituierte hätte sagen können.

Jetzt schaltete sich der Herzog ein. „Whitbys Vater war bereits hier stationiert. Er hat diese Bedu-Frau kennengelernt, als sie hier in die Garnison kam, um Handel zu treiben. Als wir erfuhren, dass er eine Affäre mit ihr begonnen hatte, ließen wir ihn umgehend in die Heimat zurückversetzen. Wir erfuhren erst später, dass sie ihm einen Sohn geboren hatte. Wir holten den Jungen in die Garnison.“

Victoria erbleichte.

„Nun, Miss Stockbridge“, mischte Ponsonby sich mit warmem Ton ein. „… Man konnte doch schlecht einen Engländer, wenn er auch nur halber Engländer war, mit diesen Wilden allein lassen!“ Er lächelte, als habe er ein tumbes Kind vor sich.

„Sie war seine Mutter“, erwiderte Victoria matt.

„Gewiss war Sie das. Es ehrt sie natürlich, so zu denken, Miss Stockbridge. Dennoch muss ich Ihnen in Erinnerung rufen, dass sein Vater englischer Offizier war, und somit bedarf es keinerlei Diskussion, in welcher Umgebung solch ein Kind aufzuwachsen hatte.“ Es war eine ruhige, klare Feststellung von Mrs. Ponsonby, der alle am Tisch zustimmten.

„Man hat den Stamm der Frau überaus großzügig abgefunden. Da kennen wir ja unsere Verantwortung“, erläuterte der Herzog, als sei es das Selbstverständlichste von der Welt, einer Frau das Kind abzukaufen. Fassungslosigkeit und Empörung stiegen machtvoll in Victoria auf. Doch sie wusste sich zu beherrschen.

„Die Frau hat dann wieder geheiratet und noch einige Kinder bekommen“, fügte Ponsonby an, als wolle er der Geschichte noch einen sanften Ausklang gestatten und Victoria die Chance geben, Verständnis aufzubringen. Und wirklich fühlte sie sich ein wenig beruhigt über das für die Frau doch noch annehmbare Ende ihrer Leidensgeschichte.

„Und Major Whitby hat es in England gut getroffen. Er kam sofort in ein erstklassiges Internat“, sagte der Herzog.

„… erstklassig für die Verhältnisse seines Vaters“, erläuterte Ponsonby.

Victoria wollte und konnte nicht mehr länger schweigen.

„Sie kennen seine Geschichte außerordentlich gut …“, sagte sie.

„Gewiss“, bestätigte der Herzog. „Es war ja damals ein ungeheurer Skandal. Die Karriere des alten Whitby war damit praktisch beendet. Und er war ein ganz hervorragender Soldat gewesen.“

„Ganz außerordentlicher Mann“, knurrte Ponsonby.

Der Herzog fuhrt fort: „Major Whitby hat alles dafür getan, sich der Krone gegenüber dankbar zu erweisen für alles, was man für ihn getan hatte. Aber sein Blut konnte er nie verleugnen.“

„Bedu“, stieß Ponsonby gepresst hervor.

„Gewiss“, sagte Victoria knapp und griff nach ihrem Besteck.

„Nun, wie dem auch sei, Miss Stockbridge. Ich kann Ihnen niemanden mitgeben. Ich muss Sie ernsthaft darum bitten, sich meinen Anordnungen nicht zu widersetzen!“ Damit war das Thema für den Herzog beendet. In Windeseile kam man auf das Rennen in Epsom zu sprechen.

„Mein liebes Kind“, sagte die Herzoginwitwe sanft, als die Herren sich in den Rauchsalon zurückgezogen hatten und Mrs. Ponsonby ihre Nase pudern gegangen war. „Würde ich Sie nicht so gut kennen, würde ich sagen, Sie haben sich dem Willen meines Sohns gebeugt.“

Victoria schwieg eisern. Sie wollte nicht lügen. Aber die Wahrheit zu sagen, wagte sie ebenfalls nicht.

„Sie sind fest entschlossen, in die Wüste zu gehen … Sie haben das Gefühl, dass es der einzige Weg ist, ihm nahe zu sein.“

Die alte Dame schenkte Victoria ein Glas Sherry ein und reichte es ihr. „Ich kann Sie verstehen. Und ich verstehe auch, dass keine Gefahr Sie dabei schreckt. Deswegen werde ich auch nicht versuchen, Sie umzustimmen. Das Einzige, was ich tun kann, ist Ihnen zu helfen, Ihren Weg so sicher als irgend möglich anzutreten.“

Victoria war überwältigt.

„Ich habe bereits meine Zofe angewiesen, Ihnen ein paar Sachen zu besorgen, die wüstentauglicher sind als das, was Sie in Ihrem Gepäck haben. Außerdem habe ich mir die Freiheit genommen – zugegebenermaßen hinter dem Rücken meines Sohnes – einen Mann zu besorgen, einen Einheimischen, der aber in der hiesigen Garnison als Verbindungsmann zu den Stammesherrn dient. Er wird Sie begleiten.“

Verblüfft hob Victoria an: „Aber Sie wussten doch gar nichts von meinem Plan …“

Die alte Dame lächelte wissend. „Ich habe einfach mit dem Wahrscheinlichen gerechnet.“

„Wann kann ich aufbrechen?“ Jetzt wollte sie keine Zeit mehr verlieren. Sie brannte darauf, zu gehen, als führe ihr Weg sie in Whitbys Arme.

„Warten Sie bis morgen Nacht. Mein Sohn wird morgen früh zu einer Übung aufbrechen und erst in ein paar Tagen zurückkehren. Das gibt Ihnen einen sicheren Vorsprung. Dann kommen Sie zurück und schreiben Ihr Buch. Ich denke, die Zeit bis Montag sollte Ihnen genügen, um all das zu finden, was Sie suchen …“

Kapitel 15

Der Horizont war in schwarze Tinte getaucht, über die Abermillionen von Sternen ausgestreut worden waren. Sie funkelten wie Diamanten über Victoria, als diese, eine Reisetasche in der Hand, hinter der Haustür auf ihren Scout wartete.

Tiefe Stille lag über dem Haus. Die Angestellten waren zu Bett gegangen, nachdem die Herzogin sie zeitig entlassen hatte. Ruhig und gefasst saß Victoria auf einem Stuhl und lauschte. Es war vereinbart, dass ihr Begleiter nicht klopfen oder läuten würde.

Victoria war zu ihrer eigenen Überraschung weder aufgeregt noch nervös. Vielmehr hatte sie das Gefühl einer Reisenden, die lediglich auf die Ankunft ihres Zuges wartet. Zu weit war sie schon gegangen, zu weit hatte sie sich von ihrem Heim und ihren Wurzeln fortbewegt, um jetzt noch irgendwelche Bedenken zu hegen oder Skrupel in ihrem Herzen zu bergen. Es war Whitbys Tod, der sie verändert hatte. Wenn sie in sich hinein lauschte, bemerkte sie lediglich ein gewisses Fehlen von Gefühlen, die unabdingbar waren, um Furcht zu empfinden. Keine warnenden Stimmen wurden mehr laut, wenn sie an ihr Vorhaben dachte. Nicht mal ein gewisser Druck im Magen, der einen zur Vorsicht mahnt. Sie würde die Dinge tun, die sie tun musste. Was danach käme, spielte keine Rolle mehr. Ja, es schien fast, als habe jemand die künftigen Seiten aus dem Kalender ihres Lebens gerissen …

Da war er! Vorsichtige Schritte auf dem hölzernen Verandaboden. Victoria erhob sich, umfasste entschlossen den Griff ihrer Tasche und öffnete die Tür. Ihr Scout trug ein bodenlanges fließendes Gewand und darüber einen wollenen Umhang gegen die Kälte der Wüstennacht.

Zwei Verschwörern gleich nickten sie sich zu. Der Mann, der ab jetzt ihr Leben in Händen hielt, war ein gutes Stück größer als sie, hatte kurzes schwarzes Haar und ebenso dunkle, wachsame Augen. Schweigend folgte sie ihm zu zwei Pferden, die er ein paar Straßen weiter an einem Pfosten festgebunden hatte. Die Kälte ließ sie frösteln und Victoria wünschte sich, es würde ein Mittelding zwischen sengender Sonne und eisiger Nacht geben.

Er fragte nicht mal, ob sie reiten könne, nahm nur ihre Tasche und befestigte sie bei seinem Gepäck am Sattel.

In ruhigem Trab ritten sie aus der Stadt hinaus. Bald lagen die festgetrampelten Straßen hinter ihnen, doch das Geräusch der Hufe zeigte Victoria, dass der Boden steinig-hart war. Sie hielt sich möglichst dicht hinter ihrem Führer, während sie auf einen Gebirgszug zuritten, der sich wie ein bizarres Monument gegen den nachtschwarzen Himmel abhob.

Absolute Stille. Nur das Schnauben der Pferde und das Trappeln der Hufe waren zu vernehmen. Die beiden Reiter schienen die einzigen Menschen in diesem dunklen Ozean aus Sand zu sein. Victoria wollte sprechen, doch sie genoss die Stille zu sehr, um die Stimme zu erheben. Es wäre einer Gotteslästerung gleichgekommen. Einer Beleidigung dieser mächtigen Schöpfung, mit der sie zu verschmelzen schien. Nie zuvor hatte sie auch nur annähernd Gleiches empfunden. Dies war die Allmacht Gottes. Hier wurde sie sinnfällig. Greifbar selbst für einen Blinden und Tauben, denn sie machte einen zum Teil dieser Allmacht. Jetzt erst begriff sie Whitbys Leidenschaft für die Wüste wirklich.

Sie waren bereits einige Zeit geritten, hatten aber gerade mal den Fuß der Berge erreicht, als ihr Scout mit Schwung aus seinem Sattel sprang und die Zügel ihres Pferdes ergriff.

„Wir werden hier eine kurze Rast machen", sagte er mit leichtem Akzent.

„Jetzt schon?", erwiderte Victoria verblüfft.

„Die Pferde müssen ausruhen vor dem Aufstieg." Mehr sagte er nicht. Stattdessen führte er sie hinter einen Felsvorsprung und entzündete dort ein Feuer. Die heißen Flammen taten ihr gut. Sie entspannte ihre Muskeln, indem sie sich reckte und wohl auch gähnte, obwohl sie nicht müde war.

„Mein Name ist Ali", sagte ihr Begleiter unvermittelt.

„Victoria", antwortete sie ohne überflüssige gesellschaftliche Konventionen zu beachten.

„Ihre Gnaden hat mich über Ihr Vorhaben in Kenntnis gesetzt. Wir überqueren heute Nacht noch den Pass über den Etsch A'llah. Wenn alles gut geht, sind wir bei Sonnenaufgang in Nirbut. Das ist ein kleiner Ort am Geraan-Fluss."

Überfordert von den fremd klingenden Namen, lauschte Victoria nur, konnte sich aber keinen einzigen merken.

„Wir werden dort den Tag über bleiben. Sobald es dunkel wird, reiten wir mit neuen Pferden weiter. In der Nacht erreichen wir dann das Gebiet der Sidi Ouaiett. Das ist der Stamm der Mutter des Majors."

„Werden wir sie treffen? Weiß sie von seinem Tod?"

Ali blickte in die Ferne.

„Nein. Sie lebt schon lange nicht mehr." Seine Stimme verriet, dass er mehr wusste, als er zu sagen bereit war. Eine gewisse Trauer schwang in seinen Worten mit, die Victoria nicht entging.

„Schon lange?

„Ja."

Sie musste alles über Whitbys Leben erfahren. Und dazu gehörte auch seine Mutter. „Wie viele Halbgeschwister hat Major Whitby?" Es wäre ja möglich, dass einer von ihnen ihr Stoff liefern konnte.

Ali sah sie mit zusammengepressten Lidern an. „Halbgeschwister?"

„Ja. Sie hat doch einen Einheimischen geheiratet, nachdem …" Weiter kam sie nicht.

Alis Kiefer mahlten. Seine Züge wurden kalt wie Eis. „Nichts dergleichen hat sie getan. Sie hat sich getötet, nachdem man ihr Mann und Kind genommen hatte."

Victoria war geschockt. Mit angehaltenem Atem starrte sie ihren Scout an und brauchte einige Zeit, um sich so weit zu fassen, dass sie wenigstens ein *Aber* formulieren konnte. „Man sagte mir doch …"

Ehe sie den Satz beendet hatte, schüttelte er energisch den Kopf. „Alles Lügen. Sie ist tot. Aber das war sie schon, bevor sie das Messer in ihr Herz bohrte. Man nimmt einer Frau nicht den Mann, den sie liebt, ohne dass …"

Er sprach nicht weiter, doch das war auch nicht nötig. Victoria wusste nur allzu gut, was er meinte.

„Versuchen Sie jetzt, ein wenig zu schlafen. Die Überquerung wird mühsam", sagte er barsch und drückte Victorias Reisetasche zu einem unbequemen Kissen hinter ihr zusammen.

Sie legte sich hin, zog die mitgebrachte warme Decke über ihre Schultern hoch und schloss wohl auch die Augen. Doch an Schlaf war nicht zu denken. Zu bewegt war sie vom grausamen Schicksal dieser Frau, von dem nur ein paar magere Sätze die Zeit und die Qualen überdauert hatten. Zu nahe fühlte sie sich jetzt dem entwurzelten Mann, dem ihr Herz gehörte, und den sie ebenso verloren hatte wie seine Mutter den Mann, den wiederum sie geliebt hatte. So sehr geliebt hatte, dass ihr ein Leben ohne ihn nicht mehr möglich gewesen war.

Als Ali sie einige Zeit später am Arm rüttelte, hatte sie nicht eine Minute geschlafen. Sofort stand sie auf, dehnte ihre schmerzenden Glieder, die den harten Untergrund nicht gewohnt waren, und stieg aufs Pferd. Noch immer herrschte tiefste Finsternis, und sie mussten sich bald zu Fuß, die Pferde an den Zügeln führend, Schritt für Schritt den Weg nach oben ertasten. Jeder Atemzug fraß an Victorias Lungen, und es war nur ihrem eisernen Willen zu danken, dass sie Ali nicht längst um eine Verschnaufpause gebeten hatte. Wieder und wieder glitt sie mit einem Fuß ab, stieß sich an spitzen Felsen und dachte mehr als ein Mal, sie könne keinen einzigen Schritt mehr tun. Der Aufstieg schien kein Ende zu nehmen. Höher und höher ging es. Die Luft taugte kaum noch zum Atmen, und es beschämte sie, dass Ali nur wegen ihr langsamer ging, als es ihm eigentlich möglich gewesen wäre.

„Wenn der Aufstieg Ihnen schon schwierig vorkommt, dann freuen Sie sich besser nicht auf den Abstieg", stellte er ruhig fest, als sie, auf einem kleinen Plateau angekommen, versuchte, mit den Augen die Tiefe zu ihren Füßen zu erkunden.

„Wir werden da vorn zwischen den beiden Felsen durchgehen. Gehen Sie so vorsichtig wie auf Klingen! Ein falscher Schritt und Sie stürzen bis ins Tal!"

Und er behielt Recht! Victoria war am Ende ihrer Kräfte, als sie auf der anderen Seite des Berges ankamen. Am Ende ihrer körperlichen und seelischen Möglichkeiten. Unfähig, auch nur einen weiteren Schritt zu tun, sank sie zu Boden und hielt nur noch mit Mühe die Zügel ihres Pferdes.

Mehr als ein Mal war sie ausgeglitten, und ihr Herz hatte beinahe ausgesetzt bei dem Gedanken, sogleich in den Tod zu stürzen. Die Kälte hatte ihre Glieder steif werden lassen und ihre Haut verzehrt. „Ali, bitte … nur einen Moment."

Er schüttelte missmutig den Kopf. „Nein. Weiter! Wir können hier nicht bleiben. Zu gefährlich."

Sie sah ihn beinahe flehend an. „Nur wenige Minuten. Der Berg ist doch hinter uns. Bitte!" Sie schämte sich ihrer Schwäche, die der Stärke und ihrer Willenskraft vom Beginn des Weges Hohn sprach. Aber es ging nicht mehr.

„Der Berg ist unwichtig. Hier beginnt das Gebiet der Sidi Ouaiett. Wenn uns einer von ihnen bemerkt, bevor wir das Dorf erreichen, sind wir tot."

Hatte sie ein Hindernis überwunden und sich in Ruhe gewähnt, tauchte das nächste auf. Eine tiefe Verzweiflung bemächtigte sich ihrer. Victoria wollte nur noch sitzen bleiben und sterben. Sollten diese verdammten Sidi-Irgendwas sie doch umbringen!

Es war Alis suchend umherschweifender Blick, der sie schließlich dazu brachte, wieder in den Sattel zu steigen. Die merkwürdige Anspannung, die sich über seine Bewegungen gelegt zu haben schien. Seine fast ängstliche Aufmerksamkeit für jede noch so kleine Regung in der sie umgebenden Natur.

Und dann sah sie ihn! Einen Schatten. Nicht mehr als die Andeutung eines Umrisses. Doch sie erkannte, was sich da zu ihrer Rechten auf einem Felskamm über ihnen erhob: ein Reiter!

„Ali!", stieß sie hervor und unterdrückte den plötzlichen Impuls, mit der Hand auf die statuengleich ausharrende Figur zu deuten.

Ihr Scout folgte augenblicklich ihren Blicken und schrak zusammen. „Verflucht. Sie haben uns …", flüsterte er mit gepresster Stimme. „Allah steh uns bei!"

„Aber wieso tut er nichts?"

Ali schüttelte langsam den Kopf. „Ich weiß es nicht. Vielleicht will er uns noch beobachten. Wir müssen weiter. Das Dorf ist unsere einzige Chance."

„Aber wieso sollten wir im Dorf der Sidi sicher sein?"

Beim Aufsteigen erklärte Ali: „Weil wir dann zeigen können, dass wir keine Gefahr sind. Keine Feinde. Im Moment sind wir Fremde auf ihrem Territorium. Und sie töten uns, ohne vorher nach unseren Zielen zu fragen."

Und da empfand Victoria plötzlich eine merkwürdige Sicherheit. Sie würde nicht sterben. Nicht jetzt und nicht hier. Wer immer sie bis hierher hatte kommen lassen, er würde auch dafür sorgen, dass die Reise nicht beendet war, bevor sie richtig begonnen hatte. Mit ruhigerem Herzen blickte sie wieder auf zu jener Stelle, wo der Reiter gestanden hatte. Er war verschwunden. Wie eine Fata Morgana schien er sich in der wirbelnden Wüstenluft aufgelöst zu haben.

„Er ist weg, Ali."

„Das heißt gar nichts. Er wird wieder auftauchen. Und wenn wir uns jetzt nicht in Bewegung setzen, wird er das Letzte sein, was wir in unserem Leben sehen. Wir werden uns rechts halten, immer an den Felsen entlang. Sollten sie schießen, können wir im Zweifel noch versuchen, dort Zuflucht zu suchen."

Die Sonne ging auf und erfüllte Victoria mit Unbehagen. Jetzt würde die Hitze beginnen. Die Steine füllten sich mit Wärme, und diese würden sie auf die beiden Reiter und ihre Pferde abstrahlen. Dass sie keine Rast mehr einlegen würden, bis sie das Dorf erreicht hatten, war ihr klar, und so stellte sie Ali, der all seine Konzentration auf die sie umgebende Landschaft gerichtet hatte, auch keine Fragen mehr. In leichtem Trab ritten sie an den Felsen entlang, wie er verlangt hatte, und Victorias Blicke hielten unvermindert Ausschau nach jener beinahe mystischen Gestalt zu Pferd.

Und dann sah sie ihn! Sein Pferd glänzte, als sei sein Fell aus gelacktem Ebenholz geschnitzt. Der heiße Wüstenwind spielte mit dem weißen Gewand und dem Tuch, das seinen Kopf bedeckte. Ansonsten gab es keinerlei Bewegung. Er saß kerzengerade im Sattel, ein Gewehr vor sich aufgestellt, und beobachtete sie.

Victorias Magen zog sich zusammen. Gänsehaut huschte über ihre Arme und ihren Rücken. Vermochte sie auch das Gesicht des Fremden nicht zu erkennen, so umgab ihn doch eine so machtvolle Aura, dass sich ihr Unterleib zusammenzuziehen begann. Ihre Hände umklammerten die Zügel, und ihr Atem schien von der Hitze in ihre Kehle zurückgedrückt zu werden.

Schien auch keinerlei akute Gefahr von ihm auszugehen, war seine ganze Erscheinung doch die machtvolle Figur eines Herrn über Leben und Tod. Es lag allein bei ihm, ob und wie lange er die beiden Fremden in seinem Territorium leben ließ. Doch plötzlich empfand Victoria eine beinahe bizarre Ruhe. Ein kaum glaubliches Geborgensein. Als wäre es ihre natürliche, fast archaische Bestimmung, hier in der Nähe, im Machtbereich dieses Mannes zu sein.

Sie sagte Ali nichts von ihrer Beobachtung. Hielt ihre Augen auf den Fremden geheftet und ritt voran. Hätte er sie töten wollen, wie Ali befürchtete, so hätte er dies längst tun können.

Kapitel 16

Sie schafften es nicht. Das Dorf – es war eine Ansammlung größerer und kleinerer schwarzer Zelte – hatten sie zwar recht bald erblickt, doch der Weg dorthin war länger, als es Victoria oder die Pferde ohne Ruhepause hätten schaffen können. Die Hitze flirrte über den Zelten und täuschte das menschliche Auge mit Seen und Flüssen, die in der Sonne funkelten und doch nicht existierten.

Also suchten sie sich einen Felsvorsprung und schlugen dort ihr Lager auf.

„Wir werden in der Dämmerung den letzten Teil in Angriff nehmen. Vorher hat es keinen Sinn“, erklärte Ali, während er die Decken ausbreitete und den Pferden das letzte Wasser gab.

Victorias Zunge klebte schmerzhaft an ihrem Gaumen, doch ihr Stolz verbot es ihr, einen Teil der Erfrischung, die nun den Pferden zu neuer Kraft verhalf, für sich selbst einzufordern. Zudem war sie sich sicher, dass die Sidi eine Quelle ihr Eigen nannten, aus der sie würde in wenigen Stunden trinken können. Die Erschöpfung war zu groß, um noch lange nachzudenken. Nicht mal der geheimnisvolle Reiter interessierte sie mehr. Sie legte sich einfach auf den harten Boden und schlief augenblicklich ein.

Als sie brutal auf die Beine gerissen wurde und ein Schlag, brennend und scharf, ihre Wange traf, war sie derart überrascht, dass sie nicht einmal aufschrie oder sich irgendwie gegen die harten Hände zur Wehr setzte, die sie mit sich schleppten wie eine zu groß geratene Puppe. Stolpernd und stürzend suchte sie, auf die Füße zu kommen. Mit dem Mann in dem langen schwarzen Kaftan mitzuhalten, der sie unbarmherzig voranschleifte. Sie griff blind nach den Händen, die ihr Haar und ihren Nacken gepackt hielten. Verwirrt vor Überraschung und Schmerz.

„Ali! Ali!“, schrie sie, doch die einzige Antwort, die sie erhielt, bestand in einer weiteren Ohrfeige.

Der Fremde starrte sie mit wutverzerrtem Gesicht an. Seine lange, dünne Nase passte in seine beinahe ausgemergelten Züge. Fleischlose Lippen, in unbändigem Hass zusammengepresst stießen unverständliche Flüche aus. Im gleichen Moment blieb Victoria mit ihrem Kleid an einem Busch hängen, und die spitzen klingenscharfen Dornen zerfetzten den leichten Stoff. Sie ließ von den Händen des Manns ab und suchte ihre Blöße zu bedecken, wodurch sie abermals ins Straucheln geriet und nur durch den entschlossenen Griff des Fremden auf den Beinen gehalten wurde. Sie wusste instinktiv, dass er nicht jener Mann auf dem Pferd gewesen war, der sie beobachtet hatte, und das wiederum ließ sie das Schlimmste für Ali befürchten.

Als sie nun aber die lüsternen Blicke des schwarz gekleideten Fremden auf ihrer entblößten Brust bemerkte, keimte unbändiger Zorn in ihr auf. Ohne auch nur für den Bruchteil einer Sekunde nachzudenken, spie sie ihm ihren Abscheu entgegen. Er aber antwortete nicht, sondern katapultierte die zierliche Frau auf eine Art Pferdekarren, wo sie, um Luft ringend, liegen blieb. Im nächsten Moment drückte er Victorias Schenkel auseinander und betrachtete aufmerksam jene geheime Stelle, die nur dem Liebsten vorbehalten sein sollte.

Victoria war außer sich. Wild begann sie, mit den zerschundenen Beinen nach dem Wüstling zu treten. Traf ihn wohl auch das ein oder andere Mal, doch ohne jene Wirkung zu erzielen, auf die sie gehofft hatte. Mit einem schiefen Grinsen in seinem hageren Gesicht knurrte er ihr Worte entgegen, die sie zwar nicht verstand, aber dennoch zu deuten wusste. Dann streckte er seine Hand aus, zerriss ihr Höschen und bohrte mit seinem staubigen Finger in ihr Innerstes.

Victoria begann zu schreien. All ihre Kraft legte sie in ihre Schläge, in ihr Kratzen und Hämmern. So gut sie konnte, schob sie sich rückwärts, bis sie endlich außerhalb der Reichweite seiner Arme war. Verärgert über ihren gelungenen Rückzug spuckte der Kerl in Victorias Richtung. Dann wandte er sich ab, sprang auf den Rücken des Pferdes, das den Karren zog, und versetzte ihm einen Hieb mit einer Peitsche. Ruckend setzte sich der Karren in Bewegung, und Victoria wurde durch die flirrende Hitze transportiert. Sie kauerte sich bald in eine Ecke des Wagens, umschlang ihre Knie mit beiden Armen und hoffte entgegen jede Vernunft auf ein Eingreifen des fremden Reiters.

Doch niemand kam, bis sie an jenen Zelten angelangten, die sie von Weitem gesehen hatten. Der Kerl brüllte etwas, und im gleichen Moment strömten Männer und kleine Buben herbei. Durch Victorias Gehirn schossen fürchterliche Bilder. Was, wenn diese Männer sie vergewaltigen würden? Ja, wenn man sie gar nach der Tortur tötete? Sie starrte in die staubigen, von der Sonne gegerbten Gesichter, bis jemand sie abermals schlug. Jetzt begriff sie, dass man es nicht duldete, dass ihre Blicke sich Freiheiten nahmen.

Als sie mühsam vom Karren stieg – ihre Beine bluteten von den Dornen und Felsen, die ihre Haut zerrissen hatten –, sah sie zu ihrer Linken einen Mann, der seinen Kaftan angehoben hatte und vollkommen schamlos in ihre Richtung onanierte. Victorias Magen hob sich an, und sie fürchtete, sich jeden Moment übergeben zu müssen. Mit einem derben Stoß beförderte man sie in Richtung des offensichtlich größten Zelts. Vor dem heruntergelassenen Tuch, das die Tür bildete, standen zwei bewaffnete Männer und sahen starr geradeaus. Ein neuerlicher Stoß zwischen ihre Schulterblätter und sie stolperte in die dumpfe Dunkelheit der Beduinenbehausung.

Viel zu langsam gewöhnten sich ihre Augen an das herrschende Zwielicht. Ihre Lungen kämpften gegen die drückende Wärme im Inneren des Zelts. Was ihr sofort auffiel, waren die Düfte. Schwere, sinnliche Gerüche, die sie nie zuvor in ihrem Leben wahrgenommen hatte. Dennoch wusste sie, dass in allen Träumen des Orients diese Düfte herrschten. Diese, gepaart mit der Düsternis, ließen sie augenblicklich in einen fast tranceartigen Zustand hinübergleiten. Als habe sie beim Durchschreiten des Eingangs eine geheimnisvolle, fremde Welt betreten. Vergessen waren die Übergriffe des Mannes, wild und unbarmherzig. Sie ließ sich umhüllen von jener andersartigen Welt und hatte das Gefühl, dass ihr in diesem Kokon kein Leid widerfahren konnte. Diese tiefe innere Ruhe wurde nur durch jene klare Neugier gedämmt, die sie seit Whitbys Vortrag in der Royal Geographical Society begleitete.

Was sie erkennen konnte und was immer klarer vor ihre Augen trat, war ein vollständig mit Teppichen ausgelegter großer Raum, dessen Weite durch keine Zwischenwand geschmälert wurde. Auf dem Boden lagen üppig verzierte Kissen in schimmernden Farben, und auf niedrigen, ziselierten Tischchen fanden sich Kannen und Gläser in leuchtenden Mustern.

Und dann entdeckte sie ihn. Er saß mit überkreuzten Beinen ihr gegenüber, inmitten zahlreicher Kissen. Noch immer trug er das wallende weiße Gewand und die Kopfbedeckung, die durch eine gedrehte Kordel gehalten wurde. Sein Gesicht lag in tiefem Schatten. Doch selbst jetzt war die Aura, die ihn umgab, beinahe mit Händen greifbar. Und die Wucht der ihm innewohnenden Macht ging weniger von jenen schwer bewaffneten Männern aus, die hinter ihm standen, noch von jenen offensichtlichen Würdenträgern, die an seinen Seiten saßen und ihre Gesichter Victoria zuwandten. Sie saugten an langen Röhren, die aus bizarr geschwungenen Flaschen kamen, und bliesen von Zeit zu Zeit kleine Wolken in die Luft. Abwartende Ruhe lag über den Männern, die scheinbar keine Eile kannten. „Ein Gentleman rennt niemals“, daran fühlte Victoria sich augenblicklich erinnert, wenn diese Männer in ihren Kaftanen auch wohl kaum unter die britische Definition von *Gentleman* gefallen wären.

Wie sie es unter Schlägen gelernt hatte, senkte sie nun rasch ihre Blicke und fokussierte die Fäden jenes Teppichs, auf dem sie stand. Nur aus den Augenwinkeln bemerkte sie, dass jener Mann in Weiß, der wohl so etwas wie der Anführer oder auch eine Art Fürst war, sich geschmeidig erhob und auf sie zukam. Er benutzte offensichtlich ein Rasierwasser, das jenen Düften zum Verwechseln ähnelte, mit denen man das Innere des Zelts parfümierte. Es verzauberte sie, als der Duft immer intensiver wurde, je näher er ihr kam.

Die Ruhe, welche er ausstrahlte, übertrug sich auch auf Victoria, und so zuckte sie wie unter körperlichem Schmerz zusammen, als er zornige Worte in jener fremden Sprache zischte, die sie nicht verstand. Wie von einem Blitz getroffen sprangen selbst die ältesten der anwesenden Männer auf und eilten mit schnellen Schritten hinaus, wobei so mancher Kaftanstoff sie im Vorbeieilen berührte, so eilig hatten sie es, seinem Befehl Folge zu leisten.

„Was in Dreiteufelsnamen tust du hier?"

Jetzt blickte Victoria auf. Ihre Knie gaben nach, und ihre Füße hielten sie nicht mehr am Boden. Sie bekam keine Luft mehr, und der Raum wirbelte um sie herum. Ein heftiges Zittern erfasste sie, und ihr Blut verwandelte sich in eine nur noch zäh fließende Masse.

„Wer hat dich geheißen, hier aufzutauchen? Bist du vollkommen verrückt?" Hatte er zuvor nur gezischt, brüllte er jetzt immer lauter.

Victoria sah in seine Augen. In jene herrlichen Augen, die in all ihren Träumen gewesen waren und die jetzt zornige Blitze auf sie abschossen. Die kräftigen Brauen. Die vollen Lippen unter der geraden Nase. Sie schienen nur noch aus Hass und Wut zu bestehen. Er hatte jenes Tuch heruntergerissen, das bis jetzt sein gesamtes Gesicht, von den Augen abgesehen, verdeckt hatte.

Er schrie sie nieder, gab ihr nicht den Hauch einer Chance zur Erklärung oder gar Gegenrede Hatte Victoria zu Beginn seiner Tirade noch das eine oder andere Mal Luft geholt, um etwas zu sagen, so gab sie bald auf. Nicht zuletzt, weil sie vollkommen überwältigt war von jenem Glücksgefühl, das durch nichts zu trüben war und das mit jedem Atemzug das düstere Erschrecken vertrieb, das sie bis dahin empfunden hatte. Bis zu jenem Moment, da sie erkannt hatte, dass er von den Toten zurückgekehrt war. Whitby!

Erst die plötzlich eintretende Stille ließ sie ihre Gedanken in die Wirklichkeit, in dieses Zelt zurückkehren. Seine Stimme erklang, leise, beinahe zischend, wie die Geräusche einer Schlange.

„Wer hat dich geschickt?"

Es war weniger eine Frage denn eine Anklage. Eine Unterstellung so ungeheuren Ausmaßes, dass es Victoria den Atem raubte. Im nächsten Moment packten eiserne Klauen sie bei den Schultern. „Wer dich geschickt hat, will ich wissen? Der Generalstab? Der Geheimdienst? … WER?"

Sie taumelte. Bebte. Ein heftiges Zittern erfasste sie und machte jedes Wort unmöglich.

„Was wollen sie?", stieß Whitby hervor, eine mögliche Antwort übergehend. „Haben sie dich geschickt, damit du mich verführen sollst? Bist du eine Mata Hari? Erst mich bezirzen und dann aushorchen? Wollen sie Angriffspläne oder genügt ihnen zu hören, wen ich ficke?"

Das letzte Wort kannte sie nur aus dem Wortschatz von männlichen Dienstboten der untersten Stände, und es schockierte und beschämte sie, es aus seinem Mund zu hören.

Indem er seine Hände von ihren Armen nahm, stieß er sie ein wenig von sich und nahm dann einen unruhigen Marsch durch das weitläufige Zelt auf. Offensichtlich grübelte er, zu welchem Zweck man Victoria geschickt hatte. Wie viel der Feind bereits herausgefunden hatte und möglicherweise nicht zuletzt, wieso sie sich überhaupt hatte instrumentalisieren lassen. Dass er zu einem Entschluss gelangt war, erkannte die nervöse junge Frau daran, dass er plötzlich innehielt und sie anstarrte.

„Gut. Sie haben dich geschickt. Du hast es bis hierher geschafft. Also bleibst du da. Du sollst ihnen Informationen liefern … ich werde sie dir geben!"

Noch immer hatte Victoria sich nicht weit genug gefasst, um die Dinge klarzustellen. Um ihm zu sagen, dass sie aus keinem anderen Grund denn aus Liebe und Sehnsucht diese Wahnsinnsreise angetreten hatte.

Mit langen Schritten trat er an den Eingang des Zelts und rief ein paar Worte in jener fremden Sprache nach draußen, die die seine zu sein schien und von der sie nicht einmal ansatzweise die Bedeutung verstand. Nachdem der Stoff wieder gefallen war, begab er sich zu jenem Platz aus bunten Tüchern und Kissen und ließ sich, seitlich den Kopf in die Hand gestützt, dort nieder.

„Was geschieht jetzt?“, entschlüpfte es ihr.
„Du willst Informationen – du bekommst sie!“, sagte Whitby mit höhnischem Unterton, der nichts Gutes verhieß.
Sie beschloss, sich zu wappnen. Als ihr der Gedanke kam, er könne einen Gefangenen bringen lassen, um diesen zu foltern und zu töten, wie sie es von den Despoten aus ihren Romanen kannte, begann Victoria zu beten. Nie zuvor hatte sie einen Menschen in ihrer Gegenwart leiden oder gar sterben sehen. Sie bezweifelte, dass sie es ertragen würde und vermochte nicht vorherzusagen, wie sie reagieren würde. Allein die Fassungslosigkeit darüber, wie sie sich in ihm so hatte täuschen können, ließ sie wie versteinert an der Seite des Zelts stehen und auf jenen Eingang starren, durch den jeden Moment das unglückliche Opfer jenes Missverständnisses auftauchen würde, das sie mit ihrer Sprachlosigkeit ausgelöst hatte. Konnte man Schweigen zurücknehmen?
Doch kein gefesselter Gefangener wurde hereingeführt. Vielmehr erstarrte Victoria bei dem Anblick zweier Frauen in wallenden Gewändern, die Gesichter sittsam verhüllt, die mit geschmeidig wiegenden Hüften eintraten. Gefolgt von zwei Männern, die offensichtlich eher Hüter denn Bewacher waren. Als sie vor Whitby standen, verneigten sie sich, sanken dann auf ihre Knie und pressten die Stirnen gegen den Boden.
Victoria aber, sich ihrer schamlosen Blöße mit einem Mal bewusst werdend, suchte diese so gut es ging mit beiden Händen zu verbergen.
Whitby sagte etwas in leise schmeichelndem Ton, woraufhin die beiden jungen Frauen die Köpfe hoben, und – wie Victoria nur andeutungsweise zu sehen vermochte – ihm sanft, beinahe verführerisch, antworteten.
Im gleichen Moment begann ihr Herz zu rasen, und das Blut pochte in ihren Schläfen, denn die beiden Frauen erhoben sich elegant und ließen jene Gewänder fallen, die wallend ihre Formen bis zur Unkenntlichkeit verhüllt hatten. Ein schwerer, sinnlicher Duft ging von den beiden aus und schwebte zu Victoria. Sie sah zart schimmernde Haut, schmale Taillen und sich sanft wölbende Hüften, die übergingen in feste, runde Pobacken. Haut wie glitzerndes Kupfer, nicht verbrannt, sondern geküsst von der Sonne.
Ein glühendes Prickeln rann über Victorias Rücken, und ein plötzlicher Impuls hieß sie davonlaufen. Allein die Tatsache, dass sie die Wachen noch vor dem Zelteingang wusste, hielt sie zurück.

Ihre furchtbare Ahnung wurde zur Gewissheit, als die eine Frau – sie trug ihr schwarzes, in weichen Wellen fallendes Haar fast bis zum Po, während das der anderen lediglich über die zierlichen Schulterblätter reichte – sich geschmeidig wie eine Raubkatze in der Sonne vor Whitby niederließ. Er aber beugte sich vor, schloss seine Augen und legte seine Lippen sanft auf die der jungen Frau.

Victorias Magen krampfte sich zusammen, und die Welt begann sich um sie zu drehen. Eisige Kälte erfasste sie, als Whitbys Hand sich fest um die Brust der Gespielin schloss, die daraufhin keuchend einatmete. Sie entkam auch nicht dem Anblick ihres Unterleibs, der – angespornt von den intensiv und gierig küssenden Lippen ihres Herrn – immer schnellere rhythmische Bewegungen machte. Und während die eine sich näher an Whitby heranschob, hob die andere elegant seinen Kaftan an und beugte sich über seine Lenden.

In Victoria aber setzte ein beinahe unmenschlicher Kampf ein. Alle Gefühle, derer ein Mensch fähig war, und seien es die einander widersprüchlichsten, hoben in ihr an wie ein Orkan ungekannten Ausmaßes. Die Lüsternheit in ihren Augen, befeuert von jenen Handlungen, die die drei aneinander vornahmen, wurden überzogen von Tränen tiefster Verletzung und Scham. Pochte auch in ihrem Unterleib das Blut und drängte heftigste Nässe zwischen ihren Schamlippen hervor, erstarrte das gleiche Blut in ihrem Herzen zu eiskaltem Hass. Sie bebte fröstelnd, während ihre Stirn von Schweiß überzogen war.

Die beiden Frauen aber hatten Whitbys Kaftan mittlerweile über dessen Kopf gezogen und in eine Ecke geschleudert. Jene Frau mit den kürzeren Haaren hatte auch den mädchenhafteren Körper. Ihre Brüste füllten gerade Whitbys Hand aus, und ihre Nippel standen hart nach oben gerichtet, während die andere schwere große Brüste hatte, zwischen denen sie nun seinen hoch erhobenen Schaft rieb. Whitby hatte sich auf den Rücken gelegt, und fassungslos sah Victoria, wie seine Zunge zwischen die Schamlippen der anderen Frau glitt, die sich inzwischen über sein Gesicht gekniet hatte, wobei sie – den Kopf in den Nacken gelegt – gierig ihre eigenen Brüste massierte. Sie stöhnte wollüstig und vollführte Bewegungen mit ihrem Unterleib, die jene Gefühle zu unterstützen schienen, welche Whitbys Zunge an ihrer Klitoris auslöste.

Er hielt ihre Hüften mit beiden Händen, während die andere seinen Schaft aus ihren wogenden Hügeln entließ und auf ihre Gespielin zukroch. Sie stieß ein paar Worte hervor, woraufhin die zierlichere ihr ihren Hintern entgegenstreckte, sorgsam darauf bedacht, Whitbys Zunge nicht zu verlieren. Die Geliebte zog die Hinterbacken auseinander und koste nicht nur den Schlitz, sondern gleichzeitig die Rosette der anderen, was diese mit einem gierigen Keuchen bedachte. Wenn sich aber beide Zungen trafen, versanken sie in gierigen Küssen, die erst dann endeten, wenn die über ihnen Kniende zu protestieren begann.

Victoria aber schien sich gleichsam aus ihrem Körper, ihrem Verstand und wohl auch ihrem Herzen zu lösen und verwandelte sich in eine gierig den Anblick der drei aufnehmende Beobachterin. So entging ihr auch nicht, wie Whitby plötzlich die beiden Frauen von sich schob und jene mit den längeren Haaren vor sich auf allen Vieren kniend in Position brachte. Ihre schweren Brüste baumelten unter ihr, und ihr praller Hintern wölbte sich Whitbys hoch aufgerichtetem Schwanz entgegen. Die Zierlichere ergriff seinen Schaft, führte ihn mehrmals tief in ihren Mund ein und drückte ihn dann entschlossen in die Möse der Knienden.

Ein lautes Stöhnen erfüllte das Zelt, als seine glänzende Eichel ihre Schamlippen teilte und sich ihren Weg in das Innerste der Gespielin bahnte, während die Assistentin, ihre eigene harte Lustperle massierend, in Victorias Richtung sah. In ihren schwarzen Mandelaugen lagen Aufforderung und Herablassung so dicht beieinander, dass die junge Engländerin nicht zu entscheiden vermochte, was überwog. Schon mischte sich unter das Stöhnen der Frau das rhythmische Klatschen von Whitbys Hüften, die in schnellem Abstand auf die Hinterbacken seiner Geliebten trafen. Auch er beherrschte sich nun nicht mehr, sondern ließ dem Keuchen und Ächzen in seiner Kehle freien Lauf. Die Brüste der Frauen schlugen zusammen und schienen ihn in einen Rausch zu versetzen, denn er stieß mit geschlossenen Augen immer schneller und härter zu. So hart, dass er sie mit beiden Händen gepackt halten musste, damit sie nicht nach vorn kippte.

Aufreizend fixierte die Zierlichere Victoria und knetete dabei mit einer Hand ihre Brust, während die andere träge an ihrer Klit spielte. Es konnte keinen Zweifel geben – wäre Victoria nun zu den dreien getreten und hätte sich ihnen angeschlossen, wäre sie der Frau mehr denn willkommen gewesen. Vor allem, da Whitby sich völlig auf seine Gespielin konzentrierte und jeden Versuch von Einmischung abwehrte.

Plötzlich aber hielt er inne, zog seinen Schwanz aus der Vagina der Frau und hielt ihn vor sich fest, während er ein paar Worte hervorstieß. Sofort knieten sich beide nebeneinander vor ihn hin, hoben ihre Gesichter zu ihm auf und öffneten ihre vollen Lippen so weit als möglich. Fasziniert betrachtete Victoria Whitby, der seinen Schaft heftig zu reiben begann und dann stöhnend seinen Samen in die ergebenen Gesichter spritzen ließ. Weiße Creme schoss auf Lippen, Brauen und Wangen. Tropfte träge über Nasen und Kinne. Immer neue Ströme schienen sich schier endlos aus der prallen Eichel zu lösen, bis der letzte Schuss getan war.

Whitby ließ sich auf die Kissen nieder und betrachtete ermattet, wie die beiden Frauen sich gegenseitig seine Creme von den Gesichtern leckten und küssten. Ihre Hände fuhren dabei sowohl über den Körper der Gespielin als auch den eigenen. Die Frauen waren offensichtlich noch immer erregt, denn bald schon glitten gierige Finger in nasse Löcher und massierten ausgiebig die geschwollenen Lustperlen.

Victoria zuckte zusammen, als Whitby einen knappen Satz knurrte, woraufhin beide Frauen eilig auseinandergingen und ihre Gewänder zu suchen begannen. Mit einer tiefen Verbeugung vor ihrem Herrn huschten sie aus dem Zelt.

Jetzt, mit dem nackten Offizier allein, verwandelte Victoria sich schlagartig wieder in das, was sie zuvor gewesen war: eine Gefangene. Und mehr noch: in eine zornige Gefangene! Gier und Lüsternheit waren zerstoben wie Nebel im Wind. Noch immer glühte ihr Kopf, doch jetzt vor Schmerz. Was sie nicht erwartet hatte, trat ein: Eifersucht, quecksilbrig und brennend, ergriff vollständig von ihr Besitz. Wut und Hass auf jene bösartige Lektion, die er ihr erteilt hatte, packte sie und drohte sie zu verschlingen. Es kostete sie jegliche Kraft, die sie besaß, ihrem Zorn keinen freien Lauf zu lassen. Doch war sie nicht sicher, wie lang ihr dies noch gelingen mochte. So stand sie, in jeder Hinsicht entblößt, im Zelt. Bebend und mit pochendem Herzen.

Hätte sie nun das Vorgefallene lediglich als gebieterische Lektion Whitbys abtun können, wäre es erträglicher gewesen. Doch selbst für eine unerfahrene Frau wie Victoria war klar, dass er es nicht zum ersten Mal mit den beiden getrieben hatte. Hatte sie jemals geglaubt, dass er sie begehren, ja lieben mochte, so war von dieser Überzeugung nicht mal mehr ein Rudiment geblieben. Ihr Herz war hart geworden wie der Wüstenboden. Die Enttäuschung, die Scham, waren unerträglich. Wie hatte sie sich nur so grausam in ihm täuschen können?

„Nun? Wie hat es dir gefallen?"

Hohn troff aus jedem Wort. Sprühte aus seinen Augen. Er suchte den Kampf! Doch Victoria war zu keinem Wort fähig. Ihre Kehle war ausgetrocknet, und ihre Stimmbänder schienen aneinander zu kleben. Ohne nachzudenken, trat sie neben ihn und spuckte vor ihm aus.

Im nächsten Moment versteinerte sein gerade noch amüsiert blickendes Gesicht. Seine Züge schienen in kalten Granit gemeißelt. Und ehe Victoria es sich versah, war er auf die Füße gesprungen, packte sie an der Schulter und schlug ihr ins Gesicht.

„Niemand hat es je gewagt, das zu tun!“, spie er ihr entgegen.

Ihre Wange brannte. Doch sie begrüßte den Schmerz geradezu, gab er ihr doch die Entschlossenheit, den Kampfeswillen, den sie brauchte, um nicht unter dem Erlebten zusammenzubrechen. Und da sie nicht die Kraft besaß, seine stählerne Klaue abzuschütteln, tat sie das einzige, dessen sie im Moment fähig war: sie spuckte ihm ins Gesicht!

Ebenso überrascht wie schockiert schien Whitby unfähig, schnell zu reagieren. Verblüfft starrte er sie an. Dann aber, ohne sein Gesicht abzuwischen, packte er brutal ihr Haar im Nacken und zwang sie rabiat vor sich auf die Knie. Wie sie auch versuchte, ihn mit beiden Händen von sich zu drücken – er wich keinen Millimeter zurück.

„Mach deinen Mund auf!“, knurrte er.

Victoria presste die Lippen aufeinander.

„Mach deinen verdammten Mund auf, Weib!“

Seine Worte gellten in ihren Ohren. Doch noch bevor sie seiner drohend erhobenen Hand Folge leisten konnte, hatte er bereits ihren Kiefer schmerzhaft gepackt und zwang ihre Zahnreihen mit geschicktem Griff auseinander. So kniete sie vor ihm. Eine Hand im Nacken und die andere brutal ihren Mund offen haltend. Ihre Knie schmerzten schier unerträglich, und ihre Kopfhaut brannte. Mit weit aufgerissenen Augen starrte sie ihn an, wie er sein Gesicht langsam über das ihre senkte. Dann öffnete er seine Lippen und ließ einen feinen Speichelfaden auf ihre Zunge fließen. Er ergoss sich über die empfindsame Haut. Victoria konnte sich nicht mehr bewegen. Sie schluckte. Versuchte, seinen Speichel aus dem Mund zu schieben. Doch es gelang nicht. Whitby hörte nicht auf.

Dann plötzlich drückte er sie mit seinem ganzen Gewicht zu Boden. „Du bist hierhergekommen, ohne dass ich dich gerufen hätte! Du hast dich von ihnen benutzen lassen … und jetzt wirst du bleiben. So lange, bis ich mit dir fertig bin. Und dann schicke ich dich nach Hause. Erniedrigt. Missbraucht. Eine lebende Warnung an alle, die versuchen, mich zu hintergehen!“

Da sich der Griff in ihrem Nacken gelockert hatte, versuchte Victoria mit wildem Kopfschütteln, ihn ganz von sich zu stoßen.

Sie begann zu strampeln. Ihre Kräfte, ihr Wille kehrten zurück. Doch hätte Whitby es nicht zugelassen, es wäre ihr niemals gelungen, ihn abzuschütteln und taumelnd auf die Füße zu kommen.

Seinen heißen Atem noch auf ihrem Gesicht, schrie sie ihn an: „Denk, was du willst, du Schwein!"

Sie wollte noch mehr sagen: dass sie ihn geliebt hatte. Dass sie alles für ihn gegeben hätte. Dass der einzige Verrat, den sie begangen hatte, jener an ihren Eltern, ihrer Klasse, war. Und … dass sie ihn jetzt nur noch verabscheute. Doch die Worte waren in ihrer Kehle versiegt wie Wasser in der Wüste.

Kapitel 17

Victoria lag auf einem Teppich, leidlich mit einer bunten Decke vor der nächtlichen Kälte geschützt. Das kleine Feuer unweit ihres Lagers war seit Stunden niedergebrannt, und sie hatte nicht mal näher an die verlöschende Glut rücken können, um sich zu wärmen. Wehrlos hatte sie dagelegen, der beißenden Kälte ausgeliefert, und erfüllt von tiefster Verzweiflung. Die kurzen Phasen leichten Schlafs waren erfüllt gewesen von Bildern des zuvor Erlebten, deren Grauen sie hatte wieder und wieder aufschrecken lassen. Mit schreckensgeweiteten Augen hatte sie in die Dunkelheit gestarrt und sich verflucht. Für ihre Gefühle, für die Tatsache, dass sie aus London geflohen war, dafür, dass sie weder auf ihre Eltern noch ihre Freunde gehört hatte. Sie hatte sich mit ihrer ganzen Existenz auf einen Mann verlassen, der sie nicht nur nicht liebte, sondern verachtete, wenn nicht sogar abgrundtief hasste. Dessen Überzeugung, dass sie ihn verraten hatte, unerschütterlich zu sein schien.

Victoria war sich vollkommen im Klaren darüber, dass jeder neue Tag auch neue Strafen mit sich bringen würde. Vor ihr lag eine endlose Straße der Qualen, und es gab keine Aussicht auf ein Entrinnen. Innerlich zerrissen versuchte sie, sich an seine guten Seiten zu erinnern. Doch gab es diese überhaupt? Was wusste sie denn schon von ihm, außer dass er sich in der Gesellschaft unmöglich benommen hatte. Wenn sie die Bilder seiner Londoner Zeit vor sich vorbeiziehen ließ, entdeckte sie jetzt nur noch einen Mann, gegen den ein russischer Großfürst ein Ausbund an Bescheidenheit und Integrität zu sein schien.

Whitby führte ein Doppelleben, und er hatte sich nicht mal die Mühe gemacht, dies zu verbergen. Allein sie war zu verblendet gewesen von Liebe, um dies zu erkennen. Dummheit, Liebe und Unerfahrenheit hatten sie in diese Situation gebracht. Tiefste Einsamkeit und Verzweiflung umgaben sie. In ihrem Herzen herrschte ebenso eisige Finsternis wie um sie herum. Wo war der Stern, der sie leiten mochte? Wo der funkelnde Strahl, an dem sie sich in ihrer Verlassenheit orientieren konnte?

Der Morgen dämmerte und tauchte die Welt in ein mattes, blaues Licht. Sie hörte, wie das Leben in den benachbarten Zelten erwachte. Schwache Stimmen. Meckernde Ziegen und grummelnde Kamele. Leute streckten sich und ächzten dabei, die Nacht aus den müden Gliedern drängend. Sie zog die Decke über die Schulter und hatte keine andere Wahl als zu warten, was ihr als nächstes widerfahren würde. Tiefe Sehnsucht nach den Dienstboten, die das Feuer in ihrem Zimmer schürten und die schweren Vorhänge zurückzogen, erfasste Victoria. Nach dem Duft des Frühstücks, das im Morgenzimmer angerichtet war. Ja, sie spürte sogar den sanften Kuss ihrer Mutter auf der Wange und hörte deren Stimme: „Na? Hast du gut geschlafen, Liebes?"

Glühende Tränen stiegen in ihren Augen auf und brannten hinter ihren Lidern. Doch wenn sie auch sonst nichts wusste: dass sie keinerlei Schwäche mehr zeigen durfte, dessen war sie sich gewiss.

Wie in einem abgeschlossenen Zimmer ihrer Seele erinnerte sie sich an das Gefühl „Eifersucht". Immer wieder tauchte es auf und zerfraß sie. Die Erinnerung an die beiden Frauenkörper, ihre bronzene Geschmeidigkeit, ihre lustvolle Hingabe an den Mann, wegen dem sie ihr Leben aufs Spiel gesetzt hatte, brachte sie mit sich. In einer bizarren Flucht in gewohnte Gefühle, redete Victoria sich ein, dass er nur seine Lust gestillt hatte an diesen Frauen. Seine Lust auf Sex und seine Lust, sie zu verletzen. Dass er keine Liebe für die beiden empfand. Vielleicht nicht einmal Sympathie. Doch diese Gedanken zerstoben vor dem düsteren Horizont des vor ihr Liegenden.

Die um sie herum lauter werdenden Stimmen gemahnten Victoria allerdings an ein weitaus drängenderes Problem. Mit dem einbrechenden neuen Tag war auch ihre Nüchternheit zurückgekehrt. Jeder Gedanke trat klar und präzise in ihren Verstand. Alles, was sie bis jetzt gesehen, gehört und erlebt hatte, zeigte ihr, dass sie in Gefahr schwebte. In Lebensgefahr. Gewiss, man würde sie vielleicht nicht sofort töten, aber der Weg, den sie bis dahin zu gehen haben würde, wäre einer der Qualen und Erniedrigungen.

Ihr blieb nicht viel Zeit. Angestrengt überlegte sie, wie viele Männer oder Frauen wohl schon wach und aufmerksam waren. Whitby hatte einen Fehler gemacht: Er war gegangen – wohin auch immer – und hatte sie nicht mal gefesselt. Sie würde fliehen!

Victoria erhob sich, schlüpfte in ihr Kleid, das man in eine Truhe gelegt hatte, und ging auf Zehenspitzen zum Eingang des Zelts. Noch war draußen alles ruhig. Entschlossen, die Zeit zu nutzen, zog sie sich zur Rückseite der Behausung zurück und löste dort jene Verbindungen, die die Stoffbahnen hielten. Sie schob sie vorsichtig zur Seite, und vor ihren Augen breitete sich die weite Ebene mit den langgezogenen Berghängen aus. Victoria ließ sich auf dem warmen und angenehmen Boden nieder und kroch ins Freie. Alle Muskeln ihres Körpers waren angespannt. Selbst ihr

Atem ging so flach, als müsse er sie davor schützen, sich zu verraten.

Zu ihrer Rechten sah sie die Pferde. Vier von ihnen standen dicht beieinander und waren an Pflöcken festgebunden. Fast in der Hocke bewegte sich Victoria langsam auf sie zu. Würden sie erschrecken und zu wiehern beginnen, wäre sie verloren. Sie hatte nicht mal etwas, um sie zu beruhigen oder abzulenken.

Victorias Magen zog sich zusammen. Die Anspannung war beinahe unerträglich. Doch entgegen ihrer Befürchtungen blieben die Tiere ruhig. Sie löste das Seil des ersten auf ihrer Seite, was das Tier aber nur bewog, kurz den Kopf zu heben, sie anzusehen und leise zu schnauben. Es trug keinen Sattel, aber Victoria war versiert genug, auch so zu reiten. Noch immer geduckt so gut es ging, erklomm sie den Rücken des Tiers, wendete es und ritt dann so leise wie möglich los. Die Augen auf den Boden geheftet, suchte sie nach den weniger steinigen Stellen, um sich nicht durch das Hufgetrappel zu verraten. Und es gelang.

Nach kurzer Zeit wusste sie sich außer Hörweite und konnte ihre Fersen in die weichen Flanken des Pferds bohren, das daraufhin sofort in Trab und danach in einen gestreckten Galopp überging. Victoria hätte am liebsten gejubelt. Ein ungeheures Gefühl von Freiheit erfasste sie, wie sie so durch den heißen Wüstensand dahinflogen. Getragen vom Wind, der mit ihrem Haar spielte und gegen ihre Brust drückte. Sie war frei!!!

Vor ihrem inneren Auge sah sie sich … wie die Heldin in ihren Filmen. Agnes Ayres, die auf ihrem herrlichen Rappen durch die Wüste jagt. Jetzt war sie die Heldin. Stark und frei!

Die Berge wurden mit jedem Schritt größer und mächtiger. Bald waren sie so nah, dass Victoria glaubte, nur die Hand ausstrecken zu müssen, um sie berühren zu können. Schon verlangsamte sie den Schritt des Pferdes. Sah vor ihrem inneren Auge die Garnison. Sie musste nur noch über den Berg kommen, den Weg wiederfinden, den Ali mit ihr gegangen war, und dann trennte sie nur noch ein Winziges von der Heimat. Von den grünen Hängen den blühenden Wiesen Englands.

Das Pferd schnaubte, offensichtlich wenig erfreut, gebremst zu werden, und warf den Kopf nach hinten. Eine merkwürdige Unruhe ging plötzlich von dem Tier aus, die Victoria sofort wahrnahm. Ihre Sinne waren hellwach. Doch wie sie auch lauschte, sie konnte nichts hören.

„Da ist nichts“, sagte sie leise, wie um das Tier zu beruhigen, doch in Wahrheit hatte sie viel mehr ihre eigene Ruhe im Sinn. Sie sprang vom Rücken des Pferdes und führte es vorsichtig langsam zu den Felsen. Weit kam sie nicht. Es konnte unmöglich der Weg sein, den sie mit Ali genommen hatte, denn bald reichte die Breite nur noch für einen Menschen. Keinesfalls aber für ein Pferd.

Mittlerweile brannte die Sonne gnadenlos. Ihr Körper fühlte sich vollkommen ausgelaugt an, und ihre Finger begannen taub zu werden. Wie hatte sie nur so töricht sein können und nicht mal Wasser mitnehmen? Man floh nicht in die Wüste, ohne sich auch nur im Geringsten vorzubereiten. In die Wüste ging man nicht wie auf einen Waldspaziergang. Mit dem Pferd kam sie nicht weiter, aber zurückzugehen wagte Victoria ebenfalls nicht. Was, wenn man inzwischen ihre Flucht bemerkt und Männer hinter ihr hergeschickt hatte? Es gab keine andere Möglichkeit: Sie musste das Pferd zurücklassen und allein weitergehen.

Was dies aber für den letzten Teil der Strecke bis zur Garnison bedeutete, wurde ihr erst klar, als sie nur noch Fels um sich herum sah und praktisch keinen Weg mehr. Da stürzte alles auf sie ein. Ihr Kopf begann zu dröhnen, als habe man begonnen, über ihr eine gewaltige Glocke zu läuten. Der Weg war praktisch verschwunden, und sie machte sich beinahe mit Gewalt klar, dass sie sich völlig verstiegen hatte. Nicht nur, dass sie keine Ahnung mehr hatte, in welche Richtung sie gehen sollte, ihr war auch klar, dass – sollte sie diesen Berg jemals überwinden können – ohne Pferd ein Erreichen der Garnison praktisch unmöglich war.

Wollte sie die Tageshitze meiden, musste sie im Dunkeln laufen. Doch wie sollte sie den Weg finden? Verdreckt und verzweifelt, mit tosenden Kopfschmerzen und von Tränen verschmiertem Gesicht, rutschte sie an einem Felsen herab in die Hocke. Victoria umklammerte ihre Knie und weinte hemmungslos. Wo war nur Ali, der sich hier auskannte wie in seiner Westentasche? Wie hatte sie nur glauben können, dass ihr die Flucht gelingen könnte? Sie beschimpfte sich selbst mit allen Kraftausdrücken, die sie je gehört hatte und derer sie sich erinnerte. Schlug mit der flachen Hand gegen den warmen Stein. Aber es gab keinen Ausweg.

„Gut. Wenn es so sein soll, dann sterbe ich eben hier!“, sagte sie ebenso laut wie trotzig. Mühte sich wieder auf die Füße und sah sich um. „Aber nicht kampflos!“

Ihre Blicke wanderten im Kreis. Plötzlich erkannte sie einen kleinen Pfad, wenig mehr als eine Kerbe im Fels. Dort würde sie langgehen und sehen, wie weit ihre Kraft noch reichte. Sich rechts und links abstützend, tappte sie vorwärts, duckte sich unter überhängenden Steinen und ging so langsam durch den zerklüfteten Berg. Es gab nichts mehr, woran sie sich orientieren konnte.

Hatte Victoria schon tiefste Furcht während des Wegs inmitten des gewaltigen Bergs empfunden, so wich diese Furcht einem regelrechten Schock, als sie sich plötzlich auf einem winzigen Plateau wiederfand. Vor ihren Zehenspitzen erstreckte sich eine goldene Ebene. Kein Zelt war zu erkennen. Nichts als endlose Dünenkämme und Senken, die sich unter dem strahlend blauen Horizont dahinzogen. Wäre nicht der harte Stein in ihrem Rücken gewesen, gegen den sie sich mit flauem Magen presste, die Szenerie wäre ihr wie ein wunderbarer Traum erschienen.

Mit vorsichtigen Seitschritten glitt sie an dem Felsen entlang, die Blicke starr zur Seite gerichtet. Einzelne Brocken, von ihr losgetreten, rollten in den Abgrund. Victoria hörte keinen Aufschlag, was ihr einen Eindruck von der Tiefe gab, die sich unter ihr öffnete. Als sie das Plateau hinter sich gelassen hatte, atmete sie mit geschlossenen Augen langsam durch. Jetzt erst bemerkte sie das heftige Zittern, das sie erfasst hatte. Sie fröstelte, wenn auch ihr Körper zu glühen schien.

„Lieber Gott im Himmel, lass mich überleben! Egal, was ich dafür tun muss … aber lass mich wieder heimkommen!“, flüsterte sie.

Tränen der tiefsten Verlassenheit, der finstersten Verzweiflung flossen stumm über ihre Wangen. Ihre Zunge suchte die ausgetrockneten Lippen zu benetzen, doch es ging nicht. Welche Tortur, die Whitby ihr zufügen mochte, konnte es mit jenem Abgrund in ihrem Herzen aufnehmen, den sie in diesem Moment empfand?

Jedes Beduinenzelt erschien ihr wie ein Paradies. Der Gedanke, nur einen einzigen Schluck Wasser trinken zu dürfen, wie ein Geschenk des Himmels.

„Ich will hier nicht sterben. Nicht hier …“

Doch war dies nicht der beste Ort für den Tod? Konnte sie Gott je näher kommen, als an diesem Felsen, mitten in einem goldenen Meer? Und auf einmal, während dieser Nacht ihrer Seele, ging ein Ruck durch ihren Körper.

„NEIN!“, stieß sie ebenso empört wie entschlossen hervor. Sie würde kämpfen! Weitergehen, bis sie keinen Fuß mehr vor den anderen setzen konnte. Und so stolperte Victoria mehr als sie ging auf jenem schmalen Pfad weiter, der sie ins Nichts zu leiten schien. Mit jedem Schritt verloren sich ihre Gedanken, ihre Gefühle. Jegliche Angst fiel von ihr ab. Eine lebende Tote, so kam sie sich vor.

Mechanisch wie eine aufziehbare Puppe kletterte sie über Steine und wand sich um Felsen. Ein merkwürdiges Gefühl des Triumphs stellte sich ein, als sogar der Durst schwand. Ihr Körper schien sich auszudehnen und dann aufzulösen. Eins zu werden mit der Natur, die sie umgab. Sie wollte jubeln. Der Sonne ihre Arme entgegenstrecken. Die Luft flirrte, und vor ihren Augen funkelte die Welt.

Und dann sah sie es: einen grünen Smaragd zu ihren Füßen. Victoria blinzelte gegen den Staub an, der von ihren Wimpern fiel. Rieb sich die brennenden Augen. Das war kein Smaragd! Es war ein Wald! Sie erkannte Palmen. Hochgeschossen und elegant. Büsche. Sträucher.

Wie von Sinnen mobilisierte sie ihre letzten Kräfte. Stolperte, ja stürzte beinahe den Berg hinunter. Blind und taub für die Schmerzen, die an jeder Faser ihres Körpers nagten. Taumelnd, mit blutigen, zerrissenen Beinen, erreichte sie die Oase. Kühle. Schattige Kühle umgab sie mit einem Mal. Freudentränen schossen in ihre Augen. Sie riss ein Blatt ab und steckte es in ihren Mund. Der bittere Pflanzensaft floss über ihre ausgetrocknete Zunge.

Hier muss es Wasser geben, war ihr letzter Gedanke, bevor sie im wogenden Grün das Bewusstsein verlor.

Als Victoria wieder zu sich kam, spürte sie als Erstes Nässe. Sie war überall. Die Fetzen ihres Kleids klebten feucht an ihrer Haut. Sie lag auf dem Boden. Mit flachen Händen tastete sie den Untergrund ab. Blättchen. Sand. Kleine Stängel. Dann öffnete sie die Augen.

Es musste geregnet haben. Aber Regen in der Wüste? Sie war doch in der Wüste … oder war sie in England? Hatte man sie nur aus einem schrecklichen Alptraum geweckt?

Eine matte Sonne erhellte die über ihrem Kopf aufragenden Palmkronen. War es Abend oder früher Morgen? Victoria hatte jedes Zeitgefühl verloren.

Sie atmete tief durch. Wie wohlig sie sich fühlte. Wie geborgen. Und was immer geschehen sein mochte oder was auch noch auf sie zukam: Sie lebte! Vorsichtig richtete sie sich auf. Ängstlich darauf bedacht, keinen neuerlichen Anfall von rasenden Kopfschmerzen zu riskieren. Aber alles blieb ruhig. Und jetzt sah sie es: Sie war tatsächlich nass. Von Kopf bis Fuß.

Doch das konnten nicht die Folge eines Regenschauers sein, denn alles um sie herum war nach wie vor trocken.

Der Schock traf sie unvermittelt, als sie plötzlich vor sich auf einem Felsen, mitten zwischen den üppig wuchernden Pflanzen, Whitby erkannte. Er saß nur da. Beinahe lässig ein Gewehr in seinem Arm haltend wie eine Garbe Weizen. Das leuchtend weiße Gewand wallte bis zum Boden, und sein Kopf war mit einem Tuch bedeckt, das von einer schwarzen Kordel gehalten wurde. War er auch eine Einbildung? Victorias Brust hob und senkte sich hektisch. Sie blinzelte, aber das Bild verschwand nicht.

Jetzt raste ihr Herz. Das Blut pochte in ihren Schläfen und betäubte ihr Gehör so, dass sie zuerst nicht verstand, was er sagte. Dass er redete, erkannte sie nur an den sich bewegenden Lippen.

„Denkst du etwa, im Dorf fällt auch nur ein Korn zu Boden, ohne dass ich davon weiß?" Er klang eher amüsiert denn verärgert.

Victoria wollte etwas sagen, doch ihre Zunge klebte trocken am Gaumen. Er merkte wohl, was los war, denn er nickte in ihre Richtung. Sie folgte seinen Blicken und erkannte einen Beutel mit Wasser. Gierig begann sie zu trinken. Das kühle Nass floss über ihr Gesicht und durchtränkte ihr Kleid. Hustend setzte sie den Beutel ab.

„Ich habe dich die ganze Zeit beobachtet und mich gefragt, ob du ungeheuer mutig oder ungeheuer dumm bist."

Victoria sah ihn ausdruckslos an.

„Du hast nicht mal Wasser mitgenommen. Denkst du, ein Bedu merkt nicht, wenn man ihm sein Pferd stiehlt?" Mit breitem Grinsen schüttelte er den Kopf.

„Warum hast du mich nicht einfach sterben lassen?" Sie war noch immer sehr müde, und langsam meldete sich ihr Hunger.

Jetzt schwand sein Lächeln, und er starrte sie mit eisigem Blick an. Plötzlich nahm er das Gewehr in Anschlag und richtete den Lauf genau auf Victorias Brust. „Das kann ich noch immer. Ich brauche nur den Finger zu krümmen, und es ist vorbei."

Sie bewegte sich nicht. Blinzelte nicht einmal. Wenn es kein böses Spiel war, hatte sie eben Pech. Aber es kümmerte sie merkwürdigerweise gar nicht. Ja, es schien fast, als habe jener Weg durch die bergige Hölle alle Angst, die ein normaler Mensch empfand, in ihr ausgelöscht. Allein der Hunger war sehr real, und der Schluck Wasser, den sie jetzt ruhig trank, förderte eher die Übelkeit, die in ihrer Kehle aufstieg, als den Hunger zu dämpfen. Es musste hier etwas Essbares geben. Früchte vielleicht …

Geschwächter als erwartet, erhob Victoria sich auf zitternde Beine.

„Was tust du?", stieß er gepresst hervor.

„Ich suche etwas zu essen", erwiderte Victoria ungerührt.

„Du bist verrückt!" Whitby kam auf die Füße und folgte ihr.

Victoria fand eine golden leuchtende Frucht, die sie ohne zu zögern von dem kleinen Baum abriss, und begann an ihr zu nagen. Die widerspenstige Schale ausspuckend, erreichte sie bald süßes, saftiges Fruchtfleisch. Es schmeckte ein wenig herb, aber köstlich. Es fühlte sich nur leider an, als sei durch diese ersten Bissen ihr Hunger erst so richtig geweckt. Als nage erst jetzt ein wildes Tier an ihrem Magen. Und so blickte sie auf zu dem Baum, an dem die Frucht gewachsen war, und entdeckte weitere etwas höher in den Zweigen. Da Victoria nicht gerade groß gewachsen war, musste sie sich auf die Zehenspitzen stellen, sich am Stamm der Pflanze festklammern und mit dem freien Arm nach oben greifen. Doch wie sie sich auch reckte und streckte, lediglich ihre Fingerspitzen vermochten es, die unterste Frucht anzutippen.

Der Schatten, der sich ihr näherte, brachte sie dazu, ihren Kopf in Whitbys Richtung zu wenden. Er hatte einen Dolch aus dem Gürtel gezogen und war nur noch einen Schritt von ihr entfernt. Ihr Herz setzte für einen Schlag aus, als er ausholte. Hatte der Hunger sie so blind und taub für seinen Zorn gemacht? Eine Woge aus Übelkeit und Schwindel überwallte sie. Im gleichen Moment nun, da sie die Hand erschrocken sinken ließ, um sie abwehrend vor sich auszustrecken, sauste sein Arm mit dem Dolch nieder.

Die Zeit reichte nicht einmal für ein kleines Stoßgebet. Victoria konnte nur noch die Augen schließen. Ewigkeiten schienen zu vergehen. Sie wartete auf den scharfen Schmerz der Klinge in ihrem Fleisch. Ob sie ihn bloß im Schock nicht gespürt hatte?

„Eben verhungerst du noch und jetzt …" Whitbys Stimme war scharf, aber mit einem leicht amüsierten Unterton.

Victoria öffnete die Augen. Er hielt die zerteilte Frucht in Händen, und der süß-herbe Saft tropfte schwer über seine Haut.

„Nun nimm schon. Das Zeug klebt!"

Ihr Herz raste. Es pochte in ihren Schläfen, und sie spürte ihre Beine nicht mehr. Mit zitternden Fingern griff sie ein Stück. Es ließ sich wesentlich leichter essen, jetzt, da die harte Schale nicht mehr im Weg war. Als sie fertig war, warf sie sie achtlos ins Gebüsch.

Whitby packte ihre Hand mitten in der Bewegung. Sie erstarrte ob des plötzlichen, festen Griffs und setzte ihm einigen Widerstand entgegen, während er ihre Hand zu seinen Lippen führte. Fassungslos starrte sie ihn an. Sein Mund öffnete sich, und er schob einen ihrer Finger langsam hinein. Schaudern erfasste sie, als sie seine Zunge spürte, die den klebrigen Saft ableckte. Das Saugen setzte wahre Schockwellen in ihrem Körper frei, die direkt in ihren Unterleib wanderten.

Whitbys Augen fixierten die ihren. Sie sah winzige Schweißperlen, die den weißen Stoff über seiner Stirn zu durchfeuchten begannen. Es war, als wolle er sie in seinen Bann ziehen, allein durch die Macht seiner Augen. Wie sehr es sie danach drängte, sich diesem Bann zu entziehen. Fortlaufen wollte sie, denn sie wusste in diesem Moment nicht, was schlimmer enden mochte: sich ihm zu entziehen oder zu sterben …

Es gab kein Entrinnen. Jede Faser ihres Körpers schien sich zu ihm hin auszudehnen. Als fließe ihr ganzes Selbst ihm entgegen. Ein gewaltiger Sog ging von seinen Augen aus. So gewaltig, dass es nichts gab, was sie dem hätte entgegensetzen können. Er zog immer intensiver an ihrem Arm. Wie eine Somnambule kam sie unsicheren Schritts auf ihn zu und sank dann in seine Umarmung.

Die Süße seiner Lippen war unvergleichlich. Es war aber nicht nur der Saft der Frucht, den er von ihren Fingern geleckt hatte, es war etwas viel Tieferes. Es war etwas, das ihm zueigen war. Wie hinter einem dichten Nebel erinnerte Victoria sich der Worte der Zigeunerin. Seine Arme waren so stark, sein Körper so kraftvoll. Sie drängte sich gegen ihn, überwand all ihre Ängste und Befürchtungen. Mochte es die paradiesische Oase sein, der Gesang der Vögel in den Zweigen oder der Wind, der mit sanftem Hauch die Blätter der Palmen über ihren Köpfen bewegte. Sie fühlte sich auf einmal wie in einer Festung, die uneinnehmbar war. In Sicherheit. Was war es nur, das es Whitby erlaubte, ihr Denken, ihr Fühlen mit nur einer Geste, einem Satz in eine vollkommen andere Richtung zu lenken? Welche Macht hatte dieser Mann über sie?

Seine Hand glitt über ihren Rücken und begann, ihren Po entschlossen zu kneten, während seine Zunge ihren Mund eroberte. Während er sie mit der einen Hand stützte, drückte er sie mit dem Gewicht seines Körpers zu Boden. Victoria öffnete ihre Schenkel. Vielleicht nicht einmal, damit er in sie eindringen konnte, sondern vielmehr, um ihn noch intensiver zu spüren. Mit ihm zu verschmelzen.

Seine Augen wanderten über ihre Rundungen, die sich unter dem durchnässten Stoff abzeichneten, während seine Hände geschickt die Knöpfe ihres Kleids öffneten. Er legte ihren Oberkörper frei und betrachtete ihn wie ein vollendetes Meisterwerk. Victoria schämte sich ein wenig, als ihre Spitzen sich unter seinen Blicken zu erheben begannen. Als die Feuchtigkeit sich in ihrer Vagina sammelte. Doch als seine flache Hand über ihre Brüste glitt und hinab zu ihrem Nabel, schloss sie nur noch genießerisch die Augen und spürte seinen sanften Berührungen nach. Nichts war mehr geblieben von dem rabiaten, dominanten Liebhaber, der sie beinahe brutal überwältigt hatte. Nur noch zärtlich streichelnde Fingerspitzen, die ihre Haut kosten.

Sie seufzte leise und dachte, dass diese Veränderung allein durch die paradiesische Umgebung gekommen sei und wohl kaum von Dauer wäre. Doch so lange es dauern würde, so lange würde sie es genießen. Als sein Finger mit Druck über ihren lustvollen Kern glitt, hörte Victoria auf zu denken. Sie öffnete sich ihm. Weitete sich für seine Liebe, sein Verlangen. Ihr Rücken spannte sich an und ihr Unterleib wölbte sich ihm entgegen.

Whitby glitt zwischen ihre Schenkel, hob sein Gewand über seinen Kopf und warf es dann beiseite. Wie prachtvoll sein Körper war. Wie atemberaubend die Muskelstränge, die sich unter der festen, schimmernden Haut dahinzogen. Sein Nabel, der sich mit jedem Atemzug, jedem Anspannen seines Körpers bewegte. Wie kraftvoll seine Arme waren, als er sich über ihr aufstützte. Die Augen voll glühender Leidenschaft. Whitby war Leben! Jede Faser seines Körpers drängte ihr entgegen und gab ihr Energie.

Als seine Eichel an ihrer Öffnung ansetzte, ihr Fleisch langsam, aber entschlossen auseinanderdrängte, da stöhnte Victoria auf. Sie spreizte ihre Beine und hob gleichzeitig ihren Oberkörper an, sodass er sich herabbeugen und eine Brust in seinen Mund nehmen konnte. Seine Männlichkeit eroberte ihren Unterleib mit der stummen Entschlossenheit eines gewaltigen Stroms, der über seine Ufer tritt. Seine Zähne glitten über ihre erregten Spitzen, und der kleine scharfe Schmerz trieb ihr Tränen in die Augen.

Sie wollte die Lider schließen, um nichts zu verpassen, jede Sekunde in das Gedächtnis ihres Körpers zu graben, damit sie dies alles nie mehr vergessen mochte. Sie spürte die tosende Kraft seiner Lenden und wusste gleichzeitig, dass sie niemals mehr so von einem Mann begehrt werden würde. Ihre Nägel gruben sich in seinen Rücken und hinterließen dunkelrote Striemen der Lust, während Whitby immer schneller in sie hineinstieß, sich einem Höhepunkt entgegenarbeitete, wie auch er ihn nie zuvor erlebt hatte.

Und als er kam, schrie er gellend seine Erfüllung gegen den Horizont.

Sein Saft schoss in ihren Unterleib. Suchte sich seinen Weg bis zu jenem glühenden, brennenden Punkt, der Victoria wie von Sinnen schreien und weinen ließ. Ihren Körper durchpeitschte. Sie strampelte ekstatisch mit den Beinen, krampfte sich zusammen, als wolle sie sich mit aller Macht von ihm lösen.

Doch sie verschränkte ihre Beine hinter seinem Rücken, drängte ihn noch enger an sich.

Whitby schob seine Arme hinter ihre Schulterblätter und zog sie an sich. Seine Lippen saugten sich an ihrem Hals fest, sein Atem strömte in ihr Haar.

Und kaum, dass er kurz innegehalten hatte, begannen abermals jene pumpenden Bewegungen, die sie soeben in Raserei versetzt hatten.

Sie spürte voller Verwunderung, dass er noch immer hart war. Oder war er es schon wieder?

Und diesmal hatte er sogar noch mehr Ausdauer. Die Reibung an ihrem Lustkern wurde so heftig, dass Victoria jegliche Kontrolle verlor. Sie begann, in das Fleisch seiner Schulter zu beißen. Whitby warf den Kopf mit schmerzverzerrtem Gesicht in den Nacken und machte doch keinerlei Anstalten, sie abzuschütteln. Und je größer die Schmerzen wurden, die sie ihm zufügte, desto wilder stießen seine Lenden zu. Bis zu jenem Augenblick, wo sie beide in beinahe unheimlichem Gleichklang explodierten. Sie verschmolzen mit einer Urgewalt, die nur noch schwitzende, bebende Körper zurückließ. Erschöpft bis in ihr Innerstes. Zerborsten unter dem Ansturm der Gefühle.

Zitternd hielten sie sich, die Kehlen heiser geschrien, in den Armen. Kauerten beieinander zwischen sattgrünem Laub und überzogen vom Wüstenwind, der sie sanft einhüllte.

Sie sprachen lange kein Wort. Existierten nur im Rausch des Erlebten. *Es gibt kein Gestern und kein Morgen*, dachte Victoria. *Es gibt nur das Jetzt.*

Diesen Moment, an den sie sich für den Rest ihrer Tage erinnern würde. Wie es sich anfühlte, die Wange gegen seine Brust zu legen. Der Duft seiner Haut. Die Innenseite seiner Hand.

Diese Erinnerung würde sie für immer in sich tragen, und niemand würde sie ihr mehr nehmen, was auch geschah. Würde sie in der nächsten Stunde sterben oder in fünfzig Jahren. Dieser Moment war für die Ewigkeit.

Ihre Hand glitt über seinen Bauch bis zu der Erhebung seiner Kehle. Und als sie mit der Fingerspitze jene Linie bis zu seinem Kinn entlangfuhr, drehte er sein Gesicht zu ihr und küsste sacht Victorias Schläfe. Er lächelte. Zart. Wie man eine Blüte anlächelte, die unversehens vor einem aufleuchtet. Doch hinter diesem

Lächeln war noch etwas anderes verborgen. Etwas, das sagte: Das ist ein Traum. Und er muss enden. Etwas, das Victoria wissen ließ, dass sie aus der Wirklichkeit gefallen waren. Die zärtliche Ruhe in seinen Armen war eine Sache. Das Dorf, die Garnison … DAS war die Wirklichkeit. Doch noch waren sie hier in dem smaragdenen Paradies.

Whitby griff nach dem Stück der Frucht, das sie nicht gegessen hatte. Er drückte es in seiner kräftigen Faust und träufelte den süßen Saft über ihren Bauch und ihre Brust. Es kitzelte so, dass Victoria kichern musste. Er aber beugte sich über sie und begann, den Saft langsam von ihrer Haut zu lecken.

„Es klebt!“, stieß sie hervor.

„Ich lecke es ab!“, erwiderte er und grinste breit.

„Trotzdem …“

„Na gut!“, sagte Whitby, sprang auf die Füße, packte Victorias Hand und zog sie mit sich.

Sie eilte hinter ihm her. Vorbei an den Stämmen mächtiger Palmen, glänzend-ledrigen Blättern und verwirrend duftenden Blüten. Victoria orientierte sich im schnellen Lauf nur noch an ihm, der nackt vor ihr herrannte. Und dann, mit einer raschen Drehung um die eigene Achse, packte er sie und stieß sie von sich. Doch sie schlug keineswegs hart auf, wie sie erwartet hätte, sondern platschte im Gegenteil mit einem schrillen Schrei in einen Teich! Sie ruderte mit den Armen, während Whitby am Rand des Teichs stand und sich vor Lachen bog.

„Du Idiot! Was soll das?“, fauchte Victoria wie ein Wildkatze und suchte strampelnd nach festem Grund, auf dem sie stehen konnte. Als sie den gefunden hatte und sich ihre Zehen in den matschig-lehmigen Untergrund krallten, sah sie sich neugierig um.

Der Teich hatte die Form eines Auges. Das schwarzgrüne Auge eines Reptils, und sie stand an dessen Rand, einem Dorn gleich, der sich in das unendliche Grün bohrte. Das Wasser war warm und angenehm erfrischend. Sie schob ihre Hände durch die unbewegten Fluten und erzeugte so kleine Wellen. Dann drehte Victoria sich beinahe wie eine Pirouetten drehende Tänzerin. Was der noch immer lachende Whitby aber nicht ahnte: Sie holte bereits Schwung. Schaufelte unter Wasser und mit schräg gestellten Händen und ließ dann das Wasser mit aller Kraft in seine Richtung spritzen.

Whitby schrie überrascht auf. Verdutzt starrte er sie an, gerade um noch zu sehen, wie sie abermals ausholte und ihm eine neuerliche Dusche verpasste.

„Na warte!“, grölte er und warf sich mit einem eleganten Kopfsprung in den Teich. Plötzlich war er verschwunden.

Victoria drehte sich und sah doch nur den ruhigen, unbewegten, grünen Spiegel. Als Whitby aber urplötzlich ihre Taille umschlang und sie durch den unerwarteten Angriff zu Fall brachte, verschluckte sie mit ihrem Schrei eine größere Menge des Wassers. Prustend und keuchend schlug sie um sich. Strampelte mit den Beinen und hatte doch keine Chance gegen den wesentlich größeren und stärkeren Mann. Rettung kam erst, als er die wild Hustende über Wasser hob. Das nasse Haar am Hals klebend, rang Victoria um Luft, während Whitby sie langsam an sich herabgleiten ließ. So lange, bis sie Auge in Auge standen. Aber nun war da kein Lachen mehr. Nur noch ernstes Schweigen. Seine Pupillen funkelten wie schwarze Kristalle. Grenzenlose Leidenschaft sprach aus ihnen, und als er ruckartig seinen Kopf senkte und sich förmlich in die Seite ihres Halses verbiss, schrie sie erschrocken auf.

Whitbys Hände wanderten über ihren Körper. Tasteten sich vor, als berühre sie ein Blinder. Als suche er sich jeden Fingerbreit ihrer Haut einzuprägen. Sie spürte seine hoch aufgerichtete Männlichkeit an ihrem weichen Bauch, und der süße Schmerz, den er ihr zufügte, löste alles, was sie je getrennt haben mochte, in Nichts auf.

„Oh … ich liebe dich so, mein Herz!“ Whitbys Stimme bebte, und er drängte seinen Körper gegen den ihren, als sehne er sich nach nichts so sehr wie danach, vollkommen mit ihr zu verschmelzen. Seine Lippen ließen von ihrem Hals ab und wanderten zu ihren Brüsten, deren harte Spitzen in der Sonne funkelten. Küssend und streichelnd schob er sie rückwärts bis zum Rand des Teichs, wo sie Halt am rauen Untergrund fand.

„Nimm mich!“, stöhnte sie leise und hob ein Bein so weit an, dass er in sie eindringen konnte. Doch Whitby tat nichts dergleichen. Stattdessen hob er sie an und legte ihren scheinbar schwerelosen Körper auf ein Stück weniger dicht bewachsenen Ufers. Victoria stützte sich auf ihre Unterarme und sah Whitby verwundert an. Die Wellen, die seine Bewegungen auslösten, schwappten unter ihren Po, und die warme Luft, die sich mit ihrer feuchten Haut mischte, schien ihre Erregung noch zu steigern. Plötzlich legte Whitby ihre Beine auf seine Schultern, sodass ihre Spalte geöffnet wenige handbreit vor seinem Gesicht ruhte. Er betrachtete sie ruhig, ja, er schien sie, gleich einem Maler, zu studieren.

„Du bist wunderschön. Ich liebe dein geschwollenes rosa Fleisch … nass und lüstern! Meine kleine Sklavin …“ Seine Stimme war der sanfte Untergrund seiner Lust, sein Atem der Hauch unter den Flügeln seiner Gier. Whitbys Hände glitten über die Innenseite ihrer Schenkel, strichen sanft über ihre Haut, bis sie kurz vor ihrer Auster innehielten.

„Ich will dich schmecken, mein Herzblut“, sagte er mit belegter Stimme, schob seinen Kopf ein wenig nach vorn und berührte im nächsten Moment ihr glühendes Fleisch.

Die plötzliche Kühle, die sanfte Berührung, ließ Victoria aufkeuchen. Seine Zunge war von äußerstem Geschick. Sie tauchte in ihr Fleisch ein, glitt durch die feuchten Falten und ließen Victoria vor Lust erschauern. Als er mit der Spitze an ihrer Klitoris zu spielen begann, versteifte sie sich augenblicklich, bereit, innerhalb kürzester Frist zu explodieren. Doch das ließ er nicht zu. Stattdessen durchmaß er die Vertiefungen rund um ihre Öffnung. Erkundete jegliche Reaktion ihrer Stimme und ihres Körpers auf die Berührungen, und wenn sie nach ihm zu stoßen begann, zog er seinen Kopf zurück und drückte fest mit dem Daumen auf ihre Klit. Fieberwallungen überströmten Victoria. Wie schwer war es, diese süßen Qualen zu überstehen. Seine bösartige Neckerei, sich immer dann einer neuen Stelle zuzuwenden, wenn die Geliebte gerade dabei war, heftig zu kommen, woran ihr Stöhnen und Keuchen keinen Zweifel ließen.

„Du bist gnadenlos“, ächzte sie, kaum noch imstande, sich zu beherrschen.

„Nimm mich, ich flehe dich an!“

Ein breites Lächeln quittierte ihre Bitte. „Erst, wenn ich es will, meine störrische Stute!“

„Du Teufel!“, stieß Victoria hervor, packte seinen Hinterkopf und presste seinen Mund auf ihre Spalte.

Er öffnete die Lippen, um besser atmen zu können, wobei gleichzeitig seine Zunge in gnadenloser Geschwindigkeit über ihr Fleisch züngelte. Victoria empfand seine Berührungen, seine Reize, gerade so, als habe jemand eine Schlange in sie eingeführt, die mit ihrer Zunge ihren Körper zur Raserei brachte. Längst vermochte sie die Bewegungen ihres Unterleibs nicht mehr zu steuern. Längst pumpte sie ihm nur noch entgegen. Krallte ihre Nägel in seinen kurz geschorenen Nacken und hechelte mit geöffneten Lippen ihrem Höhepunkt entgegen, während er sie, halb kämpfend, halb sich ergebend, mit saugenden Lippen und fiebrig leckender Zunge dem Höhepunkt entgegentrieb.

Es war ihr lang gezogener Schrei, von jeglicher Furcht vor ungewollten Zuhörern frei, verbunden mit einem ekstatischen Verkrampfen ihres Unterleibs, der ihren Orgasmus verkündete. Doch statt dass dieser Umstand Whitby gebremst hätte, schien er ihn nur noch weiter anzustacheln. Ihre Spalte war so empfindsam, so erregt, dass Victoria nur noch versuchte, Whitbys ruhelose Zunge, seine saugenden Lippen loszuwerden. Sie drückte mit beiden Händen gegen seinen Kopf, doch er ließ sich, mit starrem Nacken nicht für einen Moment abdrängen. Im Gegenteil! Je mehr Victoria ihn von sich zu schieben versuchte, umso hartnäckiger und intensiver wurde sein Zungenspiel.

„Das ist der köstlichste Saft, den ich je geschmeckt habe! Ich werde nie mehr einen anderen kosten!", sagte er im Brustton der Überzeugung, während Victorias Lusttropfen seine Lippen überzogen. Und dann richtete er sich auf. Victoria wusste nicht, ob sie enttäuscht oder zufrieden sein sollte, weil die beinahe schmerzhafte Intensität seiner Liebkosung ihres Lustzentrums geendet hatte.

„Und jetzt werde ich deine geheimste Öffnung benutzen!"

Der Satz wallte in ihr auf wie Lava. Konnte er wirklich vorhaben, was sie gerade dachte?

Nein! Unmöglich!, entschied sie und doch verkrampfte sich ihr ganzer Körper. Bereitete sich auf äußersten Widerstand vor.

Whitby aber war zu allem entschlossen! Er zog sie, die sich an jeglichem greifbaren Zweig festklammerte, ins Wasser zurück. „Du musst dich entspannen, mein Engel. Dann wirst du nur Lust und keine Schmerzen empfinden!"

Von Angst starr spürte sie, den Bauch gegen die raue Umrandung des Teichs gedrückt, wie sich sein Finger den Weg in ihren Po bahnte. Augenblicklich krampfte sich ihr Anus zusammen. Doch Whitby zog seinen Finger keineswegs zurück, sondern begann in sanft kreisenden Bewegungen, selbigen sacht zu dehnen.

„Nein … Oh Gott … Nein!", stieß sie hervor. Starr vor Angst.

„Hab Vertrauen, Herzblut! Hab Vertrauen!"

Doch wie hätte sie dies haben können, wo sie doch an seiner Stimme merkte, dass er selbst dabei war, die Kontrolle über sich zu verlieren. Immer fester, immer tiefer stieß er mit seinem Finger in ihr Loch. Drückte den Ring auseinander, der ihm solchen Widerstand leistete. Ihre Rosette zuckte, und Victoria bemerkte schließlich eine merkwürdige Lust, nicht zu vergleichen mit irgendeiner Form der Leidenschaft, die sie bisher gekannt hatte. Es war eine Art von Furcht, von banger Vorfreude, wie sie sie noch nie empfunden hatte. Sie sehnte sich danach, ihm zu vertrauen. Ihm zu folgen an jenen Ort, in jenes Gefühl, in das er sie einzuführen vorhatte. Und dann zog er seinen Finger zurück. Die plötzliche Leere erschütterte ihren Unterleib. Wollte sie gerade protestieren, verschluckte sie jeglichen Aufschrei, denn sie spürte an den sanften Bewegungen im Wasser, dass er seine harte Männlichkeit ergriffen hatte und seine Eichel an ihrem Anus ansetzte.

„Atme gleichmäßig, mein Herz!“, wies er sie wie ein Arzt an, und sie tat, was er wollte. Konzentrierte sich auf einen einzelnen Halm vor ihrem Gesicht und konnte doch gleichzeitig nur schwer jene Angst kontrollieren, die ihren Körper zu einem Brett erstarren ließ. Der Druck wurde mit jedem Atemzug intensiver. Ihr Anus wurde auseinandergeschoben, und seine Eichel fühlte sich an, als habe sie mindestens die Größe einer Faust. Victoria winselte. Keuchte. Biss sich auf die Lippen und mahnte sich unentwegt, den Hintern zu lockern.

„Bleib ruhig, Herzblut“, sagte er im Ton eines Schlangenbeschwörers und drückte sich gleichzeitig ruhig und mit Entschlossenheit in ihr Innerstes.

„Jaaa … So ist es gut, meine Stute … Genau sooo …“, lobte er.

Victoria schloss ihre Augen. Sie suchte nach einem Begriff, um dieses Gefühl in ihrem Po zu beschreiben, und ihr fiel nichts besseres ein als *ausgefüllt*. Gerade aber, da sie jenes Ausgefülltsein zu genießen begann, sich entspannte unter dem Druck, der sich in ihrem Hintern ausbreitete, da zog er sich zurück. Nicht viel. Gerade so, dass er mit lustvoller Reibung wieder in sie hineinzugleiten vermochte. Jetzt schrie Victoria. Sie wusste selbst nicht, ob es aus Lust oder Schmerz geschah. Die Gefühle überschwemmten sie wie ein winziges Boot von den orkangepeitschten Wogen überzogen wird.

Ohne nachzudenken ließ sie ihre Hand zu ihrer Klitoris gleiten und begann, diese zu massieren. Sie verschaffte sich selbst eine Lust ungeahnten Ausmaßes. Bewegte sie ihren Unterleib über ihren Fingern oder um seine Stöße in ihren Hintern zu unterstützen, zu intensivieren? Sie wusste es nicht, und es spielte auch keine Rolle. Schmerz und Lust mischten sich in einem Maße, wie sie es nicht für möglich gehalten hätte. Und Whitby wurde immer schneller. Das Küssen ihres Rückens, ihres Nackens, mit dem er sie beruhigt hatte, endete. Seine Hände waren in das weiche Fleisch ihrer Hüften gegraben, und seine Männlichkeit stieß in ihren Anus, als habe eine übermächtige Kraft ihn gezwungen, jegliche Zurückhaltung aufzugeben. Victoria schrie gleichermaßen aus Lust und Schmerz. Überwundener und noch immer existierender Furcht.

Der Besinnungslosigkeit nahe, nahm sie irgendwo in den Tiefen ihres Bewusstseins wahr, wie er innehielt. Abrupt beinahe. Und sich dann mit einem gellenden Schrei in ihren engen Anus entlud. Immer neue Salven seines Samens pumpten in ihr Innerstes. Füllten ihre Röhre und mischten sich beim Austreten mit dem Wasser des Teichs. Die zuvor wild aufgewirbelten Wellen beruhigten sich, als Whitby atemlos keuchend über ihrem Rücken zusammensackte. Seinen heißen Atem auf ihrer Haut, triumphierte Victoria! Angst und Furcht hatte sie überwunden! Jetzt schien es nichts mehr zu geben, was sie schrecken konnte. Whitby hatte ihr gezeigt, dass es keine Grenzen gab, die sie nicht zu überwinden in der Lage sein würde.

Als er sich gefangen hatte, hob er ihren Körper an und trug sie zurück ins Grüne. Victoria hielt seinen Nacken umschlungen und zog ihn mit sich zu Boden, als er sie ablegte. Sanft ihren Körper mit Küssen bedeckend, legte er sich neben sie.

Wenn es ein perfektes Glück gibt, so dachte Victoria*, dann werde ich diesem niemals näher kommen als in diesem Moment.*

Die Sonne ließ die Blätter über ihnen funkeln, und träge Zufriedenheit bemächtigte sich ihrer Körper. So wollte sie einschlummern. In seinen Armen, an seine warme Brust gekuschelt. Gegen alle Gefahren beschützt von ihm, dem Mann, den sie liebte und begehrte wie keinen Zweiten. Und so sank Victoria in einen traumlosen Schlaf, der ihre Lebensgeister erfrischte.

Als sie die Augen wieder aufschlug, lag Whitby neben ihr. Schlafend. Seine Brust hob und senkte sich gleichmäßig. Sie musste lächeln, als er leise zu schnarchen begann. Zärtlich wanderten ihre Fingerspitzen über seine kräftigen Brauen, über seinen Nasenrücken bis hinunter zu seinen Lippen. In diesem Moment erwachte er.

„Was tust du?“, fragte er mit belegter Stimme.

„Dich ansehen …“

Er schüttelte grinsend den Kopf. „Was schaust du dir so einen hässlichen Affen nur so genau an?“

Victoria verpasste ihm einen leichten Hieb gegen die Seite. „Du bist kein hässlicher Affe!“

Der plötzliche Ernst in seinen Zügen erschreckte sie, legte sich wie ein dunkler Schleier auf ihr Gemüt. Allein der gewandelte Ausdruck in seinem Gesicht genügte, alle Leichtigkeit mit einem

Schlag zu vertreiben. Sie wusste, dass er etwas sagen würde, und sie wollte es nicht hören. Niemals!

Mit allen ihr zu Gebote stehenden Kräften wollte sie diese Worte verhindern. Keine Macht würde sie aus ihrem gerade gewonnen Paradies vertreiben!

„Du weißt, dass wir zurück müssen", sagte Whitby leise, und die Sonne ließ die letzten Tropfen auf seiner Haut funkeln wie mit tausenden Diamanten bestreut.

Nein. Sie würde nicht hinhören. Sie würde nicht antworten. Das Paradies gehörte ihnen! Diese Oase würden sie niemals verlassen. Eher würde sie sterben als nach England oder auch nur ins Dorf zurückzukehren. Niemand konnte sie dazu zwingen. Niemand! Und doch war da eine andere Stimme. Eine Stimme in ihrem Verstand – nicht in ihrem Herzen. Und Victoria wusste, dass diese Stimme siegen würde. Nichts, das von außen kam, würde sie bezwingen. Etwas in ihr selbst würde das tun. Und das war die wohl schmerzlichste Erkenntnis, die sie treffen konnte.

„Ja", antwortete Victoria mit fester Stimme. Sie sagte Ja, wenn auch ihr Herz schrie: Warum? Warum können wir nicht einfach hier bleiben? Oder … in die Garnison reiten? Fort von all dem Morden und Hassen. Es muss uns doch nicht betreffen. Es war doch ganz einfach: Sie liebten sich, und sie würden zusammen sein. Für immer!

„Solange nicht alles in Ordnung gebracht ist, kann ich hier nicht weg", sagte Whitby, als habe er ihre Gedanken gelesen.

„Das verstehe ich", sagte sie und konnte es doch in Wahrheit nicht. Wenn man liebte, wahrhaftig liebte, tat man das dann nicht gegen alle Hindernisse? Wusste man sich nicht sicher in der Liebe des anderen? Warum sollten sie etwas so Großes und Wunderbares einfach wegwerfen?

„Meine Mutter hat geglaubt, in zwei Welten leben zu können, und sie ist deshalb gestorben. Ich kann nicht zulassen, dass so etwas noch einmal geschieht."

Victoria wusste nicht, ob er damit sich selbst meinte, oder sie. Und es hätte auch keinen Unterschied gemacht.

„Also reiten wir zurück, und ich bin wieder deine Gefangene." Es war eine ruhige Feststellung, doch alles in ihr war in Aufruhr. Sie wollte reden, streiten, kämpfen. Wollte ihn überzeugen und mitreißen. Doch sein Blick genügte, um sie schweigen zu lassen.

„Ja. Es muss sein. Wir können uns nicht gegen unser Schicksal stemmen. Aber glaub mir … der Tag wird kommen, da wirst du einsehen, dass ich Recht hatte. Dass es so das Beste war. Für uns beide."

Er ließ sie auf ihre Füße gleiten, wo Victoria unsicher stehen blieb. Der Schmerz, der sich ihrer bemächtigte, als sie sich angezogen hatten und zu den Pferden zurückgekehrt waren, die ruhig auf ihre Herren warteten, war nicht wild und rasend. Er war wie ein dumpfer, schwarzer Strom, auf dem Victorias kleines Boot dahintrudelte. Es gab keinen Ankerplatz. Keinen Hafen, in dem sie hätte Zuflucht suchen können.

Sie verließen die Oase, langsam und schweigend nebeneinander herreitend. Der brütende Wüstenwind umfing sie und trieb mit jedem Schweißtropfen die Wirklichkeit der Oase aus ihren Erinnerungen in eine andere Welt. Eine Welt, in der sie sich der Liebe in jenem smaragdenen Paradies erinnerte wie an einen fernen Traum. Sie akzeptierte seine Entscheidung, und sie würde lernen, mit der Wirklichkeit zu leben.

Kapitel 18

In einer nach der Rückkehr ins Dorf zutage tretenden zupackenden Nüchternheit erkannte sie, dass sie sich als allererstes mit der Tatsache auseinandersetzen musste, dass sie niemanden hier, von Whitby abgesehen, verstand. Nicht nur hatte sie keine Ahnung von Sitten und Gebräuchen – sondern sie konnte auch nicht einmal begreifen, wenn jemand ihr einen guten Morgen wünschte. Wenn sie hier überleben wollte, das war ihr klar, musste sie nicht zuletzt auf dem schnellsten Wege die Sprache der Sidi Ouaiett lernen.

Im gleichen Moment, da sie dieses Problem andachte, fiel ihr Ali ein. Tiefe Scham erfasste sie ob der Ignoranz, keinen Gedanken an diesen Mann verschwendet zu haben, der möglicherweise mit seinem Leben dafür bezahlt hatte, ihr zu helfen. Sie wäre am liebsten augenblicklich aufgestanden, um ihn zu suchen, doch ihr Instinkt riet ihr, liegen zu bleiben und die Schlummernde zu mimen, während sie aus halb geschlossenen Lidern ihre Umgebung beobachtete.

Sie musste nicht lange so verharren, denn bereits nach wenigen Minuten tauchte ein Mann mit finsterer Miene neben ihr auf und zerrte sie auf die Füße. Er schwieg, sich offensichtlich der Tatsache bewusst, dass es sinnlos war, auch nur ein Wort an die Gefangene zu richten. Wie er Victoria gepackt hielt und grob über den steinigen Boden vorwärtsstieß, war er unnötig ruppig, und sie protestierte, indem sie seinen harten Händen Widerstand leistete, möglichst langsam ging und sich gegen seinen Griff drückte. Bald wurde er unwirsch und brach sein Schweigegebot. Er knurrte ihr zornige Worte entgegen und stieß sie brutal zwischen die Schulterblätter.

Vor einem Brunnen blieben sie stehen. Er deutete mit finsterem Blick auf einen hölzernen Eimer, der an einem Seil festgebunden neben dem Rand des Brunnens stand. Sie sollte Wasser schöpfen! Victoria erstarrte. War sie jetzt Gefangene oder Sklavin? In ihr rauschten Gedanken an ihre Herkunft und Erziehung auf. Eine kleine Stimme schrie in ihr: „Tu es! Tu, was er verlangt!“, doch sie ignorierte die Stimme. Wütende Verzweiflung, die schon die ganze Zeit in ihr gelauert hatte und ganz offensichtlich nur einen Grund für einen Ausbruch abgewartet hatte, bäumte sich in ihr auf. Sie würde kein Wasser holen.

„Nein!“, erklärte sie fest und entschlossen.

Der Mann herrschte sie an, wobei kleine Speicheltropfen ihr Gesicht trafen. Victoria machte einen Schritt zurück, doch er deutete dies falsch, packte sie am Oberarm und stieß sie brutal gegen den Brunnenrand. Abermals deutete er, zornige Worte ausstoßend, auf den Eimer.

„Nein!“, wiederholte Victoria stur. „Nehmt eure verdammten Weiber, wenn ihr Wasser braucht!“

Ein neuerlicher Stoß traf sie, und sie stieß mit der Hüfte gegen den Brunnenrand. Ein heißer Schmerzensblitz durchzuckte sie. Der Mann umklammerte ihr Handgelenk und drückte es zu dem Gefäß.

„Nein! In Dreiteufelsnamen! Ich hole kein Wasser! Ich bin keine Sklavin, du verlauster Gammler!“ Sie jagte ihre eigene gute Erziehung mit gewissem Genuss zum Teufel und ergab sich in eine Tirade von Kraftausdrücken, die sie umso hemmungsloser nutzen konnte, da der Mann sie ja nicht verstand.

Dass er sie nicht schlug, gab Victoria eine gewisse Sicherheit und ein Gefühl von Freiheit und Selbstbewusstsein.

„Ich bin Lady Victoria Stockbridge, und ich werde kein Wasser holen!“ sagte sie hoch erhobenen Hauptes und mit einer in Anbetracht ihres zerrissenen Kleides etwas bizarr anmutenden Würde.

Zornentbrannt schnappte der Mann den Eimer, warf ihn in die Tiefe und versetzte ihr einen Fausthieb gegen die Schulter. Doch Victoria widerstand. Sie funkelte ihn an. Sah den Hass in seinen Augen. Den Wunsch, sie auf der Stelle zu töten. Da plötzlich erhob er die Faust, ließ sie über ihrem Gesicht in der Luft schweben und wartete scheinbar nur auf ein Signal ihrerseits, um zuzuschlagen.

„So nehmen Sie halt den Eimer und holen Sie Wasser!“, ertönte auf einmal eine tiefe, wohlklingende Stimme hinter ihr. Verblüfft drehte Victoria sich um und erblickte einen zierlichen alten Mann in einem cremefarbenen Kaftan, der vor dem Eingang eines großen Zelts stand. Er trug einen kurzen, spitz zulaufenden Bart, der bereits von silbernen Fäden durchzogen war, und seine Züge ähnelten mit ihrer schmalen, geraden Nase und den schmalen Lippen eher einem Engländer denn einem Beduinen. In ihrer Überraschung vergaß sie ihren Widerstand und tat, was er wollte.

Der gefüllte Eimer war schwerer, als sie gedacht hatte, und Victoria war froh, dass der Beduine ihn ihr abnahm und in einen Bottich leerte. In einer merkwürdigen Eintracht füllten sie so zusammen nach und nach den Behälter. Als er sich abwandte und ging, blieb Victoria am Brunnen stehen.

Kurz darauf kam er mit einem Kamel zurück, das gemächlich von dem frischen Wasser zu trinken begann. Es hatte riesige Augen mit langen, dichten Wimpern, die ihm in Verbindung mit seinen weichen Lippen etwas Drolliges gaben. Unbewusst musste sie lächeln und gab dieses Lächeln an den Besitzer des Kamels weiter. Wenn auch im ersten Moment verblüfft, erwiderte er dieses versöhnliche Zeichen und entblößte eine Reihe weißer, gerader Zähne.

„Ein lustiges Tier", sagte Victoria und deutete auf den Höcker.

Der Mann lachte jetzt über das ganze Gesicht.

„Sie sind stolz darauf, wie?", fügte sie an.

Er sah sie stumm lachend an. Jetzt wirkte er viel jünger als zuvor.

„Und ob er stolz ist. Es ist sein erstes eigenes Kamel", erklärte der alte Mann. Die goldenen Fäden in der Kordel, die das helle Tuch, welches über seine schmalen Schultern floss, auf seinem Kopf hielt, glitzerten in der Sonne, die jetzt groß und mächtig am Horizont stand.

„Kommen Sie her, Miss Stockbridge!"

Ohne zu zögern folgte Victoria der Aufforderung. Der alte Man rief etwas in die Richtung des stolzen Kamelbesitzers, woraufhin dieser davoneilte.

„Bitte …" Er machte eine elegante Geste zum Eingang seines Zelts hin.

Victoria trat ein. Das Innere unterschied sich nicht wesentlich von dem jenes Zelts, in dem Whitby lebte. Nur, dass hier in den Details mehr Prunk herrschte. Die kleinen Tischchen waren mit herrlichen Intarsien geschmückt. Edelsteine zierten Kannen und fein ziselierte Becher.

„Nehmen Sie doch Platz!"

Victoria ließ sich im Schneidersitz auf einige Kissen nieder, und er tat es ihr mit geschmeidigen Bewegungen, die seinem Alter Hohn sprachen, nach.

„Major Whitby ist ein hervorragender Krieger, aber ein unsäglicher Gastgeber. Kein Wunder, dass Sie das Weite gesucht haben …"

Victoria fragte sich, ob der letzte Ausdruck von mangelndem Sprachverständnis oder einem gewissen Hang zum Zynismus herrührte.

„Wenn ich die unverzeihliche Nachlässigkeit ausgleichen dürfte und mich vorstellen: Mein Name ist Sheikh Ibn Al Mukhtara, und ich freue mich, einen Gast aus meiner Herzensheimat in meinem Zelt begrüßen zu dürfen."

Im gleichen Moment wurde der Eingang geöffnet, und der Kamelbesitzer trat ein, mit üppigen Stoffbahnen über dem Arm. Die prachtvollen Ringe des Sheikhs funkelten, als er in dessen Richtung deutete und mit feiner Stimme erklärte:

„Ich habe mir erlaubt, Ihre Garderobe – nun sagen wir – etwas vervollständigen zu lassen."

Verblüfft starrte Victoria auf die glitzernden und schimmernden Gewänder, die vor ihr niedergelegt wurden wie Opfergaben an eine Gottheit. Der Mann verbeugte sich und eilte hinaus. Es schien ihm nicht geraten, sich länger im Umfeld der Macht aufzuhalten als nötig. Und dass dieser Sheikh Macht besaß, war ohne jeden Zweifel.

Dankbar betrachtete Victoria das Dargebrachte. „Das ist unendlich freundlich von Ihnen, Sir." Sie verbeugte sich vor ihm, und er erwiderte den Dank mit einem kleinen Nicken. Niemals würde ein solcher Mann sich selbst verbeugen.

„Major Whitby hält Sie für eine Verräterin." Seine Stimme war noch immer fein, seine Ausdrucksweise gewählt. Doch hinter den Worten verbarg sich in der Tiefe eine stählerne Härte, die Victoria verschreckte. Mehr noch als es eine erhobene Faust je gekonnt hätte. Sie wusste nicht, ob sie sich hier in größter Gefahr oder größtmöglicher Sicherheit befand.

„Major Whitby täuscht sich, Sir", sagte Victoria mit fester Stimme.

„Das dachte ich mir." Er reichte ihr ein Glas mit heiß dampfendem Tee, der gleichzeitig scharf und süß war und augenblicklich ihre Lebensgeister erweckte. Unablässig lächelnd brachte er Victoria dennoch – oder gerade deswegen – dazu, auf der Hut zu sein. Ein Mann, der sich mit solcher Selbstverständlichkeit in zwei Kulturen zu bewegen vermochte, war gefährlich.

„Sir, ich frage mich, was aus meinem Begleiter geworden ist." Ein gewagter Vorstoß. Doch er war unvermeidlich. Sie musste wissen, was mit Ali geschehen war.

Der Sheikh schloss lächelnd die Augen, schüttelte leicht den Kopf und machte eine Bewegung, als wolle er eine ebenso harmlose wie störende Fliege verscheuchen.

„Wir leben in gefährlichen Zeiten", sagte er höflich, und Victoria versuchte sich einzureden, dass dieser Satz nicht auf eine kaum erträgliche Wahrheit hinwies.

„Major Whitby ist ein Löwe. Wenn auch ein junger Löwe. Im Kampf ist er weise und handelt vorausschauend. Doch sein Herz ist ein Organ aus Feuer."

Victoria wollte in diesem Moment nicht über Whitby sprechen. Ja, sie hätte es vorgezogen, nie mehr über ihn sprechen zu müssen. Es genügte, dass er all ihre Gedanken beherrschte. Sie wollte nur wissen, wie es Ali ging, für den sie sich verantwortlich fühlte. Da sie jedoch keine Nachfrage wagte, schwieg sie.

„Sehen Sie … wir können sehr gut mit Verrätern fertig werden. Das ist nicht der Punkt."

Victoria fiel ihm unbedacht ins Wort. „Wenn Sie mich hätten töten wollen, hätten Sie es längst tun können."

Erschrocken biss sie sich auf die Lippen, denn das Lächeln des Sheikhs verschwand für einen Moment wie die Sonne hinter Wolken. Er trug eine Maske, und diese war für einen Augenblick verschwunden, doch er hatte genug Lebenserfahrung, um sie sofort wieder zurechtzurücken.

„Gewiss doch, meine Liebe. Doch weder Major Whitby noch mir ist an Ihrem Ableben gelegen. Zumal, wenn Sie keine Verräterin sind, wie Sie selbst beteuern."

Mit eleganten Bewegungen führte er das üppig bemalte Glas Tee an seine Lippen, trank und setzte es nachdenklich wieder ab. „Ah … erzählen Sie mir von England! Wie hat man den Großen Krieg dort überstanden? Ich höre, es gibt soziale Unruhen."

Victoria war wie vor den Kopf geschlagen. Hatte dieser Mann wirklich vor, mit ihr Smalltalk über englische Tagespolitik zu betreiben? „Leider bin ich darüber nicht informiert, Sir. Ich muss Sie um Verzeihung bitten."

„Nun ja", erwiderte er, als bestätige sich gerade jetzt eine von ihm längst gehegte Vermutung.

„Ich denke … wenn ich das so sagen darf, Sir … dass für meine Situation eher interessant wäre zu wissen, wie die Zustände hierzulande sind."

Ein Strahlen ergoss sich über seine Miene. „Sie sind eine ebenso schöne wie kluge junge Frau. Sie machen Ihrem Stand Ehre, meine Liebe."

„Ich bitte um Vergebung, Sir. Aber das ist keine Antwort auf meine Frage."

Victoria wusste, wie beleidigend, ja unverzeihlich ihre Äußerung war, doch war sie nicht in der Situation, allzu viel Zeit auf höfliche Floskeln und Smalltalk zu verschwenden.

Offensichtlich amüsiert nickte er. War er die Katze, die mit der Maus spielt, oder der Großvater, der nachsichtig mit der törichten Enkelin umgeht?

„Nun, da Sie so direkt fragen, will ich Ihnen direkt antworten. Wir befinden uns in einem Krieg."

Mit einem Schlag war sein Lächeln verschwunden. Seine Züge wirkten kantig, und die Falten, die sich von seiner Nase bis an die Mundwinkel zogen, wurden tief.

„Und was diesen Krieg umso unangenehmer macht, ist die Tatsache, dass wir ihn nicht nur gegen die Engländer führen, sondern auch gegen andere Stämme. Wir sind klein und schwach, doch wir haben die Herzen von Tigern. Die Vision eines geeinten Landes leitet uns. Lässt uns alle Qualen und Entbehrungen ertragen. Und wenn wir auch alle diese Vision in uns tragen, so muss ich doch gestehen, dass es zu viele gibt, die nicht willens sind, sich einem anderen unterzuordnen."

Er nahm einen weiteren Schluck und sprach dann mit Bedacht: „Jeder Stammesfürst hält sich allein für würdig und in der Lage, die Führung in diesem geeinten Land zu übernehmen. Und ich gestehe freimütig, dass auch ich so von mir selbst denke."

Mit einem spitzbübischen Lächeln schien er Victorias Reaktion abzuwarten. Da sie nichts sagte, sprach er weiter. „Sie verzeihen einem alten Mann diese Schwäche, meine Liebe?" Tief Luft holend, machte er eine Pause und wurde wieder ernst. „Nun, leider spreche ich genau damit einen gravierenden Punkt an … Ich bin ein alter Mann. Gewiss gibt mir dies Weisheit und Lebenserfahrung. Doch leider gibt es mir keine Zeit. Allah, gepriesen sei er, wird mich in nicht allzu ferner Zukunft zu sich rufen. Doch ich kann nicht in Freude gehen, wenn ich mein Haus nicht sicher weiß. Ich befinde mich in der misslichen Lage, keinen Erben zu haben. Keinen Sohn, in dessen Hände ich diese Aufgabe legen kann. Dieses Land braucht aber einen Mann, der Krieger und Weiser in einer Person ist. Er muss fähig sein, mit dem Gegner Einigungen zu erzielen, ihn aber auch ohne zu zögern zu töten, wenn es nötig ist. Sie verstehen, was ich meine?"

Victoria nickte und prägte sich jedes seiner Worte genau ein.

„In Major Whitby habe ich diesen Mann gefunden. Sie werden jetzt sagen: Ein Geschenk des Himmels! Ich aber sage Ihnen: ein Geschenk des Teufels! Denn Whitby trägt englisches Blut in sich. Es ist das Erbteil seines Vaters, das ihn zum Krieger macht, und das Erbteil seiner Mutter, das ihn befähigt, weise zu handeln. Und genau hier liegt mein Problem: Wäre er mein leiblicher Sohn – es gäbe niemanden, der sich ihm auf Dauer zu widersetzen vermögen würde. Aber das ist er nicht. Sollte ich ihn zu meinem Nachfolger berufen, würde diese Entscheidung das Land auf immer in nicht endende Kriege verwickeln. Selbst sein Sohn und Enkel würden diese noch führen müssen."

Hatte Whitby einen Sohn? Wie ein glühender Blitz schoss es Victoria durch den Kopf und setzte eine Lawine aus Gedanken in Bewegung. Der Sheikh hatte davon gesprochen, dass er keinen Sohn gezeugt hatte … aber vielleicht eine Tochter? Hatte Whitby diese geheiratet? Alle Fürs und Widers ließen sie beinahe unfähig werden, den Worten des Fürsten weiter zu folgen.

„Deswegen spiele ich ein wenig auf Zeit. Whitby ist der Kriegsherr. Er muss die Engländer vertreiben und dann die feindlichen Stämme unter ein Dach zwingen. Erst dann kann ich beginnen, mit ihnen zu verhandeln. Und erst dann kann ich versuchen, einen jungen Mann zu finden, der sowohl die Kraft als auch die Weisheit besitzt, dieses Land geeint zu halten. Und Whitby wäre dann sein General."

Nachdenklich blickte er in sein Glas. Dann aber hob er den Kopf und lächelte sie freundlich an. „Nun … ganz so verzweifelt wie es jetzt wohl klingen mag, ist unsere Lage dennoch nicht. Major Whitby war bereits sehr erfolgreich. Die Engländer wagen sich nicht mehr in unser Gebiet, und von all den widerstreitenden Stämmen ist nur noch einer geblieben, der nach wie vor erbitterten Widerstand gegen mich leistet. Und zwar der Stamm der Quoarim unter der Führung von Sheikh Al Musri. Er ist stark. Sehr stark. Doch leider wie ein tollwütiger Hund. Er ist nachtragend, ja rachsüchtig. Hat er sich in einen Gegner verbissen, vermag nichts und niemand mehr, ihn zur Vernunft zu bringen."

Eine nicht zu übersehende Hochachtung sprach aus den Worten des alten Manns – wie für einen unbändigen Sohn.

„Und nun?", hob Victoria an, da die Pause, die entstanden war, ihr zu lang dauerte.

„Nun? Whitby wird das mit ihm tun müssen, was man mit jedem tollwütigen Hund tut: Er wird ihn töten."

In diesem Moment tauchte eine unbestimmte Furcht in Victoria auf. Ein nebulöser Gedanke, den sie nicht zu fassen vermochte. Die Leichtigkeit, mit der der Sheikh gesprochen hatte, hatte dazu geführt, dass sie Gefahr witterte, und sie würde noch darauf kommen, was es genau war. Der Sheikh würde ihr die fehlenden Puzzleteile liefern, und sie würde sie zusammensetzen!

„Das bedeutet, Sie rechnen jederzeit mit einem Angriff von Sheikh Al Musri?“

Der schmale, aristokratische Kopf wanderte langsam auf und ab. „Es gibt immer wieder Attacken auf Teile unseres Stammes, die ungesichert sind. Eine Taktik, die schmerzhaft für uns ist, doch nicht vernichtend. Wir schlagen immer zurück, doch es sind Scharmützel, die uns beide ausbluten und schwächen im Kampf gegen die Engländer, die zwar unser Territorium nicht betreten, aber nichtsdestoweniger noch immer da sind.“

Ein langer Blick ruhte auf Victoria. „Wobei die Engländer keinerlei Partei ergreifen. Sie prügeln gleichmäßig auf uns alle ein.“

Er lachte begeistert über seinen eigenen Witz und freute sich am Kichern seines Gastes. Die nunmehr so heitere Stimmung wurde jäh durch Whitbys Eintreten unterbrochen, der mit böse funkelnden Augen mitten im Zelt stehen blieb. Zwar verbeugte er sich tief, die Rechte auf seinem Herzen, vor dem Sheikh, doch wandte er sich dann augenblicklich an Victoria.

„Wie zum Teufel kannst du es wagen, den Fürsten zu belästigen?“ Die Veränderung, die mit ihm vorgegangen war, seit sie in das Dorf zurückgekehrt waren, schockierte sie zutiefst. Hatte sie doch gehofft, er würde die Erinnerung an ihre gemeinsamen Stunden in der Oase in seinem Herzen behalten. Doch sie hatte sich getäuscht. Der Schlag der Erkenntnis war grausam. Konnte sie sich alles nur eingebildet haben? Ein Wunschtraum, so süß und verführerisch, dass er ihren Verstand eingenebelt hatte wie die schweren Düfte in den Zelten? Whitby packte sie am Arm, doch noch ehe er sie auf die Füße zerren konnte, wurde er durch eine milde Geste des Sheikhs gestoppt.

„Aber, aber … mein lieber Freund! Die Dame ist mein Gast. Sie vergessen, was man einem Gast schuldet!“ Waren die Worte auch ruhig gesprochen, so verbargen sie doch nicht die in den Tiefen lauernde Schärfe.

Whitby ließ Victorias Arm los, doch nicht ohne ihr einen Stoß zu versetzen. Ein Versprechen, dass ihr Handeln noch Konsequenzen zeitigen würde. Ein heißes Prickeln rann über Victorias Rücken und ließ die Bilder der vergangenen Nacht in ihr wiederauferstehen. Alles schien sich zu vermischen. Wunsch. Wirklichkeit. Furcht. Oder konnte es sein, dass Whitby seine Empörung nur spielte? Dass niemand wissen durfte, was sie ihm bedeutete? Nun, wenn es wirklich nur Schauspielerei sein sollte, dann war sie mehr als gelungen.

„Tee, mein junger erzürnter Freund?“ Es war weniger ein Angebot als vielmehr ein Gebot. Whitby nickte und ließ sich neben Victoria nieder, nicht ohne auf einen gewissen Abstand zu achten.

„Wir haben gerade höchst angeregt über die politische Situation in unserem Land geplaudert, und Lady Stockbridge zeigte sich höchst interessiert.“

„Das kann ich mir denken“, knurrte Whitby und nahm das Glas entgegen, das der Sheikh ihm reichte.

„Und ich dachte, Höflichkeit gegenüber Damen sei eine englische Erfindung…“ Der Sheikh sprach schmunzelnd und mehr zu sich selbst als zu Whitby.

„Nun denn … ich sehe, Sie haben ein Anliegen an die junge Dame, und ich habe deren Zeit schon viel zu lange in Anspruch genommen. Ich bitte um Ihre Vergebung für die Schwatzhaftigkeit eines alten Mannes, meine Liebe.“

Dass sie damit entlassen waren, brauchte keine eigene Erwähnung mehr. Victoria erhob sich mit steifen Beinen, derer sie sich etwas schämte, und verließ dann unsicheren Schritts das Zelt. Gefolgt von Whitby, der kaum zu verbergen vermochte, wie aufgebracht er war.

Kaum waren sie in die Sonne getreten, als Whitby sie bereits packte und in sein eigenes Zelt stieß.

„Was hast du dir dabei gedacht? Was?“, brüllte er wutschnaubend. „Wolltest du ihn aushorchen? Ist das dein Auftrag? Dann solltest du dich auf eine Überraschung gefasst machen – er ist kein harmloser alter Tor!“

In diesem Moment wusste sie es! Nein, der Sheikh war weiß Gott alles andere als das! Überwältigt von ihrer Erkenntnis flog sie förmlich zu Whitby herum, fasste seine Arme und fixierte seine Blicke.

„Du bist in Gefahr! Du bist in allergrößter Gefahr“, stieß sie atemlos hervor.

Whitby aber schubste sie von sich.

„Was für eine Erkenntnis! Ich bin also in Gefahr … Uuuuuuh!“, machte er höhnisch.

„Nicolas! Nicht ich verrate dich … ER tut es!“

Augenblicklich erstarrte Whitby. Sein Gesicht wurde zu Stein. Er schien den Atem anzuhalten, denn jegliche Bewegung seiner Brust hatte geendet. Rechnete sie nun mit einem gewalttätigen Ausbruch, so wurde sie überrascht, denn er fasste sich und antwortete ganz ruhig: „Was stimmt nicht mit dir? Hm? Sag’s mir! Was stimmt nicht mit dir?“

Victoria blieb ihm die Antwort schuldig.

„Willst du einen Keil zwischen uns treiben? Alte Taktik: auftauchen – Unruhe stiften – abtauchen!“

Seine Blicke wanderten unstet über ihr Gesicht. Victoria wagte nicht einmal, ihn an jene Stunden voller Seligkeit zu erinnern. Er hatte sie beiseitegewischt. Für ihn existierten sie nicht mehr …

„Ist es das, was du beabsichtigst? Ich weiß, auf wessen Mist diese Blume gewachsen ist: Der Herzog hat dich instruiert! Habt ihr die Zeit genutzt und Pläne geschmiedet, wie ihr uns aushorchen und schwächen könnt? Und habt ihr dann eure famose Strategie gefeiert, indem ihr zusammen ins Bett gegangen seid?“

Diese unerwartete Kehrtwendung verblüffte und verwirrte Victoria. Eifersucht! Whitby war eifersüchtig! Seine stählerne Rüstung zeigte einen Riss, und Victoria war Frau genug, diesen zu nutzen.

„Weder bin ich eine Verräterin noch bin ich seine Geliebte!“, erklärte sie stolz und auch etwas starrsinnig.

„Wohl eher sein Flittchen, würde ich sagen!“

Victoria zögerte keinen Moment, sondern holte augenblicklich aus und schlug ihm ins Gesicht. Die Stelle, auf der ihre Hand gelandet war, färbte sich rot. Erschrocken hielt sie die Luft an. Jetzt würde er sie töten! Sie las es in seinen Augen.

„Du gottverdammtes kleines Miststück!“, keuchte er. „Du schlägst mich? Eine englische Hure wagt es, mich zu schlagen?“

Mit jedem Schritt, den er drohend auf sie zukam, wich sie einen zurück, bis sie gegen eines der Tischchen stieß, das daraufhin umfiel. Klirrend zerbrachen die hauchdünnen Gläser, die darauf gestanden hatten.

„Du wagst es …“ Seine Hand stieß vor und umklammerte ihre Kehle. Augenblicklich bekam sie keine Luft mehr. Der Druck in ihrem Kopf wurde schier unerträglich. Ihr Gesicht schien anzuschwellen, und sie begann, mit aller Kraft nach ihm zu schlagen und zu treten. Doch er erhöhte die Kraft sogar noch, mit der er sie nicht nur würgte, sondern zu Boden drückte. In der unsinnigen Hoffnung, so der Strangulierung zu entgehen, ließ Victoria sich fallen. Würde er nur für einen Moment nachlassen, könnte sie schreien und die Flucht versuchen. Inzwischen aber sah sie fast nichts mehr. Ihr eigenes Röcheln kam wie aus weiter Ferne. Sie spürte, wie ihre Sinne schwanden. Doch sie wurde nicht ohnmächtig. Sie löste sich lediglich aus ihrem Körper. Oder vielmehr: ihr Körper schien sich auszudehnen. Wurde zu einer entgrenzten Masse, gleich flüssiger, glühender Lava.

Sie öffnete sich ihm. Und wie er sich zwischen ihre Beine schob, schloss sich die rotglühende Masse um ihn herum. Victoria schlug nicht mehr noch trat sie nach ihm. Sie legte ihre Arme um seinen Rücken und schloss ihre Augen. Sie würde in seinen Armen sterben. So wie sie es sich erträumt hatte. Alles wich von ihr: Sorgen. Nöte. Ängste. Ihr ganzes Sein schien sich gleichsam zu erheben. Die vollen Lippen geöffnet, bot sie sich seinem Kuss dar. Und er nahm das Angebot an und küsste sie. Brutal. Stürmisch. Seine Finger ließen von ihrer Kehle ab, und seine Nägel bohrten sich stattdessen tief in das weiche Fleisch ihrer Brust.

Im gleichen Maße wie nun die Luft wieder durch ihre gequetschte Kehle zu fließen begann, wuchs auch ihre Gier. Diese aber hatte nichts mädchenhaftes oder gar menschliches mehr. Wie ihr Körper, so hatte auch ihre Lust alle Grenzen in diesem Moment hinter sich gelassen. Sie fühlte ihre Säfte ihre Schenkel herabfließen. Und dann spürte sie ihn: hart. Mächtig. Beinahe gewalttätig eroberte er sie. Stieß in sie hinein mit einer Wucht, die ihren nackten Rücken schmerzhaft über den Boden reiben ließ. Victoria öffnete ihre Schenkel weiter. Im gleichen Moment packte er sie bei den Hüften und zerrte sie auf alle Viere. So vor ihm kniend, konnte sie zwar nicht mehr sehen, was er tat, doch sie spürte es. Spürte, wie er mit zornglühender Härte in sie hineinstieß. Wie seine dick geschwollene Männlichkeit sie benutzte. Er stöhnte und keuchte. Befeuerte sich selbst mit jenen Geräuschen, die sich seiner Kehle entrangen.

Und dann begann er, sie zu schlagen. Seine Hand klatschte flach auf ihr Hinterteil. Es brannte. Doch es erniedrigte Victoria nicht, sondern erregte sie.

„Ja! Ja!", heulte sie auf. Ein Orkan ballte sich in ihrem Unterleib zusammen. Jeder Stoß seiner Lenden schien eine Explosion in ihr auszulösen.

„Du gottverdammte Hure!", schrie er plötzlich. „Du hast es mit ihm getrieben!" Ohne je eine auch nur annähernde Erfahrung gemacht zu haben, wusste Victoria mit einem animalischen Teil ihres Verstands, dass es nicht Hass war, der aus ihm sprach, und auch nicht der Wille, sie zu bestrafen, sondern wilde Geilheit. Er hatte etwas in sich freigelassen. Ein wildes Tier, das ihn zerfetzte. In einer Orgie aus Lust, Exzess und Wut hämmerte sein Schwanz in ihre Höhle. Angefeuert von den atemlos hervorgestoßenen Worten und ihrer ebenso leidenschaftlichen Reaktion. Es gab kein Leben mehr außerhalb ihrer Körper. Sie hatten alle vergessen, die ihnen jetzt lauschen mochten. Und wie seine Hände erbarmungslos auf ihr Hinterteil klatschten, vergaß er jegliche Zurückhaltung, die ihn noch irgendwie beherrscht haben mochte. Animalische Gier ließ ihn schreien, Victorias Haar packen und ihren Kopf in den Nacken reißen. Sein mächtiger Körper beherrschte sie, wie man ein Wildpferd zureitet.

In Victoria aber tobte ein Orkan. Schleuderte sie förmlich empor. Zerriss sie und ließ Gefühle in ihr freiwerden, die in ihrer Kraft und Intensität nie zuvor da gewesen waren. Gellend schrie sie, um nicht getötet zu werden von jenem Druck der in ihrem Kopf so stark wurde. Stärker als jener, mit dem Whitby sie im Park niedergerungen hatte. Sie krampfte und tobte. Ließ sich fallen und wurde durch das Reißen an ihrem Haar wieder aufgerichtet. Seine Stöße waren so unbarmherzig, ihre Vagina so empfindsam, dass sie versuchte, von ihm wegzukriechen. Doch er zerrte sie immer wieder zurück. Sie hörte das Klatschen seiner Lenden an ihren Schenkeln und krallte ihre Nägel in den Teppich unter ihr. Wollte ihn abschütteln und blieb doch wehrlos. Bis er mit einem Mal innehielt und sich, begleitet von einem Schrei wie dem eines wilden Tiers, in ihr entlud. Sein Samen pumpte ohne Unterlass in ihr Innerstes. Floss an seinem Schaft vorbei aus ihr heraus, vermengt mit ihrem eigenen Saft.

Am Ende seiner Kräfte zog sich Whitby aus ihr zurück und sackte auf seine Fersen. Den Kopf hängend, die Augen geschlossen, atmete er so heftig wie nach einem beinahe unmenschlich anstrengenden Wettkampf. Victoria aber ließ sich fallen und kauerte sich zusammen, indem sie ein Kissen ergriff und gegen ihre Brust drückte. Sie zitterte am ganzen Körper und fror vor Erschöpfung. Nie zuvor hatte sie etwas auch nur annähernd Ähnliches erlebt. Denn nicht nur alle Kraft, auch alles Empfinden, alles Denken schien ihr ausgetrieben worden zu sein. Sie war nur noch ein lebloser Körper.

Plötzlich aber schob sich sein kräftiger Körper halb über Victoria. Seine Brust rieb über ihren Rücken, und sein Atem streifte ihre Haut. Wenn nun die Empfindungen auch langsam in sie zurückkehrten, so vermochte sie doch nicht, sich zu bewegen. Reglos blieb sie liegen. Nicht, weil sie sich nicht bewegen konnte, sondern vielmehr, weil sie es nicht wollte. Trotz aller Brutalität, mit der er sie genommen hatte, empfand sie in diesem Moment seine Nähe wie einen schützenden Kokon. Seine Wärme hüllte sie ein. Mit einem Mal war da eine unglaubliche Sehnsucht, körperlich spürbar fast, sich an ihn zu drängen. Sich in seine Arme zu schmiegen.

Doch es kam nicht dazu. Gerade nämlich, als er mit seinen Lippen ihren Nacken berührte, wurde der Eingang zum Zelt aufgerissen und helle Sonnenstrahlen fielen auf das nackte Paar. Ein Mann schrie unverständliche Worte ins Zelt, woraufhin Whitby in äußerster Hast aufsprang. Schlagartig schien alles in Bewegung zu geraten. Die Welt war zurückgekehrt. Stimmen schwirrten durcheinander. Immer neue Gesichter schoben sich ins Innere des Zelts und riefen Whitby etwas zu. Füße trappelten über die sandigen Steine. Ein heilloser Tumult schien ausgebrochen zu sein.

Victoria aber, der niemand etwas sagte, setzte sich auf und zog die Knie gegen die Brust. Lediglich ein buntes Tuch, das sie bis über die Schultern zog, bedeckte ihren entkräfteten Leib. Whitby hingegen, dem die Tatsache nichts auszumachen schien, dass jeder ihn nackt sehen konnte, suchte seinen Kaftan und warf ihn eilig über. Anschließend legte er mit ebenso geübten Handgriffen Gürtel um, in die er Dolch und Pistole steckte.

Jetzt war Victoria alarmiert. „Was ist geschehen?“, rief sie, während immer mehr Bewaffnete eintraten und sich mit ihrem Anführer austauschten. Dieser schien seine Geliebte gar nicht zu hören. „Whitby! Was los ist, will ich wissen!“

Ohne ihr auch nur einen Blick zu gönnen, eilte er in Richtung Eingang. „Du bleibst hier! Kannst du schießen?“

Ihr Magen krampfte sich zusammen. Was konnte geschehen sein, dass man bereit war, eine Gefangene mit einer Waffe auszustatten? „Ja.“ Nur schwach erinnerte sie sich an jene Stunden, da sie mit ihrem Onkel Moorhühner gejagt hatte. Aber wenn es darauf ankam, würde sie es wieder können.

„Gut. Du rührst dich auf keinen Fall aus dem Lager! Egal, was auch geschieht! Das ist ein Befehl!“

Sie wollte eigentlich protestieren. Doch sie ließ es bleiben, denn er war sowieso schon verschwunden. So schnell sie konnte, eilte Victoria zum Eingang und spähte hinaus. Gerade noch rechtzeitig, um Whitby dabei zuzusehen, wie er behände auf den Rücken eines Rappen sprang und in wilder Jagd mit einer Gruppe Reiter davongaloppierte. Eine gewaltige Staubwolke hinter sich lassend, verschwanden sie in der Ferne.

Viel zu verwirrt und überrascht, um etwas zu planen, suchte sie im Zelt nach der Kleidung, die der Sheikh ihr geschenkt hatte. Es war ihre einzige Möglichkeit, sich wenigstens ein kleinwenig gegen das zu wappnen, was auf sie zukam. Wären die Umstände anders gewesen, sie hätte sich, trunken vor Begeisterung, in den neuen Gewändern vor einem Spiegel gedreht, die sanft fließenden Stoffbahnen und das sanfte Schimmern, das von ihnen ausging, genossen. So aber fragte sie sich lediglich, wo sie jene Pistole mit Munition am besten verstecken konnte, die einer von Whitbys Männern für sie auf eines der Tischchen gelegt hatte.

Was auch immer geschehen war – für Victoria war klar, dass sie mit einem Angriff rechnen musste. Doch wen konnte sie fragen? Nur den Sheikh! Also verließ sie das Zelt und begab sich zu dem seinen.

Es war leer. Umgestoßen die kleinen Tische. Zerbrochen die Gläser, aus denen sie vor Kurzem noch ihren Tee getrunken hatten. Nur das kleine Feuer brannte noch und erhöhte die herrschende Hitze.

„Er ist entführt worden." Es war eine ruhige Feststellung, und Victoria drehte sich zu der Stimme um, die aus dem tiefen Schatten kam. Ali! Sie hatten ihn am Leben gelassen. Welche Freude erfüllte Victorias Herz in all dem Chaos!

„Oh Gott … Und jetzt?"

Er trat auf sie zu und zuckte mit den Schultern. Seine Augen lagen tief in ihren Höhlen, und er wirkte müde und ausgemergelt. „Whitby weiß, wer ihn verschleppt hat … Und er wird ihn zurückholen."

„Na … aber dann ist doch alles in Ordnung." Sie wusste, dass dieser Satz Unfug war. Gar nichts war in Ordnung. Sie sah es Ali an.

Seine Augen wanderten unstet über den Boden, als suchten sie dort die Lösung aller Rätsel, den Blick in die Zukunft.

„Was geht da vor sich, Ali?"

Seine Zunge glitt über seine Unterlippe, die stellenweise tief aufgesprungen war. „Die Quoarim haben ihn geholt. Whitby hat mit Al Musri noch eine Rechnung offen. Und die wird er jetzt begleichen."

Victorias Herz wurde wie mit einem gewaltigen Hammer niedergeschlagen. „Es ist gefährlich. Ja?"

„Wenn der Kampf gegen einen Tiger gefährlich ist, dann schon."

„Hat er eine Chance?"

Ali löste sich aus ihrem Blickfeld und begann eine unruhige Wanderung durch das Zelt. Sand wehte herein, denn sie hatte den Eingang offen gelassen.

„Er ist mit zwanzig Mann losgeritten. Al Musri dürfte an die zweihundert Bewaffnete an seiner Seite haben. Alle befinden sich in seiner nächsten Umgebung. Whitby kann nur gewinnen, wenn er verschlagen genug ist und das Glück und Allah auf seiner Seite hat."

Victoria erstarrte innerlich. Wie konnte es sein, dass ihr gerade jetzt dieser Mann wieder genommen wurde, da sie sich endlich gefunden hatten? Denn dass sie sich gefunden hatten, das stand für sie absolut fest. Whitby war vielleicht kein Mann, wie man ihn in der besseren Gesellschaft willkommen heißen würde, doch sie hätte niemals all das auf sich nehmen können, was sie erlebt und durchgemacht hatte, wenn ihre Gefühle für ihn nicht derart stark wären. Er hatte sie auf die Probe gestellt, ja vielleicht sogar bestrafen wollen für ihr eigenmächtiges Handeln, aber jene letzte Bewegung seines Körpers hatte ihr gezeigt, dass er Gefühle für sie hatte. Dass es einen Bereich gab, der nicht von Hass und Gewalt bestimmt war. Und zu jenem Bereich hatte er sie gerade mitnehmen wollen …

„Wieso hat er uns alle hier zurückgelassen?" Eine unbestimmte Ahnung hatte Victoria beschlichen, und sie wusste nicht, ob sie glücklich darüber war, denn jene Ahnung betraf nicht nur ihr Leben und das der zurückgelassenen Menschen, sondern zudem ihre wie auch immer geartete Beziehung zu Whitby.

Alis Blicke schienen ihre schlimmsten Befürchtungen zu bestätigen. Eine graue Härte war in seine Züge getreten und veränderten die gebräunte Haut seines Gesichts.

„Wir sind der Köder." Es war die ruhige Feststellung einer Frau, die alles gesehen und alles erlitten hat.

Ali schwieg mit unverändertem Blick. Starrsinnig beinahe. Unwillig, laut das zu bestätigen, was sie beide wussten.

„Es ist die einzige Möglichkeit, die er hat. Er muss den Feind in die Falle locken. Sonst sind alle verloren."

Victoria schluckte. Ihr Hals war ausgetrocknet vom heißen Wüstenwind und den widerstreitenden Gefühlen in ihrem Innern. Ihr Körper verzehrte sich nach seinen Berührungen, ihre Ohren sehnten sich nach seiner Stimme. Aber ihr Verstand bäumte sich auf im Kampf um ihr Seelenheil. Jetzt, ausgestellt im Nirgendwo, nur dazu da, einen übermächtigen Feind anzulocken, ihm geopfert zu werden, sehnte sie sich mit einem Mal fast nach ihrem Heim, ihrer Familie. Wo ihr Vater die Ziele vorgab und die Mutter die Marschrichtung lenkte. Wo das größte Problem darin bestand, einen brauchbaren Ehemann zu ergattern und das passende Kleid für einen gesellschaftlichen Anlass zu wählen. Wie weit entfernt von all den Schwierigkeiten in anderen Ländern hatte sie doch gelebt. In einer heilen Welt, die sie nie als solche wahrgenommen hatte. Fast fühlte sie sich undankbar ihrem Schicksal gegenüber, das sie dermaßen herausgefordert hatte.

„Hier ist alles so kompliziert", sagte sie mit leiser Stimme.

Ein beinahe eruptives Lachen des Mannes ihr gegenüber ließ Victoria zusammenzucken.

„Ja! Ja … so kann man das durchaus sagen." Ali schüttelte den Kopf, noch immer breit grinsend, als sei er gerade Ohrenzeuge der Torheit des Jahres geworden.

„Ali … was tun wir, wenn sie angreifen?"

Er zuckte mit den Schultern und schaute in die Ferne, als könne er die Schemen der Reiter bereits am Horizont auftauchen sehen. „Zu Allah beten und die Waffen entsichern."

Dies waren wenig verlockende Aussichten. Doch plötzlich arbeitete Victorias Verstand. Ihre Gedanken fanden einen Pflock, an dem sie sich orientieren konnten …

„Und bis dahin stehen wir hier rum und warten, oder was?" Ein gewisser Trotz hatte sich in ihre Stimme geschlichen. Aber auch Kampfgeist. „Ali, ich habe nicht vor, hier zu sitzen und zu warten, bis sie kommen und uns abschlachten."

Ihr Begleiter begann, mit der Schuhspitze Streifen in den lockeren Sand zu ziehen. „Und was wollen wir tun?" Offensichtlich hatte Ali auch keine Lust, das Opferlamm zu spielen.

„Wir werden nicht hier sein."

„Sie meinen, wir sollen dem Major einen Strich durch die Rechnung machen?" Er klang eher verwundert, denn besorgt.

„Nicht wirklich einen Strich durch die Rechnung. Aber ich habe da so eine Idee …" Sie musste ihm einfach von der Geschichte erzählen, die ihr eingefallen war. „Hören Sie zu, Ali. Ich habe vor vielen Jahren mal eine Geschichte über Alfred den Großen gelesen. Er hat seinen Bruder, den König, krank im Lager gelassen, als sie attackiert wurden. Er hat sogar die königliche Fahne gehisst, und als der Feind angriff, um des Königs habhaft zu werden, ist er ihnen in den Rücken gefallen und hat sie vernichtend geschlagen. So geht wohl auch Whitby vor. Was Alfred aber von Whitby unterscheidet, ist, dass er seinen Bruder zuvor wegbringen ließ."

Alis Gesicht hellte auf. „Was haben Sie vor, Victoria?"

„Folgendes … lassen Sie die Leute Kleidung herbringen. Bei Anbruch der Dunkelheit werden wir Steinhaufen aufstellen und diese mit dem Stoff bedecken. Alle, die noch hier sind, abgesehen von ein paar Helfern, sollen in die Berge gehen und sich dort verstecken. Dann treiben wir ein paar Ziegen in jedes Zelt und sperren sie dort ein. Wenn der Feind angreift, sieht er nur Bewegungen in den Zelten und hält sie für bewohnt."

Ali dachte nach. Er klopfte – offensichtlich konzentriert – Victorias Idee von allen Seiten ab, denn seine Füße hatten aufgehört, Linien zu ziehen. „Ich weiß nicht … die Ziegen brauchen nur zu meckern…"

„Ich weiß, Ali. Aber es ist unsere einzige Chance, wenn wir uns hier nicht abschlachten lassen wollen. Wir können nur hoffen, dass der Gegner in seinem Eifer die Finte zu spät bemerkt und dass Whitby schnell genug ist. Es gibt keine Alternative."

Ihr Begleiter nickte bedächtig.

„Gehen Sie jetzt und instruieren Sie die Leute. Wir haben nicht mehr viel Zeit!" Ihre Stimme klang entschlossener und überzeugter, als Victoria tatsächlich war.

Im Weggehen hielt Ali plötzlich inne und grinste Victoria breit an. „Jetzt bin ich mal gespannt, ob die Leute hier auf das hören, was ich und eine Engländerin von ihnen verlangen …"

Victoria erwiderte sein Lachen. „Wir werden es sehr bald wissen!"

Als die ersten Frauen mit sorgfältig gefalteten Kleidern näherkamen, wusste Victoria, dass sie gewonnen hatten. Hier und da häuften sie Steine auf und bedeckten sie, wie geplant, mit den Kleidern. Von Ferne mochten diese Haufen wirklich wie Menschen erscheinen, die zusammengekauert ausharrten. Die Sonne sank am Horizont, als die ersten kleinen Gruppen sich auf den Weg in Richtung Berge machten. Bald herrschte Stille in der verwaisten Zeltstadt. Victoria, Ali und ein paar Helfer trieben eine Handvoll Ziegen in die Zelte und verschlossen die Eingänge sorgfältig.

„Sie sind so still, als würden sie ihren Auftrag kennen", sagte Ali nicht wenig beeindruckt, nachdem sie ihr Werk getan hatten und betrachteten. Er hielt die Arme vor der Brust überkreuzt und richtete seinen Blick in die Ferne.

„Wann werden sie angreifen?", fragte Victoria mit der ruhigen Gelassenheit eines Generals, der seine Truppen gut aufgestellt weiß.

Ali zuckte mit den Schultern. „Ich schätze, sobald sie davon ausgehen, dass alle schlafen. Wir können nur hoffen, dass der Major nicht in einem Scharmützel aufgerieben wurde." Seine Stimme klang nachdenklich.

„Selbst wenn dem so wäre, dann haben wir das Dorf gerettet. Es ist alles, was wir tun können."

Um nicht mehr Aufmerksamkeit zu erregen als unbedingt nötig, machten sie sich zu Fuß auf den Weg in die Berge, die sich als schwarze Masse vor ihnen erhoben. Als sie einen von einem kleineren Felsen verdeckten Vorsprung erklommen hatten, von dem aus sie die Ebene überblicken konnten, kauerten sie sich nebeneinander auf den harten Boden. Beinahe fürsorglich legte Ali eine Decke um die Schultern der jungen Engländerin, die schweigend betete, die Nacht möge schnell vorübergehen …

Kapitel 19

Die Nacht ging nicht schnell dahin. Sie dehnte sich über den Horizont wie zäher Teig. Die Minuten verrannen wie Stunden, und Victoria sehnte sich nach Schlaf. Die eisige Kälte nagte an ihren Gliedern, und ihre Augen waren erschöpft vom Starren. Saß Ali auch schier regungslos und schweigend, wusste sie doch, dass auch er keinen Schlaf fand. Sie beobachteten die Tiere, deren Jagdzeit die Nacht war. Sahen, dass die Wüste lebte.

Und dann kamen sie. Reiter. Pferd an Pferd. Lautlos wie eine gespenstische Fata Morgana, die sich als düsterer Nebel in der Ferne materialisierte. Eingehüllt in den Staub, den die stummen Hufe aufwirbelten. Weniger Kämpfer als vielmehr Naturereignis.

Und je näher sie kamen, je deutlicher man das Schnauben der Tiere hörte, die Bewegung ihrer Muskeln, das leise Knarren von Leder, desto mehr wuchs Victorias Angst. Kalte, tödliche Angst. Eine Furcht, wie sie sie nie zuvor empfunden hatte. Vollkommene Ohnmacht vor der herannahenden tödlichen Gefahr. Blieb sie auch äußerlich regungslos, so schrie sie im Inneren um Hilfe. Wurde gepeinigt von plötzlich auf sie einstürmenden Bildern schreiender, zerhackter Menschen. Wütender, verzerrter Fratzen, die sich mordend und vergewaltigend über sie alle hermachten. Und von einer Wüste, die keinen Whitby, keine hilfreichen Reiter barg. Sie konnte ihn vor ihrem inneren Auge sehen: Tot und kalt am Boden liegen und mit ihm seine Männer. Niedergemacht von den übermächtigen Horden des Gegners.

Wir werden alle sterben, dachte sie und wollte nur noch davonlaufen. Es trieb sie, aufzuspringen und zu rennen. Irgendwohin. In die Sicherheit der Garnison. Zu einem Zug, der sie nach Hause bringen würde. Heim zu ihren Eltern, den Dienstboten und der Geborgenheit ihres Zimmers. Weg von diesem Elend. Von Menschen, deren Schicksal sie nicht das Geringste anging.

Welcher Satan hatte sie geritten, eines dummen Gefühls wegen ihr Leben aufs Spiel zu setzen? Victoria begann, alle zu verfluchen. Ihren Onkel, den Anwalt, ihre Eltern, Whitby. Ja, sogar Ali und die Herzogin. Und am meisten sich selbst.

„Sie greifen an!“ Atemlos und instinktiv packte Ali ihren Oberarm und bohrte seine Nägel in ihr Fleisch.

Jetzt sah sie es auch. Die schwarze Wand wurde größer. Der staubige Nebel nahm an Volumen zu. Bald konnte sie einzelne Pferde unterscheiden. Flatternde Gewänder. Sie hörte die wuchtige

Schwere der Tiere, die im gestreckten Galopp über die Ebene getrieben wurden. Das Meckern der Ziegen spielte keine Rolle mehr, denn die Reiter hatten begonnen, ein wildes Geheul anzustimmen.

Victoria hielt die Luft an. Mit weit aufgerissenen Augen starrte sie den Gegner an, der bis auf wenige Schritte an das Dorf herangekommen war. Die Gewehre in die Luft gereckt, die Zügel mit nur einer Hand haltend, jagten sie – nach vorn über die Hälse ihrer Pferde gelehnt – durch den steindurchwobenen Sand. An den Zelten machten sie aber nicht Halt, wie Victoria erwartet hätte, sondern sie ritten mit ihren Pferden direkt hinein. Der Lärm brandete bis zu ihnen herauf.

Victoria zitterte am ganzen Körper. Die Angst ließ sie erstarren, und unfähig, auch nur den Kopf zu bewegen, wandelte sich ihre Ahnung in Gewissheit ob des Grauens, das sie erwartet hätte, wären sie im Dorf geblieben. Allein die beiden größten Zelte, jenes des Sheikhs und das Whitbys, blieben unangetastet, denn hier vermuteten die Reiter offensichtlich reiche Beute.

Doch auf einmal gab es eine Veränderung. Eine einzelne Stimme brüllte Unverständliches. Die Pferde hörten auf zu trampeln und hielten inne. Nach und nach sprangen die Männer aus den Sätteln. Offensichtlich fassungslos gingen sie zwischen den Trümmern herum, hoben Zeltbahnen an.

„In Gottes Namen … wo bleibt er denn?“, keuchte Victoria, und Alis einzige Antwort war die Intensivierung des Drucks seiner Hand an ihrem Arm.

Die Sonne ging auf. Vom fahlen Licht der Nacht blieb nichts als eine Erinnerung, als Victoria nun die auf die Berge gerichteten Gesichter des Feinds erkennen konnte.

„Sie wissen, dass wir hier sind“, stieß Ali tonlos hervor. Im gleichen Moment zog er die Pistole aus seinem Gürtel und entsicherte sie. Victoria tat es ihm wortlos nach.

Es waren nur noch Minuten, die sie von ihrem grauenhaften Schicksal trennen mochten. Vielleicht wenige Stunden, wenn sie es schafften, tiefer in den Berg zu gelangen und sich in irgendeiner Höhle zu verbergen. Aber schlussendlich saßen sie in der Falle. Die Finte hatte ihnen nichts gebracht als den Aufschub vor der sicheren Vernichtung.

Plötzlich wandte Ali sich Victoria zu. Er sah ihr fest in die Augen. „Was immer auch geschieht, Victoria … Behalten Sie eine Patrone im Lauf!“

In ihren Blicken mischten sich Verwunderung und Verzweiflung. Sie sehnte sich nach einer rettenden Begründung und wusste doch, dass sie nicht existierte.

Seine Kiefer mahlten schwer. „Sie werden uns nicht lebend kriegen!", sagte er tonlos, und Victoria nickte langsam. Das war das Ende ihres Wegs. Ihr Schicksal war besiegelt und konzentrierte sich auf ein kleines Stück Metall im Lauf ihrer Pistole.

Die Herzen unendlich schwer, aller Hoffnung beraubt, sahen sie sich schweigend an. Ja, sie waren so vertieft in die Verzweiflung ihrer Lage, dass sie den Lärm nicht gleich bemerkten, der sich erhoben hatte.

„Allah …!" Ali hatte seine Blicke von Victoria abgewendet und starrte über ihre Schulter ins Tal. Weder klang er überrascht noch erfreut. Erschüttert eher. Sie wollte nicht sehen, was er sah. Fürchtete sich vor der Erkenntnis, dass der Feind bereits auf den Berg zuhielt, und doch konnte sie nicht anders. Musste seinem Blick in die Ferne folgen. Und dann sah sie, was er sah: Whitby und seine Männer! Noch auf ihren Pferden sitzend, schossen und schlugen sie auf die am Boden befindlichen Gegner ein. Mann um Mann fiel. Sackte zusammen. Manche tödlich getroffen, andere mit letzter Kraft um ihr Leben kämpfend.

Victoria sah Blutfontänen, die aus offenen Wunden spritzten. Männer, die mit zerfetzten Gliedmaßen in den Tod taumelten. Sie vermochte nicht mehr einzuschätzen, wie lange das Gemetzel dauerte. Wie unter Schock beobachtete sie, welcher Schrecken sich dort unten zutrug. Und erst, als sie Whitby erkannte, der – gekleidet in ein weißes Gewand, einem Todesengel gleich – durch die dunkle Masse der am Boden liegenden Leiber schritt, die Pistole als Verlängerung seines Arms vor sich ausgestreckt und letzte Gnadenschüsse setzte, wurde sie ruhig.

Dann, als der letzte Schuss verhallt war, richtete er sich auf. Seine Männer wandten sich ihm zu und sahen ihn an. Er erhob daraufhin seinen Arm in die Luft und rief etwas. Im gleichen Moment brandete ein Freudengeschrei auf, das aus zahllosen Kehlen, die sich aus ihren felsigen Verstecken erhoben, erwidert wurde. Die Kämpfer schossen in die Luft. Heulten wie Wölfe.

Victorias Ohren waren betäubt vom Weinen und Schreien, das gleich der Brandung um sie herum toste. Schon hatten sich die Ersten auf den Weg nach unten gemacht. Und jetzt liefen sie nicht – sie rannten! Ihre Gewänder flatterten im Wind, und ihre Füße wühlten den Staub auf. Zwischen all den Leichen fielen sich Gerettete und Retter in Arme. Dankgebete erklangen. Doch Victoria blieb stumm. Regungslos saß sie neben Ali, der seine Blicke nicht von der Szene zu lösen vermochte.

„Und jetzt?", fragte sie leise.

Er schüttelte langsam den Kopf. „Ich weiß es nicht …"

Verwundert fragte sie sich, warum sie keine Freude zu empfinden vermochte ob des bitteren Kelchs, der soeben an ihr vorübergegangen war. Es mochte die Erschöpfung sein oder der Nachhall des Grauens, dessen Zeugen sie soeben geworden waren. Victoria wusste es nicht.

Die Hitze hatte wieder eingesetzt und mischte den Staub auf ihrem Gesicht mit dem herabfließenden Schweiß. Sie ließ die Decke von ihren Schultern gleiten.

„Wir sind gerettet", sagte Ali gepresst.

Sind wir das wirklich?, fügte Victoria in Gedanken an.

Es war Whitby, der sie aus ihrer Starre riss, indem er auf sein Pferd stieg und auf den Berg zugaloppierte. Ihr Herz begann wild zu schlagen, und sie wünschte sich nichts mehr, als dass er sie einfach hier oben vergessen hätte.

„Ich kann nicht mehr, und ich will auch nicht mehr", sagte sie leise, und Ali nickte.

Alle Kraft war aus ihr gewichen, und als Whitby behände über die Felsen nach oben geklettert kam, vermochte sie nicht mal, aufzustehen. Ali und Victoria blieben regungslos nebeneinander sitzen und blickten ihm entgegen – dem weißen Sheikh, der mit strahlendem Gesicht näherkam.

Noch um Armeslänge unter ihnen stehend, rief er begeistert: „Wir haben sie besiegt und den Sheikh befreit!" Trunken von seinem Triumph übersprang er den letzten Felsvorsprung und baute sich vor ihnen auf. Sein ehemals weißes Gewand war besudelt von Blut und Dreck. Es klebte jetzt an seinen Beinen, und der Geruch nach Tod und Vernichtung hüllte Victoria ein.

Sie blickte ausdruckslos zu ihm auf. Die Sonne gleißte in seinem Rücken und machte ihn nahezu unsichtbar. Victoria musste blinzeln, die Augen mit der flachen Hand beschirmen.

„Und das verdanken wir dir!" Strahlend packte er die zierliche Frau und riss sie in seine Arme. Die geöffneten Lippen auf die ihren pressend, wanderte seine Zunge in ihren Mund.

Victoria schloss die Augen und suchte Vergessen in seiner Umarmung. Der Wind trieb sein dreckiges Gewand gegen ihre Beine, wo es ihre Haut mit Schmutz und Blut beschmierte.

„Du bist die Heldin!" Triumph lag in Whitbys Stimme.

Sie fühlte sich noch schmaler, noch dünner, als er seine Arme um sie schlang und ihren biegsamen Körper gegen den seinen drückte. Aber Victoria wusste nicht, wie viel sie noch durchstehen konnte. Was sein Herz so offensichtlich schneller schlagen ließ, erschöpfte sie bis zur Ohnmacht. Und wie Whitby sie jetzt halb über die Felsen in die Ebene schleppte, halb trug, war sie an Herz und Körper entkräftet und empfand nicht mehr das Geringste. Wäre sie in diesem Moment gestorben, hätte sie es nicht einmal zu bedauern vermocht.

Diese Gefühllosigkeit änderte sich erst, als Whitby, Victoria an sich gepresst, in das niedergemachte Zeltdorf einritt. Zahllose Arme reckten sich ihnen entgegen. Ein ohrenzerfetzendes Trällern hob an und brandete zu ihnen empor. Der Jubelklang der Beduinen war betäubend laut und wirbelte sie in einem Mahlstrom der Gefühle herum, dessen Eindruck von den am Boden liegenden zerfetzten Körpern der Angreifer vervollständigt wurde zu einem Gefühlschaos infernalischen Ausmaßes. Victoria umklammerte den Knauf des Sattels vor Angst, Whitby würde sie hinuntergleiten lassen in jenen Wahnsinn aus Stoff, verzerrten Gesichtern, Schweiß, Dreck und Blut.

Für einen verführerischen Moment spielte sie sogar mit dem Gedanken, dem Pferd die Sporen zu geben, sobald Whitby abgestiegen war, und in Richtung der Garnison davonzugaloppieren. Allein der Gedanke an Ali, den sie nicht mehr gesehen hatte, seit Whitby sie vom Berg geschleppt hatte, ließ sie von ihrem Plan absehen. So zog der strahlende Held des Tages die erschöpfte Heldin vom Pferd und hielt sie sogar noch, als sie wieder auf sicheren Beinen stand.

„Der Sheikh will dich sehen und mit dir sprechen“, verkündete Whitby und führte sie durch die Gasse aus beiseitetretenden Menschen wie durch ein Ehrenspalier.

Die Düsternis des Zelts ließ Victoria augenblicklich innerlich zur Ruhe kommen. Den Schutzpanzer um ihre Seele ablegen. Der Sheikh sah nicht minder mitgenommen aus als Victoria, wie er dort in den Kissen saß. Hager. Die Nase spitz und noch größer wirkend, da seine Augen tief in dunklen Höhlen lagen. Mit einer edlen Geste hieß er sie vor sich Platz nehmen.

„Wie ich höre, dankt das Dorf Ihnen sein Leben.“

Sie nickte nur so leicht, dass man es, wäre man unaufmerksam gewesen, leicht hätte übersehen können.

„Ich sehe, man darf eine Engländerin niemals unterschätzen. Sie haben das Herz einer Löwin und den Verstand einer Schlange. Sie sind die Richtige für Major Whitby."

Unter anderen Umständen, zu einem anderen Zeitpunkt, hätte kein Satz sie glücklicher machen können. Doch jetzt hinterließ er einen bitteren Beigeschmack in ihrem Mund.

„Die Kämpfe werden noch lange andauern", stellte sie ruhig fest, als habe sie das Thema gewechselt. Was jedoch nicht zutraf.

„Nuuun …", machte der Sheikh gedehnt. „Nicht unbedingt. Sheikh Al Musri ist geschwächt. Wenn nicht sogar entscheidend geschwächt. Sie werden noch einen Schlag versuchen … Aber dann ist er zu Verhandlungen gezwungen. Dennoch werden wir ihn im Auge behalten müssen. Ebenso wie er mich im Auge behält. Ich habe zu viele Ausländer unter meinen Leuten. Das ist zumindest seine Meinung. Deswegen traut er mir nicht."

Der Sheikh schmunzelte, und die Falten in seinem Gesicht vertieften sich. „Und jetzt habe ich meinen Ausländeranteil erhöht …" Die Falten wurden abermals tiefer, denn er amüsierte sich offensichtlich. Er saß in all dem Chaos und Verderben und war zufrieden. Aber vielleicht, so dachte Victoria, ist diese Zufriedenheit alles, was er erreichen kann.

„Whitby und Sie ergänzen sich. Er hatte den Einfall, Al Musri hierher zu locken und dann zuzuschlagen. Sie haben seinen lückenhaften Plan begriffen, erweitert und damit den Menschen hier das Leben gerettet. Ich kenne keine Frau, die den Mut dazu gehabt hätte, dies umzusetzen."

„Dann kennen Sie wenige Frauen", gab Victoria trocken zurück, woraufhin er in schallendes Gelächter ausbrach. Ein Husten beendete sein Amüsement und breit grinsend sagte er: „Ja, das mag wohl sein."

Sich selbst zur Ordnung rufend, fügte er leise hinzu: „Ich vergesse meine Erziehung … möchten Sie ein Glas Tee?"

Als er das dampfend heiße Getränk eingoss, meldete sich Victorias ausgelaugter Körper. Der Durst war beinahe übermächtig, und sie konnte kaum erwarten, dass der herrlich duftende Tee so weit abgekühlt war, dass sie ihn gefahrlos trinken konnte.

„Ich möchte nach England zurückkehren, Sir."

Der Sheikh erstarrte. Die Kanne, die er in Händen hielt, schien schwebend in der Luft zu hängen. Er schwieg, was Victoria zeigte, dass sie ihn wirklich überrascht hatte. Es dauerte ein paar Atemzüge, dann stellte er die Kanne übervorsichtig ab, als könne die reine Berührung mit dem Wüstenboden sie zerbrechen. Abermals atmete er durch, um Zeit zum Nachdenken zu gewinnen.

„Ja … das kann ich natürlich verstehen. Sie sind eine Dame der ersten Gesellschaft, wie ich nicht umhin komme zu bemerken. Und wir können Ihnen nichts bieten als Staub, Kampf und Tod …“ Noch immer rang er um Zeit. „Noch gestern hätte ich Sie – ohne jegliche Bedenken – ziehen lassen. Ich hätte Ihnen Reiter zu Ihrem Schutz mitgegeben und Sie in die Garnison geleiten lassen.“

Das ist ein Aber-Satz, schoss es Victoria durch den Kopf.

„Heute aber sehe ich, wie wichtig Sie für Major Whitby sind. Nicht nur, weil er Ihnen Gefühle entgegenbringt, sondern weil Sie eine Verlängerung seines Arms sind. Und eine Erweiterung seines Herzens.“

„Mit anderen Worten … ich bin weiterhin Ihre Gefangene, Sir.“ Sie sah keinen Grund mehr, die Konvention zu wahren. Sie hatte einen schrecklichen Fehler gemacht, als sie in dieses Land gereist war, wenn er sich auch als anderer Natur erwies, als in der Art, die sie von Anfang an befürchtet hatte. Sie hatte zum Flug angesetzt und war in einem Käfig gelandet.

„Sehen Sie …“ Der Sheikh holte Luft. „Ich bin ein Mann, der viel Verantwortung trägt. Das Leben zahlreicher Menschen hängt ganz direkt von mir und meinen Entscheidungen ab. Seit meiner Geburt wurde ich darauf vorbereitet, und ich habe meine Rolle nie infrage gestellt. Es war nun einmal so. Allah stellt uns an einen bestimmten Platz …“

Victoria ahnte, in welche Richtung das Gespräch laufen würde, und fiel ihm ins Wort: „Und nun hat Allah ihrer Meinung nach entschieden, dass mein Platz hier ist.“

Offensichtlich war er es nicht gewohnt, dass man ihn derart unterbrach und seine Gedanken laut aussprach, denn er wirkte für einen Moment irritiert. „Sehen Sie, meine Liebe … Sie haben in der letzten Nacht meine Leute gerettet. Dieses Zeichen Allahs kann ich nicht ignorieren.“

Oh, nein!, dachte Victoria. *Da steckt etwas ganz anderes dahinter.* Sie wusste nicht, warum sie so dachte. Es war eher ein Bauchgefühl, das sie leitete. Doch es war stark und unbeirrbar. Aus irgendeinem Grund empfand sie ein tiefes Misstrauen gegen diesen alten Mann, der so eloquent und charmant Tee kredenzte und über das Leben anderer bestimmte. Ohne jeden Zweifel fühlte sich Sheikh Ibn Al Mukhtara als Vater seines Stamms und ganz gewiss handelte ihr eigener Vater nicht anders, wenn er bestimmte, dass – und vor allem wen – sie zu heiraten hatte. Aber dennoch gab es einen entscheidenden Unterschied zwischen beiden Männern: Ihr Vater sprach offen über Dinge, während sie diesen Mann hier einfach nur für verschlagen hielt. Victoria hatte ihm einen entscheidenden Sieg beschert, und er hatte nicht vor, sie gehen zu lassen. Ja, wahrscheinlich hatte sie sogar einen gravierenden Fehler begangen, als sie ihm erzählt hatte, dass sie in ihre Heimat zurückkehren wollte, denn jetzt war er misstrauisch. Jetzt würde er sie nicht mehr aus den Augen lassen. Und die Gelegenheit zu fliehen, würde sich ihr nicht mehr so schnell bieten. Doch dass sie weg wollte, zumindest zurück in den Schutz der Garnison, das stand für sie fest.

„Sie sind erschöpft, meine Liebe. Ich sehe es, wenn Sie auch noch so sehr bemüht sind, darüber hinwegzutäuschen. Die letzten Tage waren mehr, als eine Frau normalerweise zu erdulden vermag. Deswegen habe ich mir auch erlaubt, Ihnen ein Zelt herrichten zu lassen. Das Geringste, das ich vermag im Angesicht Ihrer Taten."

Er klatschte ein Mal in die Hände, und ein Diener erschien. Diener oder Wärter – diese Unterscheidung nahm sich in Victorias Situation nichts. Also erhob sie sich, dankte für den Tee und ging dem Mann voraus, der sie zu ihrem Zelt geleitete.

Das Leben hatte sich wieder dem Alltag zugewandt, wenn man den Versuch, aus den Überresten des Dorfs wieder eine bewohnbare Siedlung zu machen, als *Alltag* bezeichnen konnte. Man schaffte die Toten auf Karren und fuhr sie rumpelnd in die Wüste, während Frauen sich daran machten, die Zeltplanen zu flicken und dann wieder aufzubauen. Die überlebenden Ziegen streunten auf der Suche nach Essbarem umher und stießen mit ihren Nasen gegen die eine oder andere Leiche. Victorias Magen hob sich, und sie bemühte sich krampfhaft, nur auf ihre Zehenspitzen zu schauen. Die Sonne ließ einen grauenvollen Gestank wie eine gewaltige unsichtbare Wolke über den Toten aufsteigen und die Menschen noch eifriger arbeiten, um sie fortzuschaffen. Victoria atmete nur noch durch den Mund, um den Geruch wenigstens einigermaßen zu unterdrücken.

Das Zelt, das der Bewacher ihr mit einer knappen Geste zu betreten bedeutete, war eines der wenigen, das bereits wieder errichtet worden war. Auch hier herrschte jenes Halbdunkel, das eine so angenehme Abwechslung zum gleißenden Sonnenlicht bot. Und jetzt, da dieses Zelt so nahe bei den Toten aufgeschlagen worden war, hatte man den Raum umso mehr mit den schwersten und gleichzeitig verführerischsten Düften erfüllt, die sich nur denken ließen. Als der Eingang hinter Victoria verschlossen wurde, gab es nur noch die Erinnerung an den draußen herrschenden Tod und die Verwesung.

Sie erschrak bis ins Mark, als plötzlich eine große, weiße Gestalt auf sie zustürmte und sie in die Arme riss. Ihre Augen hatten keine Gelegenheit gehabt, sich an das herrschende Zwielicht zu gewöhnen, und so vermochte sie nur zu spüren und nicht wirklich zu sehen. Hin und her geworfen in einem unendlichen Strudel aus Gefühlen, den widerstrebendsten, die sie sich nur vorstellen konnte, ließ sie sich, all ihre Bedenken beiseitewerfend, in seine Arme fallen. Stark, ein Bär von einem Mann, bewegte sie sich gleichsam rückwärts in der Zeit. Die schweren, beinahe aphrodisierenden Düfte, die das Zelt erfüllten, wandelten sich in jene, die sie in jener Nacht im Park umgeben hatten.

So unermesslich war ihre Sehnsucht nach Sicherheit, nach der Chance, sich fallen zu lassen, dass sie all das vergaß, was sie noch vor Kurzem von ihm ferngehalten, ja abgestoßen hatte. So wie er ein neues, reines Gewand übergestreift hatte, an dem nichts mehr an Dreck und Blut erinnerte, so hatte sich ihr Gemüt gleichsam ebenfalls ein frisches Kleid zugelegt.

Sie drehte die Zeit zurück. Whitby war wieder jener Offizier, der in der Royal Geographical Society gesprochen hatte. Als dieses Land für sie ein Märchenland aus Tausendundeiner Nacht gewesen war, wo in Gold gewandete Prinzen auf Schimmeln durch die sonnendurchwobene Wüste ritten, um zu ihrer Prinzessin zu gelangen, mandeläugigen Elfen in schimmernden, durchscheinenden Gewändern.

Victoria öffnete die Lippen für ihren Prinzen, drängte ihre Brüste gegen ihn und atmete seinen Duft tief in ihren Körper. Sie spürte die wilde Feuchtigkeit aus sich herausfließen. Ihr Unterleib erhitzte sich im gleichen Maß wie seine Erregung wuchs. Hart drückte sein Schaft durch das dünne Tuch gegen ihren Bauch, und Victoria begann, sich danach zu verzehren, dass er in sie eindringen möge.

Whitby ergriff ihr Gewand und streifte es über Victorias Kopf. Ihre entblößte Haut schimmerte matt wie Elfenbein, und seine Augen wanderten über ihre weiblichen Formen.

„Du bist so wunderschön. Ich kenne keine Frau, in der sich Verletzlichkeit und Stärke in diesem Maße mischen. Oh Gott … Wie hätte ich mich nicht in dich verlieben können?“ Seine Augen strahlten, und im nächsten Moment riss er sich seine eigene Kleidung förmlich vom Körper.

Seine Brust hob und senkte sich hektisch, als sei er zu schnell gelaufen. Seine Augen wanderten noch immer hungrig über ihren

Körper. Und die Spitze seines Schafts, der so prall und hart war, wie eine Frau ihn sich nur irgend wünschen konnte, stieß pochend gegen seinen Unterbauch, getrieben von der Gier, Victoria zu besitzen.

„Du bist meine Frau!“, stieß er hervor, als er seine Hand flach auf ihren Venushügel legte und gleichzeitig einen Finger in ihr Innerstes schob. Alles in ihr zog sich abrupt zusammen. Ihre Säfte strömten über seine Hand. Er bohrte seinen Finger mit solcher Intensität in ihren Unterleib, dass er sein Gesicht gegen ihre Wangen pressen musste. Als Whitby nun auch noch seinen Finger zu bewegen begann, schrie Victoria auf. Er rieb ihn in ihr, als handele es sich um seine Männlichkeit. Sie aber umklammerte seinen Rücken, nahm den Rhythmus seiner Hand auf und begann, sich an ihm zu befriedigen.

„Soll das alles sein, mein Herzblut?“, fragte er mit einem Mal verwundert.

„Nein …“, keuchte Victoria. Eine glühende Woge erfasste sie und schleuderte sie aus Zeit und Raum. Sie sehnte sich danach, mit ihm zu verschmelzen. Eine Einheit zu werden. Und je energischer er sie anpackte, sie zu Boden drängte und ihre Schenkel auseinanderdrückte, desto qualvoller wurde das Verlangen, eins mit ihm zu sein. Nicht einmal die Strahlen der Sonne durften mehr zwischen sie passen.

Seinen Atem wild gegen ihre nasse Spalte stoßend, tauchte er sein Gesicht zwischen ihre Beine. Victoria schrie auf, als seine Zunge ihre zu einem harten Kern gewordene Klitoris anstieß und dann mit ihrer ganzen Breite bis zu ihrer Vagina leckte. Sie wusste nicht, was intensiver war, seine Berührungen zwischen ihren Schamlippen oder sein Stöhnen, das in ihren Ohren hallte und jede Faser ihres Körpers zu erfüllen ansetzte. Als seine Zunge in ihre Öffnung stieß, sich wieder zurückzog und abermals in sie eindrang, musste sie sich aufrichten. Ihn packen und seinen Kopf umklammert halten. Whitby versuchte wohl das eine oder andere Mal, sich zu befreien, doch Victorias Muskeln spannten sich derart an, dass ihre Knöchel weiß unter ihrer Haut emportraten. Ihre Züge verzerrten sich, und sie musste der Explosion in ihrem Unterleib Rechnung tragen, indem sie einen langgezogenen, gellenden Schrei ausstieß.

Der Höhepunkt erschütterte sie. Ihr Geist und ihr Körper gleichermaßen von wildem, krampfendem Schmerz durchzuckt. Durch Höllenfeuer gejagt und doch vom Flammensturm in Regionen geschleudert, die kein Verstand auch nur von Ferne zu erreichen vermag. In jenem Moment absoluter Leidenschaft zählte nichts mehr für Victoria. Wäre in diesem Moment der Tod gekommen, sie hätte ihn mit einem Lächeln begrüßt. Ihre Stärke kannte keine Grenzen mehr, und das orgiastische Glück, das sie empfand, machte einen anderen Menschen aus ihr.

Das Gesicht glänzend von ihrem Saft, hob Whitby seinen Kopf und fixierte seine noch immer fassungslose Geliebte. Dann schob er sich weiter hoch. So weit, dass die Spitze seiner Eichel vor jenem Eingang ruhte, aus dem sich noch immer Ströme ihres Safts ergossen.

„Von jetzt an bist du mein Weib!“, sagte er mit bedeutungsschwerer Stimme und stieß mit einem Ruck in sie. Victoria schrie erschrocken auf. Der Stoß war so hart, so entschieden, dass es ihr die Sinne zu rauben drohte. Er zog sich zurück und verharrte abermals.

„Und ich bin dein Mann!“ Wieder stieß er zu, was einen neuerlichen Aufschrei zur Folge hatte. Jetzt wurde er schneller. Die Stöße kamen weniger hart, dafür aber öfter. Sein Schaft rieb über ihre Klitoris und erzeugte einen pumpenden Druck in ihrem Unterleib. Sie näherte sich unaufhaltsam dem nächsten Höhepunkt. Whitby starrte sie an, verzauberte seine Geliebte, seine Frau, förmlich. Victoria verlor sich in seinen Augen, in seinen Umarmungen. Sie sah die Muskelstränge unter seiner Haut emportreten, spürte seinen Atem, heiß wie der Wüstenwind auf ihrem Fleisch. Die Reibung wurde immer intensiver. Schon krampfte sich ihr ganzer Körper zusammen. Blut schoss in ihre Schamlippen und ließ ihre Klitoris noch weiter anschwellen. Und dann explodierten sie gleichzeitig. Begleitet von einem lauten, langgezogenen Schrei schossen Ströme seines Safts in ihren Unterleib. Füllten Victoria und flossen dann in einem unaufhaltsamen Strom zurück.

Als Whitby seinen Schaft aus ihr herauszog, dachte sie schon mit einer gewissen Enttäuschung, dass nun alles beendet sei. Doch er hatte offensichtlich eine andere Idee, denn er nahm sie bei den Oberarmen und zog sie auf die Knie, wo sie ausharrte, während er seinen noch immer erigierten Schwanz in die Hand nahm und vor ihre Lippen führte. Victoria öffnete ohne nachzudenken den Mund, streckte vorsichtig tastend die Zunge heraus und berührte seine pralle, rot glänzende Eichel. Der Geschmack war unvergleichlich. Die Mischung ihrer beiden Säfte war von einer tiefen, warmen Würzigkeit. Und von was sie in dem Moment kaum mehr als einen Tropfen gekostet hatte, davon verlangte sie jetzt nach viel mehr.

Die Lippen fest verschließend und so ihren engen Eingang nachahmend, drückte sie seine Spitze in die warme feuchte Höhle ihres Munds. Dass es ihm gefiel, merkte sie nicht nur an seinem leisen Stöhnen, sondern auch an den wieder einsetzenden pumpenden Bewegungen seines Unterleibs. Victoria leckte seinen Schaft mit der gesamten Breite ihrer Zunge, und wenn sie ihn fast vollständig aus ihrem Mund entlassen hatte, umspielte sie sanft die Vertiefung unterhalb seiner Eichel. Dabei knetete sie seine Hoden, die stramm und fest in ihrer Hand lagen.

Bald wurden seine Bewegungen so schnell, dass sie nur noch stillzuhalten vermochte. Whitby hielt ihren Kopf gleichsam wie in einem Schraubstock zwischen seinen Händen und fickte ihren Mund bald ebenso schnell und hart, wie er zuvor ihre Möse benutzt hatte. Es lösten sich bereits jetzt erste Tropfen seines Samens aus dem kleinen Schlitz auf seiner Kuppel und schmolzen auf ihrer Zunge.

„Ich komme“, stöhnte er plötzlich, und im gleichen Moment entlud er sich in ihrer Kehle.

Victoria versuchte zu schlucken, doch es gelang ihr nicht in dem gleichen Maß, wie ihr Mund gefüllt wurde. Immer neue Ströme ergossen sich in sie, flossen aus ihren Mundwinkeln und tropften auf ihre vollen Brüste. Endlich entließ Whitby sie aus seinem harten Griff, verlangsamte seine noch immer sanft pumpenden Bewegungen und zog sich dann aus ihrem Mund zurück. Er ließ sich auf seine Unterschenkel sacken und betrachtete sie fasziniert.

„Du bist in jeder Hinsicht unglaublich.“ Es war eine Feststellung, die Victoria umso mehr genoss, als sie nichts weiter getan hatte als das, wonach sie sich gesehnt hatte. Sie hatte sich genommen, wonach es sie gedürstet hatte.

Und dann …

„Oh Gott … ich liebe dich!“ Seine Stimme zeugte von Überraschung. Ja, davon, dass er überwältigt wurde von seinen eigenen Gefühlen. Doch Victoria konnte nichts mehr erwidern - von unendlicher Müdigkeit übermannt, drehte sie sich zur Seite, umklammerte ein Kissen, drückte es gegen ihre Brust und schlief ein.

Kapitel 20

Als sie erwachte, hatte sie jegliches Zeitgefühl verloren. Sie mochte Stunden oder auch nur Minuten geschlafen haben. Das Licht im düsteren Zelt hatte sich nicht verändert. Die Umrisse waren weder klarer noch verschwommener als in jenem Moment, da der Schlaf sie übermannt hatte.

Sie spürte lediglich ein heftiges Ziehen im Magen. Wie lange hatte sie nichts mehr gegessen? Ein tiefes Verlangen nach gebratenem Speck, Spiegeleiern und Toast überkam sie. Dazu eine schöne Tasse starken Tees.

Langsam richtete sie sich auf. Jetzt erst bemerkte sie das leise Atmen an ihrer Seite. Whitby! Er lag nackt neben ihr, nur ein leichtes Tuch über seine Blöße geworfen.

Wie schön du bist, dachte Victoria. *So stark. So mächtig.*

Die Liebe zu diesem Mann kehrte wie eine heftige Woge, die an das Ufer strömt, zu ihr zurück. Stärker noch als jene, die sie in London für ihn empfunden hatte, und die sie diese unsägliche Reise hatte antreten lassen.

Da entdeckte sie ein silbernes Tablett mit einer Kanne Tee und daneben eine fein ziselierte Schale voller getrockneter Datteln. Auf allen Vieren krabbelte sie hin, schenkte sich von dem kalt gewordenen Tee ein und genoss dazu die süßen Früchte, die ihren Körper mit neuem Leben füllten.

Im Schneidersitz, die Ellenbogen auf die Knie gestützt, beobachtete sie den schlafenden Whitby. In ihren Augen war er der verführerischste Mann, den sie je gesehen hatte. Allein sein Anblick genügte, um ein heftiges Flattern in ihrem Magen auszulösen. Eine tiefe Sehnsucht, ihn beständig zu berühren und zu streicheln. Wie er sich jetzt im Halbschlaf bewegte, wie seine Brust sich hob und senkte, ja sogar die kaum wahrnehmbaren Bewegungen seiner Brauen waren interessant.

Und so störte es sie in dieser stillen Minute, dass er offensichtlich erwachte.

Seine Bewegungen wurden unruhiger und sein Atem kräftiger. Mit einem Räuspern öffnete er die Augen.

„Du bist schon wach?“, fragte er mit belegter Stimme.

„Ich hatte Hunger“, erklärte Victoria knapp, noch immer ungehalten, dass er ihr seinen ungestörten Anblick genommen hatte.

„Du hättest nur klatschen müssen und ein Diener wäre gekommen.“

Doch das hatte sie nicht gewollt. Die Erinnerung an die Dorfbewohner, die Tod und Vernichtung beseitigten und ihre Heimstätten wieder aufbauten, war noch zu lebendig in ihr, als dass sie jemanden hätte belästigen wollen.

„Die Datteln tun es auch. Sie sind köstlich."

Victoria nahm die Schale und setzte sich neben Whitby. Vorsichtig schob sie eine der süßen Früchte zwischen seine Lippen.

„Sag mal …", begann sie, ihre Überlegungen der zurückliegenden Stunden auszusprechen.

„Ja?" Sie hatte seine volle Aufmerksamkeit.

Er verschränkte seine Arme hinter dem Kopf, lauschte ihr und ließ sich dabei mit Datteln füttern.

„Wie schätzt du den Sheikh ein?"

Seine kauenden Bewegungen brachen ab, und er sah sie mit zusammengepressten Lidern an. „Was meinst du damit?"

„Na ja … traust du ihm?"

„Das Thema hatten wir schon einmal", wich er aus.

Doch Victoria wiederholte ihre Frage. Sie bewegte sich auf dünnem Eis und wusste es.

„Ob ich ihm traue? Er ist wie ein Vater für mich!" Empörung klang aus Whitbys Stimme. „Was willst du andeuten?"

Victoria wog jedes ihrer Worte genau ab, doch sie spürte, dass sie Klartext mit ihm sprechen musste, denn die Bedrohung, die sie fühlte, wurde mit jedem Moment realer. „Es kommt mir nur so seltsam vor …"

„Was?" Er hatte sich ebenfalls aufgerichtet. War nur noch einen Atemzug von Victoria entfernt.

„Pass auf … Sheikh Al Musri ist euer Feind. Er entführt Sheikh Al Mukhtara. Du lässt uns alle als Lockvögel im Dorf zurück und verfolgst Al Musri."

„Ja", erwiderte Whitby knapp.

„Er aber wartet nicht auf dich, um dich zu töten, sondern reitet hier ins Lager, um es zu zerstören. Du fällst ihm in den Rücken und tötest ihn."

Whitby hob abrupt die Hand. „Ich habe ihn nicht getötet."

Hatte er eine überraschte Reaktion von Victoria erwartet, so blieb diese aus.

„Das dachte ich mir. Er war nämlich gar nicht hier, nicht wahr?"

„Was willst du sagen, Victoria?" Seine Stimme hatte deutlich an Schärfe zugenommen.

„Sheikh Al Mukhtara kommt unversehrt frei. Wenn es deinem Feind darum gegangen wäre, ihn zu töten – warum hat er ihn zuvor erst entführt? Nicolas! Es ging die ganze Zeit um dich! Warum hat sich Al Mukhtara nicht gewehrt, als man versuchte, ihn zu entführen? Er hat nicht mal geschrien! Die Wachen vor seinem Zelt … wo waren die? Was haben die getan, als man ihn entführte?"

Whitbys Gesicht verdüsterte sich. Er hatte seine Blicke von Victoria abgewandt und starrte nun auf seine Fingerspitzen.

„Das hast du dir auch schon überlegt, nicht wahr?"

„Sprich es deutlich aus!", kommandierte er und erwartete doch offensichtlich nur, dass Victoria das sagte, was er dachte.

„Gut! Ich denke, die beiden stecken unter einer Decke. Sie wollten dich vernichten. Darum ist es gegangen!"

Er schüttelte langsam den Kopf.

„Das kann nicht sein!", stieß er gepresst hervor. „Ich bin sein bester Kämpfer. Ich bin wie ein Sohn für ihn! Weshalb sollte er mich Al Musri ans Messer liefern? *Warum*?"

„Nicolas, du kennst diese Menschen weit besser als ich. Kann es nicht sein, dass die beiden in dir den wirklichen Feind sehen? Eine Vorhut der Engländer?"

In einem plötzlichen Impuls wollte sie nach den Händen des sichtlich geschockten Whitby greifen, doch sie unterließ es, sicher, er würde sie sofort abschütteln.

„Nein …", sagte er matt.

„Wenn Al Mukhtara stirbt … wärest du sein Nachfolger. Aber vielleicht will er das nicht? Wie alt ist Al Musri?"

Whitby schloss kurz die Augen. Andere Gedanken schienen ihn zu beschäftigen, und er musste sich sichtlich konzentrieren, um Victorias Frage zu beantworten. „Anfang dreißig vielleicht."

„Ein gutes Alter für einen Nachfolger. Einen Nachfolger, der stark ist an Männern und Waffen. Und der kein Halbblut ist wie du."

„Ich bin sein bester Kämpfer. Ich bin sein Sohn …"

Victoria senkte den Kopf. „Nein. Du bist der Sohn eines englischen Offiziers und einer Mutter, die sich das Leben genommen hat."

Whitbys Kiefer mahlten. Da er keine Gegenargumente zu haben schien, spann Victoria ihre Gedanken weiter.

„Du warst gut für ihn, um die Engländer in Schach zu halten. Aber ich habe ihn beobachtet. Al Mukhtara ist ein kranker Mann. Er weiß, dass seine Zeit abläuft. Und er braucht einen Nachfolger, der von allen akzeptiert wird. Unangefochten. Auch von dir! Und ihm ist auch klar, dass du versuchen würdest, Al Musri zu töten, sollte er versuchen, Al Mukhtaras Platz einzunehmen. Also musste er dich beseitigen."

„Oh Gott", war alles, was Whitby noch zu sagen vermochte.

„Ich glaube nicht mal, dass es etwas Persönliches ist. Er schätzt dich mit Sicherheit noch wie eh und je. Aber jetzt muss er entscheiden ... will er einen Bürgerkrieg zwischen dir und Al Musri riskieren, oder dafür sorgen, dass sich nach seinem Tod alle um einen einzigen Mann scharen. Einen Mann mit dem richtigen Blut und der richtigen Religion. Einem, dem alle zu vertrauen in der Lage sind."

„Warum hat er dann aber nie etwas zu mir gesagt?"

„Weil er dich gebraucht hat. Er musste erst seine Position festigen und dann den Stab weiterreichen. Er brauchte Sicherheit, und da konnte er dich nicht ins Vertrauen ziehen."

Tiefes Schweigen breitete sich aus. Jetzt, da Victoria ihre Gedanken laut formuliert hatte, erfasste sie bange Furcht, denn wenn sie recht hatte, befanden sie sich beide in äußerster Gefahr.

„Ich kann es nicht glauben." Whitby sprang auf und begann mit entschlossenen Griffen, sich anzukleiden.

„Ich werde niemals glauben, dass er zu einem solchen Verrat in der Lage ist. Niemals!"

„Er muss als Stammesführer handeln. Nicht als Mensch, Nicolas."

„Das sind alles Hirngespinste. Alles! Er würde mich niemals verraten. Er kennt meine unabdingbare Loyalität. Er weiß, dass ich jederzeit mein Leben für ihn und unsere Sache geben würde."

Victoria schwieg, denn sie wusste, dass er ihr mit jedem Satz Recht gab. Stumm beobachtete sie Whitbys nervösen Weg durch das Zelt. Wenn er weiter so stur blieb, würde sie für sie beide anfangen müssen zu denken. Und zu handeln.

Kapitel 21

Zunächst musste sie Ali finden. Er war der einzige, dem sie jetzt vertrauen konnte. Mit ihm musste sie sprechen. Auf ihre Frage „Ali?“ hin hatte man ihr bedeutet, dass – welcher Ali auch immer – sich abseits des Dorfs, nahe den Bergen aufhielt.

So machte Victoria sich auf den Weg durch die Gluthitze, um ihm ihre Überlegungen zu schildern und von ihm Rat zu erhalten. Kein Wächter begleitete sie mehr, was ein gutes Zeichen war. Auch wenn sie sich sicher war, dass man sie zumindest beobachtete.

Der Weg schien sich Ewigkeiten hinzuziehen. Schweiß rann in Strömen von ihrer Stirn, und Victoria verfluchte sich, dass sie nichts hinzulernte und nicht einmal einen Schluck Wasser mitgenommen hatte. Durst schien das wesentlichste Gefühl zu sein, sobald man die relative Sicherheit der Zelte verlassen hatte.

Vollkommen erschöpft erreichte sie schließlich die ersten Ausläufer des Bergs. Sie lehnte sich gegen den warmen Stein und versuchte, ihre Gier nach Wasser zu kontrollieren.

„Ali?“ Sie rief, so laut sie konnte. Doch die einzige Erwiderung, die sie vernahm, war das schrille Kreischen eines Vogels, der über ihr am Horizont kreiste. Victoria fühlte sich plötzlich, als sei sie der einzige Mensch auf Erden. Außer ihr gab es nur noch Sonne, Felsen und Wüste.

Sie beschirmte ihre Augen mit der Hand und rief abermals, mit dem gleichen Ergebnis. Es blieb ihr also nichts anderes übrig, als den Berg zu erklimmen, wollte sie Ali finden. Doch wie hoch sie auch stieg, keine menschliche Stimme antwortete auf ihre Rufe. Und während sie Ausschau nach einem Schatten, dem Umriss eines Menschen hielt, betete sie, dass Whitby keinen falschen Schritt tat. Sei es aus falsch verstandener Solidarität oder aus dem Wunsch heraus, Klarheit zu erhalten.

„Al …“ Weiter kam sie nicht.

Eine raue Hand presste sich auf ihre Lippen und riss sie von dem kleinen Vorsprung, auf dem sie sicheren Stand gefunden hatte. Panik schoss in ihr hoch. Raubte ihr jede Fähigkeit, auch nur einen klaren Gedanken zu fassen. Dass nicht Ali, sondern ein Fremder sie gepackt hielt und stolpernd in den Felsen zog, war ihr durch die Brutalität klar, mit der sie wieder und wieder gegen Steine gestoßen wurde. Der Mann packte sie an ihrem Haar und riss die sich verzweifelt Wehrende mit sich. Als Victoria versuchte, in die Hand zu beißen, die ihr die Luft nahm, erfolgte ein harter Schlag in ihr Gesicht.

Ihre Augen begannen brennend zu tränen. Sie sprang auf und ab, wedelte mit den Armen und versuchte, um sich zu treten. Doch einmal mehr verspürte sie nur maßlose Hilflosigkeit im Angesicht eines wesentlich stärkeren Gegners, dem sie nicht mit List und Klugheit zu entkommen vermochte. Die Anstrengung ließ sie noch heftiger schwitzen. Es würde nicht mehr lange dauern, dessen war sie sich sicher, und sie würde kollabieren. Heftigste Kopfschmerzen pochten hinter ihren Schläfen und pflanzten sich in Wellen in ihren ganzen Körper fort, wo sie krampfhafte Schmerzen auslösten.

Victoria wollte nichts so sehnlich, wie dass dies alles endete. Dass man ihr eine Ruhepause gönnte. Doch Schmerzen und Stolpern endeten erst vor einem Höhleneingang, den sie noch nie gesehen hatte. Ihr Peiniger packte sie bei den Armen und stieß sie mit brutaler Wucht in die Dunkelheit. Victoria schrie gellend auf, als sie hart zu Boden fiel. Staub waberte auf und erfüllte ihren ohnehin schon trockenen Hals, als habe man sie Dornen zu essen gezwungen.

„Das ist also unsere englische Rose!" Ein höhnisches Lachen begleitete die in beinahe akzentfreiem Englisch gesprochenen Worte.

Victoria blickte auf. In einigen Schritten Entfernung saß ein mittelgroßer Mann entspannt auf einem Felsen, der aus dem sandigen Boden der Höhle ragte. Er ähnelte eher einem Dandy aus der Zeit Oscar Wildes denn einem Sheikh, als den ihn seine wallenden, schwarzen Gewänder und der kostbare Dolch am Gürtel kennzeichneten. Sein Gesicht war voll, was aber von einem sorgsam gestutzten schwarzen Bart gemildert wurde.

Mühsam versuchte Victoria, auf die Beine zu kommen und stand schließlich schwankend da.

„Was wollen Sie von mir?", stieß sie kraftloser hervor, als ihr recht war.

„Jaaaa nuuun …", gab er gedehnt von sich und grinste dabei über das ganze Gesicht. „Vielleicht … jemandem ein Geschenk machen …"

Er klang so verschlagen wie die Bösewichter in Victorias Romanen, und es schauderte sie bei dem Gedanken, dass diese Dunkelmänner nicht nur in Büchern existierten.

„Oder … etwas vollenden? Ja! Das ist schöner. Ich will etwas vollenden." Er stieß sich von seinem Felsen ab und kam ein paar

Schritte auf Victoria zu. Es kostete sie alle Kraft, nicht vor ihm zurückzuweichen.

„Sie wissen, wer ich bin, meine Schönste?"

Wo Sheikh Al Mukhtara edel und charmant gewirkt hatte, erfüllte dieser Mann sie nur mit Abscheu. Egal, wie fließend seine Bewegungen sein mochten, wie gewählt seine Redeweise.

„Ich kenne Ihre Heimat gut", führte er aus, als ihm klar wurde, dass Victoria verbissen schweigen würde. „Ich bin ein … wie sagt man bei Ihnen so schön … ein Produkt hervorragender englischer Erziehung. Eton und Cambridge nenne ich meine geistige Heimat."

Jedes Wort troff vor Zynismus, der unterstrichen wurde vom nimmermüden Grinsen, das seine Züge förmlich entstellte. „Aber ich lebe seit einigen Jahren wieder in der Heimat meiner Ahnen und meiner Seele. Weshalb Sie mir bitte den einen oder anderen Fauxpas, wie der Franzose sagt, verzeihen mögen."

Er war eine bösartige Karikatur Sheikh Al Mukhtaras. Doch seine offensichtliche Verschlagenheit bot Victoria einen entscheidenden Vorteil: Sie lief in keiner Minute Gefahr, einer Blendung seinerseits zum Opfer zu fallen.

„Dank Ihnen wurden unsere Pläne vereitelt. Sheikh Al Mukhtara ist ein alter Mann, dem das Herz brennt, wenn er an seinen Schützling denkt. Aber Whitby ist Vergangenheit. Und das weiß Al Mukhtara auch. *Ich* bin die Zukunft. An mir ist es, dieses Land zu einen und die Engländer zu dem Teufel zu jagen, der sie hierhergeführt hat."

Das Lächeln verschwand, und eisige Härte erfasste Besitz von ihm.

„Bemühen Sie sich nicht, mich zu durchdringen mit Ihren Gedanken. Bei mir gibt es keine Schachzüge und auch keine fein gesponnenen Andeutungen. Wenn es nach mir gegangen wäre und nicht nach dem alten Mann, hätte ich dieses Problem jetzt nicht mehr."

Er wühlte in einer verborgenen Tasche seines Gewands, und Victoria erstarrte. Sie rechnete jeden Moment damit, dass er eine Pistole hervorziehen und sie töten würde.

Still begann sie zu beten. Doch was er hervorzog, war ein schlichtes silbernes Etui, dem er eine Zigarette entnahm. Er schob sie zwischen seine vollen Lippen und zündete sie an.

„Oh, ich vergesse meine Erziehung!", rief er in gespielter Empörung und hielt Victoria das Etui hin. Entgegen ihrer Gewohnheit nahm sie eine Zigarette und legte den Kopf leicht schräg, während Sheikh Al Musri sie anzündete. Das Ende der Zigarette glühte auf, als Victoria daran zog. Wider Erwarten beruhigte es sie, zu rauchen, schien ihr dies doch auch nicht zuletzt eine gewisse Auszeit zu verschaffen.

„Wo war ich stehen geblieben … jaaa, genau! Also, wenn es nach mir gegangen wäre, meine Liebe, so wären jetzt nicht nur Sie, sondern auch der fürchterliche Whitby tot. Aber ich denke, der alte Mann wollte nur sehen, wer von uns beiden – oder wenn ich so sagen darf … von uns dreien – der Schlaueste ist. Wer siegt in diesem kleinen Wettkampf. Und da alle Briten einen gewissen Hang zum Wettkampf haben, habe ich zugestimmt."

Er zog intensiv an seiner Zigarette und blies den Rauch über sich in die Luft. „Natürlich hatte ich keine Sekunde lang vor, einen von Ihnen beiden davonkommen zu lassen. Ich gönne dem alten Mann seinen Spaß. So ist es ja nicht. Aber nun ist Schluss!"

Seine Stimme war urplötzlich gekippt. Sie war mit einem Schlag stahlhart geworden. Seine Augen fixierten Victoria mit einer Kälte, die sie augenblicklich frösteln ließ. Unwillkürlich zog sie die Schultern nach vorn und wagte kaum, seinem Blick standzuhalten.

Er hatte die Maske, die sie schon als abstoßend empfunden hatte, abgelegt, und darunter war eine noch hässlichere Fratze zum Vorschein gekommen.

„Warum haben Sie dann Ihre Männer geopfert?" Victoria hatte gefragt, ohne nachzudenken.

Er warf den Kopf in den Nacken und lachte laut. „Das ist typisch … Das sind Kämpfer. Soll ich mir um die Gedanken machen, wenn es um die Einheit meines Landes geht?"

Mochte sie auch nicht viel Menschenkenntnis haben, so wusste sie doch, dass sie einen Schlächter vor sich hatte. Die Tatsache, dass er über Leichen ging, tropfte aus jeder seiner Poren.

„Und jetzt bin ich an der Reihe …", stellte Victoria ruhig fest. Sie wollte ihn nicht herausfordern. Sie wollte Klarheit über ihr Schicksal. Wollte den Tatsachen ins Auge sehen. Keine Spiele mehr. Wenn sie sterben musste, dann sollte es jetzt geschehen. Hier in dieser Höhle. Und wenn er nicht vorhatte, sie zu töten, wollte sie wenigstens wissen, was ihr bevorstand.

Seine Lippen rieben aufeinander, und die Zigarette wurde zwischen seinen Fingern hin und her gerollt. „Sie meinen, dass ich Sie jetzt und hier töten werde?"

Victoria hielt die Luft an.

„Hmmm … nein. Sie sind eine wundervolle englische Rose. Auch wenn Sie im Moment etwas lädiert aussehen. Es wäre einfach jammerschade, Sie zu zertreten. Außerdem sind Sie nur eine … Randfigur. Ich will Whitby. Und da ich beim ersten Mal keinen Erfolg hatte …"

Nein. Er würde sie wirklich nicht töten. Noch nicht.

Al Musri warf die Zigarette zu Boden ohne sie auszutreten, packte im gleichen Moment Victoria am Arm und presste seine Lippen hart auf ihre. Sie war zu überrascht, um sofort zu reagieren. Und noch ehe sie ihre Fassung wiedererlangt hatte, zog er sich auch schon zurück und schob sie unsanft aus der Höhle.

Sie nahmen jetzt aber nicht den Weg, der in die Ebene geführt hätte, sondern arbeiteten sich auf Umwegen tiefer in den Berg hinein. Licht und felsige Dunkelheit wechselten sich ab. Nur undeutlich merkte Victoria, dass sie langsam tiefer kamen. Bis sie irgendwo Pferde schnauben hörte. In einem seltsamen Déjà-vu wurde ihr ein Pferd zugewiesen, in dessen Sattel sie stieg. Einer von Al Musris Männern sprang hinter sie, umfasste ihre Taille und griff nach den Zügeln.

Im nächsten Moment ging es im wilden Galopp durch die Wüste. Victoria empfand den eisernen Griff um ihre Mitte als angenehm, denn so wie Pferde dahinsprengten, fürchtete sie, jeden Moment abgeworfen zu werden. Der heiße Wind schlug gegen ihr Gesicht und machte das Atmen schwer. Zu ihrer Linken erkannte sie in der Ferne das Dorf, dessen Zelte wie ein schwärzlich-grauer Felsen in der gold schimmernden Landschaft lagen.

Bald war sie so durchgeschüttelt, dass sie sich fragte, wie lange die Pferde noch durchhalten würden. Sie spähte angestrengt nach irgendeinem Punkt am Horizont, der die Aussicht auf eine Rast bieten würde. Doch da war rein gar nichts. Jede Faser in ihrem Körper schmerzte. Die Sonne brannte unbarmherzig, und der Durst brachte sie beinahe um den Verstand.

Mühsam suchte sie nach irgendeinem Wechsel der Sitzposition, um eine winzige Erleichterung zu erreichen, doch jeder dieser Versuche wurde mit neuem Schmerz belohnt. Bald begann sie vor Verzweiflung und Erschöpfung zu weinen. Stumme Tränen, die schmachvoll über ihre Wangen glitten und dabei schmutzige Furchen auf ihrer staubigen Haut hinterließen. Wie ein Baby wollte sie vor Schmerzen nach ihrer Mutter schreien. Überlegte wohl auch, sich einfach in einem unerwarteten Moment vom Pferd fallen zu lassen. Doch das eine verhinderte ihr Stolz und das andere der harte Arm des Reiters.

So flogen sie dahin auf Pferden, die keine Ermüdung zu kennen schienen, bis Victoria es sah: Eine Oase! Oder eine Fata Morgana?

Ein üppig grüner Fleck mitten im Gold des Sandes. Sie blinzelte, überzeugt, so zu erkennen, dass ihr lediglich die Sonne einen Streich gespielt hatte. Doch wie sie sich auch mühte, das Grün blieb. Ja, es wurde mit jedem Schritt der Pferde ein wenig größer.

Was sie nun aber beim Näherkommen sah, überwältigte sie. Palmen, Sträucher, Bäume. Ein smaragdenes Paradies mit eingestreuten Goldklumpen, denn so wirkten die mit Lehm verputzten Häuser, die sich im Grün zusammendrängten. Ein Eiland inmitten des Glutofens. Alles wirkte neu. Hier endlich hielten sie an. Victoria fiel mehr aus dem Sattel, als dass sie ihm entstieg, und war ihrem Begleiter dankbar, der sie aufrecht hielt. Die Pflanzen schenkten Luft zum Atmen, und die bunten Blumen spendeten den ausgetrockneten Augen Trost.

Auf den Wegen zwischen den lehmverputzten Häusern sah sie kaum Menschen. Das eine oder andere verlassene Huhn und wohl auch eine Ziege hie und da. Die Häuser bestanden nur aus einem einzigen Stockwerk und hatten flache Dächer, auf denen Stoffbahnen und Kleidung zum Trocknen ausgelegt waren. Kein Haus unterschied sich wirklich vom anderen, sodass Victoria nicht erkennen konnte, in welchem wohl der Sheikh lebte.

Sie kamen an einer Frau vorbei, die, auf dem Boden kniend, mit flinken Händen einen Teigkloß in einen flachen Fladen verwandelte, den sie – wie zum Trocknen – auf einen waagerechten Stock legte. Eine andere kam grußlos an ihnen vorüber. Sie trug eine irdene Kanne auf der Schulter, aus der bei jedem Schritt Wasser schwappte. Es musste viel davon geben, wenn sie derart sorglos mit dem kostbaren Nass umgehen konnte.

Das Haus, in welches man sie nun schob, bestand aus einem einzigen Raum und sie bemerkte verwundert, dass es sich innen kaum von den Innenräumen der Beduinenzelte unterschied. Einzig ein offener Kamin, in dem Essen in einem schweren Topf brodelte, fand sich hier und in den Zelten nicht. Dort kochten die Frauen im Freien.

„Willkommen im Paradies!“, tönte Al Musri, der bereits eingetreten war und mit weit ausholender Geste sein Reich präsentierte.

Und weiß Gott – damit hatte er nicht übertrieben! Sie befanden sich mitten in einem Juwel, dessen Wert man umso höher maß, als es an dieser Stelle der Erde einzigartig war. Ein in edle Gewänder gekleideter Mann reichte Victoria ein Glas Tee, zu dem köstliche Speisen in kleinen Schalen gereicht wurden. Sie setzte sich erfolglos gegen das Gefühl zur Wehr, eine Prinzessin aus Tausendundeiner Nacht zu sein. Der einzige Schandfleck in diesem Paradies war Al Musri!

„Wäre ich Engländer, würde ich jetzt sagen, dass ich hoffe, dass Sie mein bescheidenes Heim mögen. Aber ich bin kein Engländer. Ich weiß, wie wunderbar Sie diesen Ort finden."

Er schien sich wie ein Schuljunge zu freuen, dass er seine Gefangene derart beeindruckt und überrascht hatte.

„Verstehen Sie mich nicht falsch, meine englische Rose. Ich habe nicht vor, Sie zu töten oder zu ..." Er füllte die Pause mit einem amüsierten Grinsen. „… foltern." Dann sprach er weiter. „Sie sind viel zu schön. Ich habe Sie gesehen und nur noch einen Wunsch verspürt – nämlich den, Sie hier in diesen Garten Allahs zu … pflanzen."

Es schnürte Victoria die Kehle zu.

Al Musri trat auf sie zu. Er roch nach Schweiß. Ein Geruch, der noch intensiver wurde, als er die Hand an ihre Wange hob und sacht darüberstreichelte. Ein Würgen erfasste Victoria. Sie wollte nicht von diesem Kerl berührt werden.

„Aber Sie sind erschöpft. Der Ritt war lang und hart. Eine Dienerin wird Sie ins Bad geleiten …"

Abermals hob er die Hand in einer theatralischen Geste und wies Victoria damit den Weg zu einer jungen, verschleierten Frau, die sie stumm in Empfang nahm und durch eine Tür in einen Nebenraum führte. Victoria war erneut überwältigt von dem Anblick, der sich ihr bot. Die Wände waren mit kostbaren Kacheln verkleidet, die man kaum erkennen konnte bei dem dichten Dampf, der sie augenblicklich einhüllte. Sie hörte plätscherndes Wasser und lebhaftes Kichern.

Für einen Moment erschrak sie, als die Dienerin begann, sie auszukleiden. Doch diese arbeitete so schnell und geschickt, dass es sie nicht mehr störte. Zumal sie den Eindruck gewann, sich nur unter Frauen zu befinden.

Als sie nackt im Raum stand, begann die Dienerin, sie sorgfältig zu reinigen. Mit warmem Wasser und duftenden Essenzen wurde sie förmlich verwandelt. Träge Müdigkeit erfasste sie und ließ sie hoffen, die junge Frau werde ihr einen Platz suchen, an dem sie ein wenig ausruhen konnte. Doch weit gefehlt! Als sie fertig war – sie hatte keine Stelle an Victorias Körper ausgelassen und auch ihren Venushügel enthaart – geleitete sie diese in einen weiteren Raum.

Der Dampf war noch immer so dicht, dass Victoria Schwierigkeiten hatte, die Frauen zu erkennen, die kichernd im Wasser planschten und sich dabei angeregt unterhielten. Als sie selbst, von der Dienerin dazu angehalten, das Bad bestieg, ruhte alle Aufmerksamkeit auf ihr. Neugierig betrachteten die nackten Frauen sie, deren wohlgerundeten Brüste auf dem Wasser ruhten. Fasziniert betrachtete sie die Wasserperlen, die auf der goldenen Haut der Mädchen schimmerten. Zierliche Hände reckten sich ihr entgegen, die ihr Gesicht, ja ihren ganzen Körper betasteten.

Jetzt erst bemerkte Victoria, dass sie ein merkwürdiges Farbspiel bot mit ihrem kalkweißen Körper und dem von der Sonne verbrannten Gesicht und Dekolleté. Es schien zumindest jene Frau nicht zu stören, die sich ihr jetzt durch das Wasser näherte.

„Samira“, sagte die üppige Schönheit und deutete dabei mit einem zierlichen Finger auf sich selbst.

„Victoria“, gab die junge Engländerin zurück.

Ein begeistertes Lachen erschallte, und die Mädchen stellten sich nun alle vor. Ein Stimmendurcheinander erhob sich, und Victoria konnte sich, von Samiras abgesehen, nicht einen Namen merken.

Während die anderen wild durcheinanderplapperten, offensichtlich begeistert von der fremdländischen Attraktion, blieb Samira stumm und betrachtete Victoria aus dunklen Mandelaugen. Eine gewisse Spannung erhob sich zwischen ihnen, die Victoria verunsicherte. Waren es kritische Blicke? Etwas weniger Neugieriges als vielmehr Abschätzendes lag in ihnen. Samiras glattes schwarzes Haar war bis zur halben Länge nass und schwamm wie ein Farbspiegel auf dem Wasser, nur bewegt von den kleinen Wellen, die von den anderen Frauen ausgingen.

Plötzlich legte Samira ihre Hand an Victorias Wange, lehnte sich ein wenig nach vorn und küsste sie dann sacht auf den Mund. Victoria zuckte zusammen. Sie hatte nicht einmal Samiras Zungenspitze gespürt, und doch hatte dieser Kuss etwas so unverhohlen erotisches, dass sie innerlich vor Schreck erstarrte. Unvermittelt traten wieder die Bilder des Liebesspiels zwischen Whitby und den beiden Frauen vor ihr geistiges Auge. Sie hatte von Freundschaften zwischen Frauen gehört, die über die normale Beziehung zwischen zwei Freundinnen hinausgingen. Aber dies hier war etwas anderes als Hörensagen.

Und was sich in ihrem Körper abspielte, als Samira jetzt ihre Hand auf ihren erigierten Nippel legte, war nochmals anders. Die junge Frau rieb ihn mit ihrem Handteller, bis er sich kribbelnd zusammenzog und hart wurde. Offensichtlich war dies ihr Ziel gewesen, denn jetzt ließ sie ihre Hand langsam an Victoria abwärts gleiten. Über ihre Rippenbögen, den flachen Bauch, bis zu dem Venushügel.

Victoria redete sich ein, dass das, was sie jetzt an ihrer Vagina spürte, von den Bewegungen des Wassers kam, und wusste doch, dass es Samiras Finger war, der sich neugierig zwischen ihre Schamlippen schob und mit sanftem Druck auf ihrem Kitzler verharrte.

„Oh Gott“, entfuhr es ihr. Doch weniger wegen der energischen Massage ihrer Knospe, die jetzt eingesetzt hatte, als vielmehr wegen der Lust, die sie in ihr entfachte und gegen die Victoria nicht mal dachte, sich aufzulehnen. Im Gegenteil. Ihre Blicke wanderten von Samiras schwarzen Augen abwärts. Von der leichten Gänsehaut, die deren Brüste überzog, über ihre gekräuselten Nippel, bis hinab zu deren Venusdelta, das nur verschwommen im Wasser zu erkennen war.

Ohne nachzudenken streckte sie die Hand aus, griff ins Wasser und berührte zum ersten Mal in ihrem Leben den Schlitz einer anderen Frau. Es fühlte sich wunderbar bekannt an. Fest schmiegte sich das Fleisch der jungen Frau um ihre Finger, und etwas trieb sie dazu, mit ihr das zu tun, was sie wiederum von Samira begehrte.

Die Nebel des heißen Bads umwaberten sie und trennten sie bald von den anderen Frauen. Oder hatten diese sich zurückgezogen? Victoria wischte den Gedanken beiseite. Jetzt zählten nur Samiras Körper und der ihre. All ihr Empfinden konzentrierte sich auf die ebenso weichen wie festen Körperöffnungen der Frau, die sich ihr jetzt so weit näherte, dass ihre Lippen sich berührten. Die Lust, ausgelöst von den erkundenden Bewegungen, wurde mit jedem Atemzug stärker. Die Augen der anderen hatten eine solche Intensität, dass Victoria alles vergaß. Und als Samira sie mit geöffneten Lippen zu küssen begann und ihre Zunge langsam und vorsichtig in Victorias Mund glitt, erwiderte sie deren Kuss mit Leidenschaft. Sie legte den Kopf schräg, öffnete die Lippen weit und ergab sich dem Spiel ihrer beiden Zungen, die sich, gleich gierigen Schlangen, gegenseitig erkundeten und umtanzten. Voller Erregung spürte sie die Brüste Samiras, die gegen die ihren drängten. Sie sehnte sich danach, mit dieser Frau zu verschmelzen wie der Nebel ineinander schmolz, der sie einhüllte.

Samira flüsterte mit belegter Stimme Worte in Victorias Ohr, die diese nicht verstand, von denen sie aber gleichwohl wusste, was sie zu bedeuten hatten.

Heißes Verlangen durchflutete sie, und sie beugte sich ein wenig hinab, umfasste eine von Samiras vollen Brüsten und begann, an dem appetitlich erigierten Nippel zu saugen. Augenblicklich keuchte ihre Liebhaberin heiser. Ihr geschmeidiger Körper bog sich Victoria entgegen, und die Finger in ihrem Unterleib bewegten sich immer heftiger. Das leise Plätschern des Wassers und das Wabern des Nebels um sie herum, erfüllte Victoria mit dem Gefühl, sich auf einer Wolke zu bewegen, losgelöst von allem, was sie bis dahin beschwert hatte. Und so merkte sie nicht, wie von einer plötzlichen Bewegung die Nebelschleier zur Seite verdrängt wurden und sich tappende Schritte dem Rand des Beckens näherten.

Ein Aufschrei riss sie aus ihren Wolkenträumen, als eine mächtige Faust sich im schwarzen Haar ihrer Geliebten verkrallte und diese mit äußerster Brutalität aus dem Wasser zerrte. Schockiert stand Victoria da und konnte nur noch mühsam ihre Blöße bedecken, während Al Musri mit zornverzerrtem Gesicht, die zappelnde Nackte neben sich zu Boden gedrückt, hoch über ihr stand. Samira aber, die gemerkt hatte, wer sie da festhielt, gab ihre Gegenwehr auf und sackte zusammen, den nackten Körper auf den nassen Fließen zusammengekauert wie ein Schoßhund.

„Wenn ich gewollt hätte, dass meine Frauen es miteinander treiben, hätte ich es gesagt!“, donnerte er, wobei seine Stimme von den leeren Wänden widerhallte und ihr den Klang der Worte eines Donnergottes gaben.

Ohne nachzudenken, sich ihrer Nacktheit nur allzu bewusst, stürmte Victoria die kleinen Stufen hinauf und suchte im Nebel nach der Tür, nach ihren Kleidern, nach einem Fluchtweg. Doch Al Musri, der sich in den Räumen nur allzu gut auskannte, hatte sie augenblicklich eingeholt.

Er packte Victorias Haar im Nacken und riss sie wie einen Welpen an sich. Ihren Rücken gegen seine Brust gepresst, stand sie da, unfähig, sich von ihm zu lösen, zumal seine Hand sich fest um ihren Busen schloss. Allein der Gedanke daran ließ ihren Magen rebellieren.

„Lassen Sie mich los!“, protestierte sie, doch da begann Al Musri auch schon, ihre Brust zu kneten. Ihren Nippel zwischen seinen Fingern zu rollen.

Victoria wand sich so gut sie irgend konnte, doch er lachte nur dröhnend: „Jaaaa! So liebe ich es. Wehr dich nur, meine kleine Wildkatze! Dann macht die Eroberung noch mehr Spaß.“

Seine Hand glitt von ihrem Busen über ihren Bauch abwärts und tauchte unumwunden in ihre Spalte ein. „Aaaaah, meine kleine Wildkatze ist nass und geil … Wunderbar!“

Seine Rechte ließ ihr Haar los und umschlang ihre Brüste. Jetzt konnte sie nur noch mit dem Kopf stoßen. Sein Finger, so viel massiger als Samiras, tobte sich in ihrem Inneren aus, und Victoria empfand glühende Angst vor dem, was er noch mit ihr anstellen mochte.

„Hast du dich gegen Whitby auch so gewehrt? Ja? Oder hast du ihn gleich gewähren lassen? … Nein! Eine Wildkatze genießt den Kampf. Sie will erobert werden!"

Erschrocken spürte sie, dass er erregt war, denn sein steifer Schwanz drängte gegen ihre Pospalte.

„Nur Huren geben sich sofort hin", keuchte er.

Jede Sekunde Verzögerung in seinen Handlungen bedeutete Erleichterung für Victoria, auch wenn sie nicht an eine Rettung glaubte. Krampfhaft versuchte sie, ruhig zu werden. Sich nicht zu widersetzen. Wusste sie doch, dass er sie nehmen und ohne zu zögern verletzen würde, um das zu erreichen.

Dass er sie jetzt vom Bad in den Nebenraum schleppte, gab ihr die nötige Atempause, um ihre Gedanken zu sammeln. Wenn er es nicht leiden konnte, wenn eine Frau sich nicht wehrte, dann würde sie genau das tun! Also bemühte sie sich sogar, mit ihm Schritt zu halten, und als er sie auf die Kissen am Boden warf, öffnete sie sofort ihre Schenkel. Es kostete sie alles, das zu tun, aber es war ihre einzige Chance.

Al Musri stand über ihr und starrte auf ihr weit geöffnetes Lustzentrum. Er war konsterniert. Sein Spielzeug verdarb ihm gerade den Spaß. Doch dann wandelte sich sein Gesichtsausdruck, und er lachte schallend.

„Ha haaa! Jetzt weiß ich, worauf du abzielst … Du denkst, wenn du dich mir anbietest, will ich dich nicht mehr!" Sein Lachen dröhnte in ihren Ohren und jagte eisige Schauer über ihre Haut.

„Törichtes Weib!" Kaum hatte er zu Ende gesprochen, ließ er sich zwischen ihre Knie sacken und hob sein Gewand an. Von einer Woge aus tiefster Übelkeit überwältigt, starrte sie auf seinen hoch aufgerichteten Schaft.

„Jetzt kriegst du den Besten, meine kleine Wildkatze!" Er umfasste seinen Stamm und dirigierte ihn auf ihre Vagina zu.

Victorias Stirn brannte, als habe jemand Säure in ihr Gesicht geschüttet. Sie wollte schreien, doch ihre Stimme versagte ihr den Dienst.

„Gefällt er dir?" Ohne in sie einzudringen, bewegte er seinen Schaft hin und her.

Sie spürte, wie der Brechreiz in ihr aufwallte. Sie würde sich übergeben müssen.

„Ob er dir gefällt, meine Wildkatze? Du brennst darauf, von meinem Samen erfüllt zu werden, nicht wahr? Soll ich dich schwängern? Als Mann ist es meine Pflicht, deinen Bauch mit Kindern zu füllen."

Victoria betete darum, ohnmächtig zu werden. Sie wollte die Augen schließen und nichts mehr mitbekommen von dem, was jetzt geschehen würde. Nur nicht weinen. Nicht zittern. Ihm nie und nimmer zeigen, welche Angst und Abscheu sie empfand.

„Genieß es, meine kleine Wildkatze … einen solchen Prachtschwanz bekommst du nicht alle Tage. Er wird dir Freuden bereiten, die du noch nie gekostet hast!"

Seine Hand legte sich auf ihre Kehle. *Er will mich ersticken!,* schoss es durch Victorias Kopf, als ihr Hals langsam zusammengepresst wurde. Seine Eichel drückte bereits gegen ihre Öffnung, und es bräuchte nur noch einen Ruck und er wäre in sie eingedrungen.

Victoria streckte ihren freien Arm nach oben hin aus und tastete blind nach irgendetwas, mit dem sie ihn würde niederstrecken können. Er wollte sie nicht nur vergewaltigen – er wollte sie töten!

„Al Musri!", donnerte es plötzlich durch den Raum.

Victorias Kopf drehte sich abrupt um, im gleichen Moment wie der ihres Peinigers in jene Richtung blickte, aus der die Worte kamen. Sheikh Al Mukhtara stand in der offenen Tür. Eine Pistole im Anschlag.

„Wie kannst du es wagen?" Seine Stimme war schwer vor Empörung.

„Aaaah … Lass mir den Spaß mit meiner kleinen Wildkatze!", keuchte Al Musri, offensichtlich bereits so erregt, dass er keinen Gedanken an die Waffe zu verschwenden gewillt schien, die auf ihn gerichtet war. Vielleicht rechnete er auch nur nicht damit, dass der alte Mann tatsächlich auf ihn, seinen Nachfolger, schießen würde.

„Es ist alles rechtens. Sie ist mein Weib. Meine Beute. Du kannst sie mir nicht verwehren!"

„Ich sagte, lass ab von ihr!", wiederholte der Sheikh ruhig und entsicherte die Pistole wie zum Zeichen, dass es ihm ernst war. Todernst.

Und jetzt erhob Al Musri sich. Langsam. Bedächtig fast.

Victoria aber schloss augenblicklich ihre Schenkel und zerrte eine Decke um ihre Schultern.

Hatte sie geglaubt, das Eingreifen Al Mukhtaras würde ihr Sicherheit zurückgeben, erkannte sie jetzt ihren Irrtum. Sie fühlte sich wie eine Maus, um die zwei Kater kämpften. Verloren war sie, brauchte sie doch nur Al Musri anzusehen, um zu wissen, dass er sich jederzeit als Herr der Lage empfand. Er würde Al Mukhtara außer Gefecht setzen und dann sein grausiges Werk an ihr vollbringen. War sie sich doch ebenso wie er sicher, dass der alte Mann nicht abdrücken würde.

Al Musri ging mit langsamen Schritten auf seinen Widersacher zu.

„Ich habe dich nie um etwas gebeten. Niemals. Aber diese Frau … ich will sie haben. Und du kannst sie mir nicht verwehren. Sie ist eine Ungläubige. Du kannst sie nicht gegen mich eintauschen."

Al Mukhtara blinzelte nicht, ja schien nicht einmal zu atmen.

„Was immer sie sein mag. Sie gehört nicht dir. Also lass sie gehen. Sofort. Ich befehle es dir!"

Al Musri machte einen Schritt um den anderen. Langsam. Wie ein Raubtier, das sich an sein Opfer heranpirscht, und Victoria war erfüllt von der Furcht, dass der alte Mann seiner Waffe zu sehr trauen mochte.

„Du befielst mir? Mir, der ich immer treu an deiner Seite stand? Und jetzt richtest du die Waffe auf mich?" Er hob den Kopf, doch Victoria konnte seinen Gesichtsausdruck nicht sehen.

„Oder willst du sie haben? Steht dein Schwanz, wenn du sie siehst? Dann lass uns einen Handel abschließen. Zuerst kannst du dich an ihrem Körper erfreuen, und danach überlässt du sie mir. Oder wir benutzen sie gleichzeitig. Sie hat ja mehrere Löcher anzubieten. Sie wird es genießen, zwei Männer auf einen Schlag zu bekommen." Er kicherte höhnisch, und Victoria suchte in Al Mukhtaras Augen nach einem Hinweis, ob er die Kontrolle verlieren würde. Aber da war nichts als düster dräuende Schwärze.

„Komm, Effendi … Leg deine Gewänder ab, und wir rauchen eine Pfeife. Ein Glas Tee dazu, und dann ergötzen wir uns an ihr, bis wir zufrieden sind."

Er wandte sich plötzlich zu Victoria um, deutete auf sie und sagte: „Sie gehört uns. So lange uns nach ihr gelüstet. Wir können alles mit ihr tun. ALLES!"

Victoria zuckte zusammen und betete, Al Mukhtara möge endlich schießen. Was hielt ihn ab? Dachte er vielleicht sogar über das Angebot des Jüngeren nach? Erwog er die Möglichkeit, sich ihrer zu bedienen und seine Lüste an ihr zu stillen?

„Noch ein Schritt, Al Musri, und du bist des Todes!"

Der so Angesprochene hielt tatsächlich inne. „Was willst du, Effendi?"

„Du wirst sie gehen lassen. Sie soll sich anziehen und mit mir zurückreiten. Dann bin ich bereit, zu vergessen, was ich hier gesehen habe."

„Du bist bereit, zu vergessen? Der große Al Mukhtara spricht so zu mir? Wegen einer ungläubigen kleinen Schlampe?"

Die Spannung war unerträglich. Victoria zitterte unter ihrer Decke. Sie wollte fliehen, die Gelegenheit nutzen. Vielleicht gab es ja im Bad noch eine Tür, die ins Freie führte … Besser in der Wüste verdursten, als hier zugrunde zu gehen. Und doch vermochte sie keinen Finger zu rühren.

„Effendi …" Al Musris Stimme hatte wiederum den Ton gewechselt. Jetzt sprach er einschmeichelnd. „Komm zur Besinnung. Sie hat dich um den Verstand gebracht."

Er machte einen weiteren Schritt, und in dem Moment brach ein Schuss. Al Musri stöhnte auf, krallte die Hand in seine Brust und sackte schwer wie ein Fels auf seine Knie.

Im gleichen Moment sprang Victoria auf die Füße. Die Decke fest um sich gezogen, stürmte sie an Al Mukhtara vorbei und hinaus ins Freie. Der alte Mann eilte hinter ihr her.

„Wo sind die Pferde?", rief sie mit von Panik in die Höhe getriebener Stimme. Ihr Herz raste, und ihr Blut pochte in den Schläfen. Sie wollte nicht darauf spekulieren, dass Al Musri tot war.

„Da vorn, neben der Palme!", rief der Sheikh.

Der heiße Wüstensand, der auch den Weg in die Oase fand, legte sich auf Victorias Stimmbänder und machte aus ihrer Kehle ein Reibeisen. Durst ließ ihre Zunge augenblicklich am Gaumen kleben. Doch das musste sie jetzt ignorieren. Sie mussten weg. So schnell als irgend möglich.

Tränen der Anspannung traten über ihre Wimpern, und sie bemerkte verblüfft, wie behände der alte Mann in den Sattel sprang. Gerade wollte sie ihrem Pferd die Fersen in die weichen Seiten rammen, um es im gestreckten Galopp hinaus in die Sicherheit zu treiben, als ein weiterer Schuss die glühende Stille zerriss.

Ein Aufschrei und Al Mukhtara stürzte aus seinem Sattel. Mit einem dumpfen Ton schlug der Körper des alten Manns auf dem Boden auf, während das Pferd noch ein paar Längen weiterlief und dann, sich des fehlenden Reiters bewusst werdend, stehen blieb.

Victoria hatte nun zwei Möglichkeiten: Entweder, sie versuchte, ihre Flucht fortzusetzen, oder …

Mit einem Satz sprang sie aus dem Sattel und fiel neben dem Sterbenden auf die Knie. Mit flatternden Lidern sah er zu ihr auf.

„Nimmermehr …“, formten seine trockenen Lippen, aus deren Winkel ein feiner Blutstrom entwich.

Victorias Herz wurde wie in einem gewaltigen Schraubstock zusammengepresst, und alle Kraft und Entschlossenheit, die sie noch soeben in den Sattel gehoben hatten, waren aus ihr verschwunden. Die toten Augen des alten Mannes, der sein Leben geopfert hatte, um ihres zu retten, starrten in den blauen Himmel, der sich über den Baumwipfeln über ihnen spannte. Tränenblind legte sie ihre bebende Hand über seine Lider und schloss sie.

Erst jetzt, da Al Musris Schemen sich ihr näherte, spürte sie einen schweren Gegenstand an ihrer Hand. Umklammert von den Fingern des Toten, erkannte sie, dass der Sheikh ihr die Pistole in die Hand hatte legen wollen. Dachte Victoria gerade noch daran, sie zu ergreifen, hochzureißen und auf Al Musri zu schießen, erblickte sie den hoch aufgereckten Schatten seines Armes, der mit einem Mal mächtig auf sie niedersauste.

Ein brennender Schlag zerriss die Decke und öffnete in einer langen Linie das Fleisch ihres Rückens. Sie schrie gellend auf. Als habe man glühende Lava über ihr ausgegossen, löste sich ihr Körper in Schmerzen auf. Nie zuvor hatte sie annähernd Ähnliches empfunden. Jetzt sah sie, dass Al Musri eine Peitsche in seiner Hand hielt. Sein Gewand war blutüberströmt, und Schweiß stand in dicken Perlen auf seinem Gesicht. Keuchend heißer Atem näherte sich ihr.

Gegen die unmenschlichen Schmerzen ankämpfend, zog sie zitternd die Pistole unter die Decke und verbarg sie dort so gut sie konnte vor seinen Blicken. Unsicher, wie lange ihre Kraft noch ausreichen würde, sie vor der Ohnmacht zu bewahren, richtete sie sich schwankend auf.

„Du gottverdammte Hure“, ächzte Al Musri. „Du verfluchte Hexe!“

Ob sie einen weiteren Schlag mit der Peitsche überstehen würde, wusste sie erst, als seine Hand abermals niedersauste. Jetzt war aber die Überraschung nicht mehr so überwältigend wie zuvor. Victoria suchte, indem sie sich nach vorn beugte, dem Riemen die schlimmste Wucht zu nehmen, und erreichte ihr Ziel.

Da hörte sie das dumpfe Geräusch von Hufen im Sand. Eine Stimme, immer lauter werdend, wiederholte ein ums andere Mal ihren Namen. „Victoria! Victoria!“

Diesmal würde sie nicht warten. Wenn es Al Musri gelänge, nur noch ein einziges Mal auszuholen und zuzuschlagen, wäre sie wahrscheinlich verloren. Sie blickte in seine Augen, über denen sich die Lider schwer herabsenkten und wieder hoben. Sah auch die Hand mit der Peitsche, die sich hob, während Al Musris Brust rasselnde Geräusche von sich gab.

„Du gottverdammte …"

Victoria drückte ab. Der Schuss brach, und der Mann fiel wie ein gefällter Baum.

„Victoria!!!!", gellte es nun ganz in ihrer Nähe, und sie nahm wie durch einen Schleier wahr, dass ein Pferd nur wenige Schritte von ihr entfernt abrupt gezügelt wurde.

Whitby sprang ab und riss sie in seine Arme.

„Oh mein Gott … oh mein Gott", keuchte er und umschlang sie, so gut er konnte, ohne dabei ihren geschundenen Rücken zu berühren. Dann hob er die vollkommen Entkräftete vorsichtig hoch und trug sie davon.

Kapitel 22

Victoria hatte das Bewusstsein verloren, noch während Whitby sie getragen hatte. Als sie wieder zu sich kam, lag sie auf dem Bauch, und ihr Rücken brannte noch immer. Augenblicklich sehnte sie sich nach dem tiefen, traumlosen Schlaf zurück, der ihr die Qual genommen hatte. Aber der Schmerz war jetzt zu heftig, als dass sie noch einmal hätte einschlummern können. Jede Bewegung, und sei sie auch noch so gering, löste einen Sturzbach an Pein aus. Auf ihrer Stirn stand kalter Schweiß, und sie war dankbar für das herrschende Zwielicht, denn helle Sonne hätte sie nur noch mehr gequält.

„Wie geht es dir?“, flüsterte Whitbys Stimme leise neben ihr, und Victoria folgte ihr nur mit den Augen.

Als sie anhob, etwas zu sagen, loderten die Wunden auf ihrem Rücken abermals auf, sodass sie nur blinzelte.

„Du bist in Sicherheit, Liebste. Die Kämpfe sind vorüber.“

Das war alles, was sie hören wollte.

Die Tage gingen dahin, von Victoria nur als mal heller, mal dunkler werdende Streifen oberhalb des Zelteingangs wahrgenommen. Whitby verbrachte viele Stunden des Tags an ihrer Seite und überwachte die Pflege, bei der sich mehrere Frauen des Dorfs abwechselten. Victoria machte Fortschritte, konnte sich bald wieder aufsetzen und wohl auch ein paar Schritte gehen. Gegen den Hunger gab man ihr zu Mus zerdrückte Datteln und andere Früchte zu essen, und gegen den Durst flößten sie ihr Tee ein.

Als sie noch nicht hatte sprechen können, setzte sich Whitby neben sie und las ihr vor. Er hatte ihr berichtet, dass Al Musri tot war und die unterschiedlichen Stämme ihrer Vereinigung entgegenstrebten.

Doch als ihre Stimme zurückgekehrt war, galt ihre erste Frage ihrer Heimkehr. Whitby saß stumm neben ihr.

„Wann wir heimgehen, frage ich dich“, sagte sie leise.

„Bald. Sobald du gesund bist, mein Herz.“

Sie nickte und erging sich in ihren Wachträumen in Bildern von grünen Wiesen, deren gewundenen Wege von blühenden Sträuchern gesäumt waren. Ihr Herz lauschte zwitschernden Vögeln und fallenden Regentropfen, die Blätter in sattes, glänzendes Grün verwandelten. Ja, sie vermochte sogar, die Regentropfen auf ihrem Gesicht zu spüren, wenn sie den Kopf in den Nacken legte. Alles war besser als dieses tote Land.

„Regen … weißt du, wie wunderbar Regen ist?“, fragte sie Whitby, und der antwortete: „Ja. Regen ist das Wunderbarste überhaupt.“

Victoria lächelte versonnen.

„Wir werden zusammen nach England gehen, mein Liebster. Versprichst du mir das?“

„Ja, das werden wir. Und wir werden durch den Regen laufen. Stundenlang. Bis du genug hast …“

Seine Hand streichelte sanft über Victorias Wange.

„Ich träume immer von England“, flüsterte sie und blickte ihn dabei an. Wie wundervoll er war. Und sie hätte ihn beinahe verloren.

„Wir werden uns nach einem Haus auf dem Land umsehen, mein Herzblut. Willst du das?“

Seine Worte öffneten Victorias Herz.

„Oh ja!“, versetzte sie überglücklich.

Vor ihrem inneren Auge sah sie ein Haus, umgeben von einem Garten mit mächtigen Zedern. Blühende Hortensienbüsche und sattgrüner Rasen, gesprenkelt mit den weiß-gelben Blütenköpfchen der Gänseblümchen.

„Dort auf dem Rasen werden wir Tee trinken, Liebster. Ein Tisch mit weißem Tischtuch, auf das die Blüten des Apfelbaums fallen.“

Unablässig strich seine Hand über ihre Wange. „Genau so, mein Engel.“

Von diesen Träumen getragen, näherte Victoria sich ihrer Genesung und damit der Heimkehr. So gut sie irgend konnte, bemühte sie sich, die Frauen bei der Pflege zu unterstützen, und nach einigen weiteren Tagen konnte sie wieder gehen. Langsam zwar, um die neue, noch straffe Haut über den langen Wunden nicht allzu sehr zu belasten, doch es ging. Victoria vertrieb sich die Zeit, indem sie konkrete Pläne schmiedete.

Sie würden in die Garnison zurückkehren und von dort den Zug nehmen. Whitby konnte den Dienst quittieren und in England Vorträge halten. Im Übrigen konnten sie vom Erbe ihrer Großmutter leben. Natürlich würden sie keinen Haushalt führen können, wie sie ihn von ihren Eltern gewohnt war. Aber das brauchte sie auch gar nicht. Fern vom Trubel der Hauptstadt konnten sie sich ein kleines Paradies erschaffen. Zu zweit. Und vielleicht in nicht allzu ferner Zukunft auch zu dritt oder zu viert.

Victoria durchlebte in Gedanken sogar ihre Trauung. Eine kleine Dorfkirche, geschmückt mit Wiesenblumen. Blumenkinder, die bunte Knospen streuten. Sie selbst in einem schlichten weißen

Kleid mit einer Tiara ihrer Mutter, an der ein langer Schleier befestigt war. Und Whitby, elegant und schneidig in seiner Uniform. Sie lauschte den Klängen der Orgel, die ihren Auszug begleitete, und in die das harmonische Spiel der Kirchenglocken einstimmte.

Es waren die Blicke in dieses Paradies, die Victorias Herz und ihren Körper heilten. Und wenn sie jetzt die Augen öffnete und das dunkle Zelt erblickte, den Geruch der Ziegen spürte, die draußen festgemacht waren, dann ertrug sie alles. Sogar die Erinnerungen an das Zurückliegende. Sie war entschlossen zum Glück!

Es dauerte fast zwei Monate, bis sie sich wieder fast ungehindert bewegen konnte. Inzwischen redete aber selbst Whitby, der bis dahin immer zur Vorsicht gemahnt hatte, von Genesung.

Und dann kam die Nacht, in der sie von einer Bewegung am Zelteingang erwachte. Es war Whitby, der eingetreten war und nun so leise wie möglich sein Gewand abstreifte und zu Boden gleiten ließ. Mit pochendem Herzen spürte sie, wie er die Decke anhob, die über ihrem nackten Körper lag, und neben sie kroch. Seine Haut war warm und weich. Unwillkürlich atmete sie tiefer, um seinen herben Duft ganz in sich aufzunehmen.

Endlich tat er, wonach sie sich schon so lange gesehnt hatte. Vorsichtig glitt seine Hand unter ihrem Arm durch und umfasste sanft ihre Brust. Augenblicklich war sie erregt. Spürte, wie sich ihr Saft bildete und ihr Fleisch benetzte. Whitby massierte sie immer intensiver, als er offensichtlich merkte, dass sie keinerlei Schmerzen empfand. Wie sie sich nach ihm verzehrte! Wie jede Faser ihres Körpers nur für seine Berührung geschaffen zu sein schien…

Kein anderer Mann würde sie jemals so elektrisieren können wie er. Ein Satz von ihm genügte, um sie in die Hölle, oder ins Paradies zu schicken.

Als seine Lippen ihren Nacken berührten und sanft ihre Haut zu kosen begannen, rannen heiße Schauer über ihren Rücken. Dennoch spürte Victoria, wie Whitby es vermied, auch nur ansatzweise ihre Narben zu berühren.

Vorsichtig griff sie hinter sich, strich mit den Fingerspitzen über seinen Bauch und dann so tief, dass sie seinen Schaft berührte. Er war hart. Im gleichen Moment stöhnte er leise auf. Heißer Atem stieß gegen ihren Nacken und sandte ein Prickeln bis in ihre Brustwarzen, die sich lustvoll zusammenzogen. Victoria umfasste seinen Stamm und rieb ihn sacht auf und ab. Sein Atem kam schneller und flacher.

„Oh Gott“, stöhnte er. Es konnte keinen Zweifel daran geben, dass er sich ebenso nach Victoria verzehrt hatte wie sie sich nach ihm.

Sie wusste nicht, wie sie ihn möglichst ohne allzu große Schmerzen in sich würde aufnehmen können, doch mit jedem Atemzug stieg ihre Gier und sank ihre Vorsicht.

Whitby biss in ihre Schulter, und ihr Saft strömte über ihre Schenkel. Ihr Unterleib ballte sich zu einer glühenden Kugel der Lust zusammen. Victoria schob ihren Oberkörper etwas von ihm weg und brachte so ihre Öffnung genau vor seine Eichel. Doch Whitby drang nicht in sie ein, sondern führte seine Hand zwischen ihre Schenkel. Mit einem Aufstöhnen öffnete Victoria sich ihm, doch er missachtete die ihm dargebotene Öffnung und massierte stattdessen ihre hart gewordene Lustknospe.

„Wie lange habe ich darauf gewartet“, flüsterte er in ihr Haar, während Victoria schon zu keinem Wort mehr fähig war.

Sie schien nur noch für seine Berührung zu leben. Es gab nichts mehr als nur noch Whitby und sie. Zitternd wanderte ihr Empfinden einem unsagbaren Höhepunkt entgegen. Magnetisch angezogen von den Urgewalten, die Whitbys Tun in ihr auslöste. Jede seiner Bewegungen erfüllte ihre tiefsten Sehnsüchte, machte sie glücklich.

Ein Brausen erhob sich dort, wo er sie mit der Hand befriedigte, rauschte durch ihre Adern und hüllte ihren Verstand ein. Sie explodierte unter seinen Fingern, bewegte ihren Unterleib zunehmend hektischer, unkontrollierter, bis sie schreiend und stoßend, sich an ihn klammernd und dann wieder loslassend, mit all der Wucht kam, die sich in den zurückliegenden Tagen und Wochen in ihr aufgestaut hatte. Und er schien das Gleiche zu fühlen, nur dass er nicht kam.

Sie durchlebte gerade die letzten Nachbeben dieses Höhepunkts, als er endlich in sie eindrang. Victoria presste ihre Schenkel zusammen, um ihn noch intensiver spüren zu lassen, wie sehr sie ihn genoss. Ängstlich darauf bedacht, ihn nicht durch all den Lustsaft zu verlieren, der aus ihr hervorströmte, hielt sie eine Hand dicht an seiner Männlichkeit. Da ihre Fingerspitzen ihn so zusätzlich stimulierten, verlor Whitby sich in lautem Stöhnen und immer schnelleren Stößen.

Bald hatte auch er ihre Verletzungen vergessen, und seine Hübe erschütterten in größter Geschwindigkeit ihren Körper. Victoria öffnete den Mund, um den Ansturm der Gier einigermaßen kanalisieren zu können. Längst hatte ihre Hand seinen Schaft verloren, und sie massierte ihren Kern.

Als er nun mit einem langgezogenen Schrei seinen Samen in ihren Unterleib zu pumpen begann, wurde auch Victoria von einem neuerlichen Höhepunkt hinweggerissen. Schreiend und bebend verschmolzen nicht nur ihre Körper, sondern ihr gesamtes Empfinden. Sie wurden eins.

Längst überströmten ihre vermischten Säfte seine Männlichkeit, da lagen sie noch immer Arm in Arm, seine Härte in ihrem Innersten geborgen und warm umhüllt. Bereit, ein neuerliches Reiben zu empfangen.

„Oh Gott, Victoria … wie ich dich liebe!“, flüsterte er. Und Victoria erwiderte seine Worte.

„Ich habe so lange auf diesen Moment gewartet …“

Sie musste lächeln, denn an ihr hatte es nicht gelegen.

Eng umschlungen lagen sie schweigend und lauschten den Geräuschen, die von außerhalb des Zelts an ihre Ohren drangen.

„Jetzt können wir heimkehren, nicht wahr?“, fragte sie leise, als spräche sie nur etwas laut aus, das sie beide schon lange wussten.

„Gewiss“, sagte Whitby und bedeckte ihren Nacken und ihre Schultern mit sanften Küssen.

Im ruhigen Zwielicht des Zelts erzählte sie ihm flüsternd ihre Tagträume, und er nickte von Zeit zu Zeit gedankenverloren.

„Was für eine wunderbare Vorstellung, mein Herz. Nur du und ich und unser Haus auf dem Land. Der weiche Regen, der auf die Blätter der Bäume fällt, und dem wir Arm in Arm lauschen …“

„Heimkommen …“, sagte Victoria.

„Ja. Heimkommen“, erwiderte Whitby.

In diesem Augenblickt trat einer von Whitbys Männern beinahe lautlos ein. Sein Herannahen wurde nur durch die Sonne verraten, die er mit sich brachte, als er den Eingang des Zelts öffnete.

Victoria blinzelte ihm ungehalten entgegen, hatte er doch ihre Tagträume empfindlich gestört.

Whitby stellte ihm eine Frage, und der Mann antwortete in der Victoria unverständlichen Sprache.

„Entschuldige mich bitte. Man braucht mich kurz…“, sagte Whitby daraufhin, löste sich von ihr und schlüpfte in sein Gewand.

Es irritierte Victoria allerdings, dass er den prachtvollen Dolch in den Gürtel schob und das Tuch über den Kopf legte und mit der schwarzen Kordel fixierte. Dennoch legte sie sich wieder ruhig hin, seine Rückkehr erwartend. Stimmen und Schritte mischten sich, und Victoria fragte sich, ob zuvor auch schon so viele Leute um das Zelt herumgegangen waren, die sie bloß nicht bemerkt hatte. Sie errötete bei dem Gedanken, dass all diese Leute ihr Liebesspiel mit angehört haben mochten. Andererseits würde sie all diese Menschen eh bald zum letzten Mal sehen. Und insofern war es ihr beinahe egal, was diese denken mochten.

Wider Erwarten kehrte Whitby allerdings nicht zügig zurück. Sie wurde unruhig. Eine unbestimmte Furcht erfasste sie. Mochte es vielleicht irgendwo zu einem Zwischenfall gekommen sein? Ein Zusammenstoß möglicherweise mit englischen Truppen? Ihr Herz schlug schneller. Jetzt durfte nichts mehr dazwischenkommen. So nah war die Heimkehr!!!

Vorsichtig erhob sie sich, die Schenkel nass von seinem Samen, und tappte, eine Decke um die Schultern gezogen, zum Zelteingang. Victoria hakte einen Finger in die Zeltplane und zog sie nur einen spaltbreit auf. Gerade genug, um die Szene überblicken zu können, die sich nur wenige Schritte von ihr entfernt abspielte.

Whitby saß auf einem Stuhl, über den man ein großes, üppig besticktes Tuch gebreitet hatte. In seiner ganzen Haltung erinnerte er sie an die Darstellung von Pharaonen, die sie in Zeitungen gesehen hatte. Der heiße Wüstenwind spielte mit dem Tuch, das über seine Schultern floss, während sich eine lange Schlange aus Männern vor ihm gebildet hatte.

Ihre Kehle wurde zusammengepresst, und ihr Herz setzte einen Schlag lang aus. Mann um Mann trat vor Whitby. Dieser hob seine Hand mit einem golden gleißenden Ring am Finger. Der jeweils vor ihm stehende Mann machte eine tiefe Verbeugung, während seine Hand von der Brust zu den Lippen und zur Stirn wanderte. Dann griff der Mann nach Whitbys Hand und küsste den Ring, nur um sich, noch immer gebeugt, rückwärts zurückzuziehen und dem nächsten Platz zu machen.

Victoria erstarrte. Fassungslos betrachtete sie die nun langsam kürzer werdende Reihe der ruhig und schweigend ausharrenden Männer. Es brauchte keinen Ali, um ihr zu übersetzen, was sich hier abspielte. Whitby war ihr neuer unangefochtener Effendi, und sie schworen ihm die Treue.

Die Erstarrung machte plötzlicher Wut Platz. Sie bäumte sich in Victoria auf. Er hatte sie angelogen! Knallhart angelogen! Es würde keine Heimkehr geben. Zumindest keine gemeinsame. Ja, gewiss – er würde Victoria in die Garnison begleiten, aber nur, um sie dort in den Zug nach England zu setzen! Ihr Zorn schien grenzenlos.

Trotz der herrschenden Hitze wurde ihr eiskalt. Sie ließ die Zeltplane los und wandte sich um.

Lüge! Alles eine einzige, gemeine, niederträchtige Lüge!, stand es in brennenden Lettern vor ihr.

Vielleicht hatte er all die Tagträume, die sie geteilt hatten, ja reizvoll gefunden. Vielleicht hatte er sogar für wenige kostbare Momente mit ihrer Verwirklichung kokettiert. Aber wirklich ernsthaft erwogen hatte er sie mit Sicherheit niemals. Nie zuvor hatte sie sich derart schändlich hintergangen gefühlt. Sie schluckte hart, um das wilde Pochen ihres Herzens zu unterdrücken, die Tränen niederzuringen, die aus ihren Augen drängten.

Von Wut verzehrt suchte sie ihre Kleider. Jene westlichen Kleider, die sie getragen hatte, als sie hergekommen war, und die man zerfetzt hatte. Victoria fand sie, sauber geflickt und gereinigt, in einer geschnitzten Truhe. Mit zusammengebissenen Zähnen zog sie sich an. Der Stoff rieb und brannte auf ihrem Rücken. Die Narben wurden von dem Schweiß überzogen, der aus ihren Poren drang. Am liebsten hätte sie sich augenblicklich wieder ausgezogen, doch ihr Stolz und ihr Zorn ließen es nicht zu.

Er hatte das Schlimmste getan, dessen ein Mensch fähig war: Er hatte sie verraten. Sie und ihre Liebe! Die Worte, die er in der Dunkelheit des Zelts zu ihr gesprochen hatte, brannten wie Säure in ihrem Verstand. Ihre Hände dagegen waren kalt und taub.

Sie wollte mehr tun. Sachen packen. Irgendetwas. Doch es gab nichts, womit sie sich hätte ablenken können, bis er wieder zurückkehrte. Und so blieb ihr nichts, als fassungslos in der Mitte des Zelts zu stehen, die eisigen Hände flach auf die Lippen gepresst, und den Eingang anzustarren. Seine Rückkehr gleichermaßen herbeisehnend wie fürchtend.

Als er nach unendlich langer Zeit eintrat, das Gewand strahlend weiß, die ganze Haltung seines Körpers Ausdruck der Ehrerbietung, die ihm soeben bezeugt worden war, empfand sie ihn wider Willen als den begehrenswertesten Mann, den sie je gesehen hatte.

Whitby registrierte die Veränderung und blieb abrupt stehen.

„Was ist? Warum hast du dich angezogen?" Seine Worte schienen nicht auszudrücken, was er dachte. Sie schienen sich beinahe selbständig gebildet zu haben, ohne dass er Einfluss darauf hatte nehmen können.

„Ich mache mich auf den Heimweg." Auch ihre Worte waren, wenngleich keine Lüge, so doch nicht Ausdruck ihrer wahren Gedanken.

„Du tust … was?" Whitbys Stimme brach und klang, als stürzten seine Worte von einem Felsen.
„Würdest du mir bitte Ali mitgeben? Er soll mich in die Garnison leiten. Von dort nehme ich den nächsten Zug zurück."
„Aber … Victoria … wieso denn? Ich meine … warum …?"
„Du hast mich belogen und betrogen, Nicolas Whitby! Du hast mir vorgemacht, wir würden gemeinsam heimkehren, dabei wusstest du die ganze Zeit, dass du als ihr neuer Sheikh hier bleiben würdest!"
In ihrem Zorn spie sie vor ihm aus.
„Victoria …", mehr vermochte er nicht zu sagen.
„Ja? Was willst du mir jetzt sagen? Welche Geschichte bekomme ich jetzt zu hören? Keine Angst! Ich werde niemandem sagen, dass du lebst und was du tust. Macht, was ihr wollt hier. Es geht mich nichts an. *Ich* bin keine Verräterin!"
Whitby schien seine Fassung zurückzuerlangen, denn er machte einen Schritt auf Victoria zu.
„Wer sagt denn, dass ich hier bleibe?"
Sie schüttelte zutiefst empört den Kopf.
„Schluss mit den Lügen!", stieß sie hervor. „Ich habe euch da draußen gesehen. Kein Wort glaube ich dir mehr. Du hast alles zerstört, was zwischen uns war! Alles!!"
Kraftlos sanken seine Hände herab, die er in ihre Richtung ausgestreckt hatte.
„Lass Ali rufen und zwei Pferde richten. Das ist alles, worum ich dich noch bitte."
Sie sah den Schmerz in seinen Augen, doch gab es keinen Grund mehr, ihn aufzurichten. Zu schwer wog sein Verrat. Victoria wollte nur noch weg. Weg von Whitby. Weg aus der Wüste. Und weg von ihren Erinnerungen.
Für Tränen und verzweifelten Zusammenbruch würde die Zeit noch kommen. Stark und stolz sollte er sie in Erinnerung behalten. Und so marschierte sie hocherhobenen Haupts an ihm vorbei nach draußen, ohne ihn auch nur noch eines Blickes zu würdigen.
Victoria brauchte nicht lange in der gleißenden Sonne zu warten. Ein verwunderter Ali näherte sich in seiner gereinigten Uniform, und sie bestiegen beinahe gleichzeitig die beiden prächtigen Pferde, die man herangeführt hatte. Es gab ausreichend Wasser und Proviant an den Sätteln, sodass sie ungehindert aufbrechen konnten.

Die beiden waren wohl eine gute Stunde geritten und befanden sich nun im wenig kühlenden Schatten der Berge, als Ali das Schweigen brach.

„Dann geht es jetzt also nach Hause“, sagte er. Mehr eine Feststellung als eine Frage. Victoria antwortete nicht, sondern starrte nur auf den steinigen Boden vor ihnen. Ali nickte und verzichtete auf weitere Worte.

Sie nutzten die Kühle der Nacht, um die Berge zu übersteigen, und erreichten die Garnison am Abend des nächsten Tags. Freude und Überraschung mischten sich im Haus des Herzogs, und die Herzoginwitwe empfing Victoria mit weit ausgebreiteten Armen. Obwohl die junge Frau damit gerechnet hatte, dass sie, an die Herzogin gedrängt, in Tränen ausbrechen würde, geschah doch nichts dergleichen. Sie war erstarrt. Körperlich wie seelisch. Auf alle Fragen gab sie nur knappste Antworten.

„Meine Liebe, Sie müssen vollkommen erschöpft sein!“, sagte die Herzogin später, als Victoria vor ihr auf einer eleganten Couch saß. „Eigentlich wollte ich bereits morgen früh den Zug zurück nehmen. Aber jetzt denke ich, ich werde meine Abreise ein wenig verschieben, bis Sie sich erholt haben. Dann reisen wir gemeinsam.“ Ein feines Lächeln überzog das Gesicht der alten Dame.

„Nein. Euer Gnaden … ich mag nicht mehr warten. Ich will nur noch nach Hause zurückkehren. Je schneller, desto lieber.“

„Aber, aber“, erwiderte die Herzogin. „Noch sind Sie nicht vollständig erholt.“ Sie wollte wohl noch etwas anfügen, doch Victoria kam ihr zuvor.

„Ich werde mich am besten in heimatlicher Luft erholen.“ Und fügte dann leise hinzu: „Bitte …“

„Nun gut. Ich sehe schon … Ja, wir nehmen den Zug morgen früh. Jetzt legen Sie sich noch ein paar Stunden hin. Ich lasse Sie rechtzeitig wecken.“

Mit einem kleinen Knicks verabschiedete Victoria sich und zog sich in ihr Zimmer zurück.

An Schlaf war nicht zu denken. Zu tief saß der Dolch, den Whitby in ihr Herz gestoßen hatte. Doch auch jetzt blieb der erwartete – teils befürchtete, teils erhoffte – Zusammenbruch aus. In ihr war nur Leere. Ihr Innerstes schien zu einem Teil jener Wüste geworden zu sein, die sie umgab. Victoria setzte sich ans Fenster und schaute regungslos nach draußen. Im Haus ebbten die Geräusche ab. Alle schienen sich zu Ruhe begeben zu haben.

Da saß sie nun. Hinter ihr lag das Abenteuer ihres Lebens. Jenes Abenteuer, dessen Erfolg sie sich noch vor Kurzem so nahe gewähnt hatte.

Sie sah Whitbys „Grab". Jenen sandigen Hügel, der nichts barg als Wüste.

Und doch hätte genauso gut sein Leichnam dort liegen können. Es hätte für sie keinen Unterschied gemacht.

Victoria wusste, dass sie nach vorn schauen musste. Und ihre Herkunft sowie ihre Erziehung gaben ihr das Rüstzeug, den Rücken zu strecken und daran zu arbeiten, den Schmerz und die Enttäuschung zu vergessen. Sie würde aufs Land ziehen. Aber allein. Es gab auf dem Familiensitz in Gloucestershire ein Häuschen, das ab und zu Gästen zur Verfügung gestellt wurde. Mit seiner Lage etwas abseits des Haupthauses war es ideal für sie. Dorthin würde sie sich zurückziehen und warten, bis sich der Staub über den Skandal gelegt hatte.

Mit Sicherheit hatten ihre Eltern bereits in der Gesellschaft verbreiten lassen, dass sie sich in Schottland erholte. Wahrscheinlich hatte man als Erklärung für ihr skandalöses Verhalten einen Nervenzusammenbruch genannt. Damit kam man allgemein in der Gesellschaft gut zurecht.

Lagen ihre Heiratschancen mittlerweile auch unter Null, so war das ihr geringstes Problem. Es gab nur einen einzigen Mann, den sie je wirklich gewollt hatte. Mit dem sie hatte alt werden wollen. Doch sie konnte ihn nicht haben. Sein Herz gehörte einer anderen … der Wüste!

Jeder andere Gatte wäre für Victoria nur zweite Wahl gewesen. Würde immer mit jenem Schatten kämpfen müssen, der ihr Herz jetzt verdunkelte.

Victoria seufzte. Wie lange sie so gesessen hatte, wusste sie nicht. Aber als sie ihre Aufmerksamkeit wieder nach draußen richtete, warf die Sonne bereits erste, zaghafte Strahlen über die Landschaft, und irgendwo im Haus begann das Personal zu rumoren. Es waren vertraute Laute, die sie umso mehr genoss, als sie in ihrem Herzen wie ein Versprechen klangen: Es gibt Dinge, die sich nicht ändern!

Als die Zofe der Herzoginwitwe sie zum Frühstück bat, legte sie ihre Hände auf die Oberschenkel und lehnte dankend ab. Man möge sie rufen, wenn alles zur Abfahrt bereit sei. Stattdessen ließ sie sich ein Bad richten und zog sich dann frische Sachen an. Hätte es ein Feuer in dem kleinen Kamin gegeben, sie hätte ihre alte Kleidung verbrannt.

Als es soweit war, stand die Herzogin bereits im Vorraum. „Wie geht es Ihnen, mein Kind?“

„Es geht mir gut, Euer Gnaden. Danke der Nachfrage.“ Victoria straffte ihre Schultern, atmete tief durch und folgte der alten Dame hinaus in die morgendliche Hitze.

Der Herzog begleitete die Damen bis zum Bahnhof, wo Versprechungen ausgetauscht wurden, baldmöglichst ein Wiedersehen zu arrangieren. Der Herzog versprach seiner Mutter, den Dienst hier umgehend zu quittieren und stattdessen seine Aufgaben in der Heimat zu übernehmen. Die Herzogin wiederum sagte ihrem Sohn augenzwinkernd zu, nicht eher zu sterben, bis er seinen Fuß wieder auf englischen Boden gesetzt habe. Es herrschte eine beinahe heitere Stimmung, die jenen Abschied prägte, der doch in Wahrheit alle ins Ungewisse trug.

Der Herzog half seiner Mutter galant beim Einsteigen in den Zug, und die beiden Damen ließen sich von einem Schaffner zu ihrem Abteil begleiten. Am Fenster sitzend winkte die Herzogin mit einem Spitzentaschentuch, während ihr Sohn stramm salutierte.

Victoria aber war das Herz mit einem Mal tonnenschwer. Sie starrte auf den Bahnsteig, wo Soldaten, Offiziere und Zivilisten ein- und ausstiegen und der Staub in Wirbeln über den Boden glitt. Dann setzte sich, einem schrillen Pfiff folgend, der Zug in Bewegung.

Victoria brauchte Luft. Dringend. Ihre Kehle war wie zugeschnürt, und ihr Magen hatte sich in einen Feuerball verwandelt. Sie entschuldigte sich knapp und eilte in den Gang, wo sie mit bebenden Händen das Fenster herunterzog. Heiße Luft drängte ins Innere und trieb ihr den Schweiß auf die Stirn.

Und da war sie. Die Wüste. Golden. Schimmernd zogen sich die Dünen bis zum Horizont, wo sie sich scharf vom strahlenden Blau des Himmels absetzten. An ihren Seiten lagen Schatten in tiefen Mulden, bildeten Kämme und glitten in die Auflösung.

Die Wüste war schön. Unfassbar schön. Und sie war gewaltig. Fast ebenso gewaltig wie der Schmerz, der Victoria verzehrte. So mächtig wie die hoffnungslose Verzweiflung, die sie zu zerfleischen begann. Für einen Moment spielte sie mit dem Gedanken, aus dem langsam ausfahrenden Zug zu springen. Sich in den Sand zu werfen und – egal um welchen Preis – zu Whitby zurückzukehren. Aber der Zug nahm an Fahrt auf. Wurde immer schneller. Bald blieb die Welt nur noch in der Ferne starr. Der

Fahrtwind wurde kühler, erfrischender. Trocknete den Schweiß auf ihrem Gesicht und spielte mit ihrer leichten Bluse.

„Die Wüste ist ein Meer aus goldenem Wasser", sagte plötzlich jemand neben ihr.

Victorias Herz zog sich vor Schreck zusammen.

„Ja. Sie ist aus Gold", erwiderte sie beinahe flüsternd, nachdem sie sich von der Überraschung erholt hatte „Denkst du, Englands Grün könnte dir das ersetzen?"

Whitby zuckte mit den Schultern.

„Wir werden sowieso immer wieder hierher zurückkehren."

Victoria sah ihn an. Seine Blicke waren auf die Wüste gerichtet, während sein Arm sich gleichsam sanft und entschlossen um ihre Schultern legte.

„Wieso bist du hergekommen? Ich habe dich gesehen, da draußen vor dem Zelt … Wie alle gekommen sind und sich dir unterworfen haben."

Whitby nickte ernst. Ihre Blicke fielen fast gleichzeitig auf den mächtigen goldenen Ring, den die Sonne funkeln ließ.

„Ich hatte mein Ziel erreicht. Aber dann …" Er hielt inne und sprach auch nicht weiter, als Victoria längere Zeit gewartet hatte.

„Dann?", schob sie den Satz von Neuem an.

„Dann habe ich verstanden, dass das alles nichts ist ohne die Frau, die ich liebe."

„Kein König würde auf den Thron verzichten wegen einer Frau. Zumindest nicht in England", flüsterte Victoria.

„Vielleicht nicht. Ich habe auch nicht verzichtet. Ich werde nach London gehen und Verhandlungen im Namen der Vereinigten Stämme mit der Regierung Seiner Majestät aufnehmen. Jetzt werden sie es schwerer haben, wo sie mit einem von Ihresgleichen zu verhandeln haben. Dann können sie uns nicht mehr als liederliche Kameltreiber abtun. Ich werde meinem Land Sicherheit und Wohlstand bringen." Ein gewisser Triumph lag in seiner Stimme, und Victoria verstand ihn.

„Du wirst das schaffen. Wenn es einer schaffen kann, dann du!", sagte sie im Brustton der Überzeugung, denn die Tatsache, dass er an ihre Seite zurückgekehrt war, verlieh ihr Flügel.

Er nickte nachdenklich.

„Du liebst mich. Deswegen glaubst du an mich."

„Nein. Ich *kenne* dich. *Deswegen* glaube ich an dich!"

Whitby wandte sich ihr zu und küsste sie sanft.

„Kannst du mir all das verzeihen, was ich dir angetan habe?"

„Ich habe es schon vergessen, Liebster."

„Du könntest dir jetzt nicht vielleicht vorstellen, einen liederlichen Kameltreiber zu heiraten und zwischen England und der Wüste hin und her zu pendeln?"

„Und ob ich das kann. Wenn ich nur bei dir bin."

Jetzt lächelte er. Fast versonnen.

„Das wirst du. Von jetzt an wird uns nichts mehr trennen, mein Herz."

Ende

Cassandra Norton ist das Pseudonym der Autorin Petra Schäfer, die unter verschiedenen Namen erotische Romane veröffentlicht. Unter dem Namen Cassandra Norton veröffentlichte sie auch zwei erotische Gay-Liebesromane im Juicy Books Verlag.
Nach einem Studium der Germanistik und Politikwissenschaft an der Universität Mannheim arbeitete sie im Bereich PR und werbliche Kommunikation in Industriebetrieben.

Barbara DuMont
LUSTNÄCHTE
ISBN: 978-3-938281-76-5

Bei Vermessungsarbeiten in der Abtei von Landévennec stößt der charmante Architekt Pierre LeBreton auf ein unbekanntes Dokument der Tempelritter, das den Weg zum verschwundenen Schatz der Templer weisen könnte, und nimmt es an sich. Als die hübsche Historikerin Beatrix mit dem Auto zufällig in seinen Gartenzaun kracht, wird nicht nur Pierres Abenteuerlust durch ihr Wissen über die Templer geweckt, sondern auch sein Sinn nach einer Verführung der besonderen Art. Doch schnell merkt er, dass Beatrix widerspenstiger ist, als er dachte. Während ihrer Schatzsuche werden Beatrix und Pierre in einen Strudel abenteuerlicher Ereignisse gezogen, die die beiden durch halb Frankreich führen. In heißen Lustnächten zieht Pierre alle Register seiner Verführungskünste ...

Hier bekommt das Wort „Schatzsuche“ eine völlig neue Bedeutung.
B.Z.

Wer die Romane von Dan Brown mit ihren Verschwörungstheorien mag, sich dort aber mehr Erotik gewünscht hat, ist hier richtig. DuMont verbindet eine spannende Geschichte mit sexy Szenen und einem grandiosen Macho-Helden.
Leser-Welt – Das Literaturportal

Sarah Schwartz
MERMAID'S KISS
ISBN: 978-3-938281-72-7

Der Kuss einer Meerjungfrau ...
Aufruhr im Meereskönigreich Makuun: Die unwissenden Menschen wollen ihnen ein künstliches Riff als Touristenattraktion vor die Haustür bauen. Das muss mit allen Mitteln verhindert werden. Prinzessin Aylin und ihr Kumpel, der Seevampir Klavius, werden an Land geschickt, um den Bau zu verhindern. Aylin kommt dies gelegen, denn Prinz Damaskus, der sie mit orientalischem Temperament umwirbt (er spekuliert auf den Job als künftiger König), fällt ihr zunehmend lästig. Aufgetaucht im schicken Urlaubsresort auf den Malediven, genießen die als Umweltaktivisten getarnten Aylin und Klavius erst einmal die Vorzüge der Menschenwelt in vollen Zügen: Sterne- statt Glibberküche, Pornokanal und Wasservergnügungspark. Doch Aylins eigentlicher Auftrag gestaltet sich schwieriger als gedacht, denn sie erkennt in Marc, dem attraktiven Leiter des Riff-Projekts, den Mann wieder, den sie einst vor dem Ertrinken gerettet hat und nie vergessen konnte. Aber trotz ihrer Verführungskünste macht Marc keinerlei Anstalten, von seinem Projekt abzulassen ...